ハヤカワ文庫 JA

〈JA1563〉

機工審査官テオ・アルベールと永久機関の夢

小塚原 旬

JN110209

早川書房

9011

目次

機工審査官テオ・アルベールと永久機関の夢

1　機工審査官テオ・アルベールの裁決

静寂に包まれたアルタシュヴァン城の審議堂に、カタン……カタン……と鉄球が転がって何かにぶつかる音が続いていた。

その場にいる人の顔まで映すほどに研磨された、玄昌石《ブラックスレート》の床材が降って来たその硬質な音を弾き返す。

昼下がりの静謐《せいひつ》な日差しが南向きの窓から差し込んで、薄暗い審議堂には幾筋もの光の線が投じられていた。

その審議堂の中央に、馬が引く荷車くらいの大きさの作業台が設《しつら》えられていた。

そこには、これもまた馬が引く荷車の車輪ほどの大きさの輪が回転する機工が乗せられている。その木製の車輪の内部は、円の中心となる車軸《シャフト》と車輪外縁部《リム》とが十本の輻《スポーク》によって結ばれている。しかし通常の車輪であれば、それらスポークは直線で構成されているものなのだが……その車輪は少し違う。

スポークは樫の木で作られていて、その数は全部で十本。全て同じ曲率の曲線となっている。そしてその全てのスポークに溝があって、そこに重量のある鉄球が乗せられている。

鉄球はスポークによって構成される十の隙間の全てに一つずつ、計十個乗せられていた。頂点を過ぎたスポーク上の鉄球は曲線に沿って中心から外周に向かって転がって行き、カタンという音を立てて鉄鋼で覆われたリムにぶつかる。その勢いが……なるほどな、車輪を動かすというのか。そうやって車輪が動き、その動きで頂上付近にまで至った次のスポーク上の鉄球が外側に転がって……またカタンと音を立てて勢いを車輪に与える。鉄球はそれぞれ置かれたスポークの隙間の内側を延々と転がり続ける。

その動きが繰り返される。

車輪は動き続ける。

カタン……カタン……と、音は鳴り続ける。

車輪は凱旋門を逆さにひっくり返したような木製の箱に支えられていて、基底部は厚みのある円形になっている。構造自体は……敢えて言うのであれば、羊毛から糸を紡いでいく糸車に似ているな。そして、その機械の脇には一人の商人風の男が立っている。綿製の

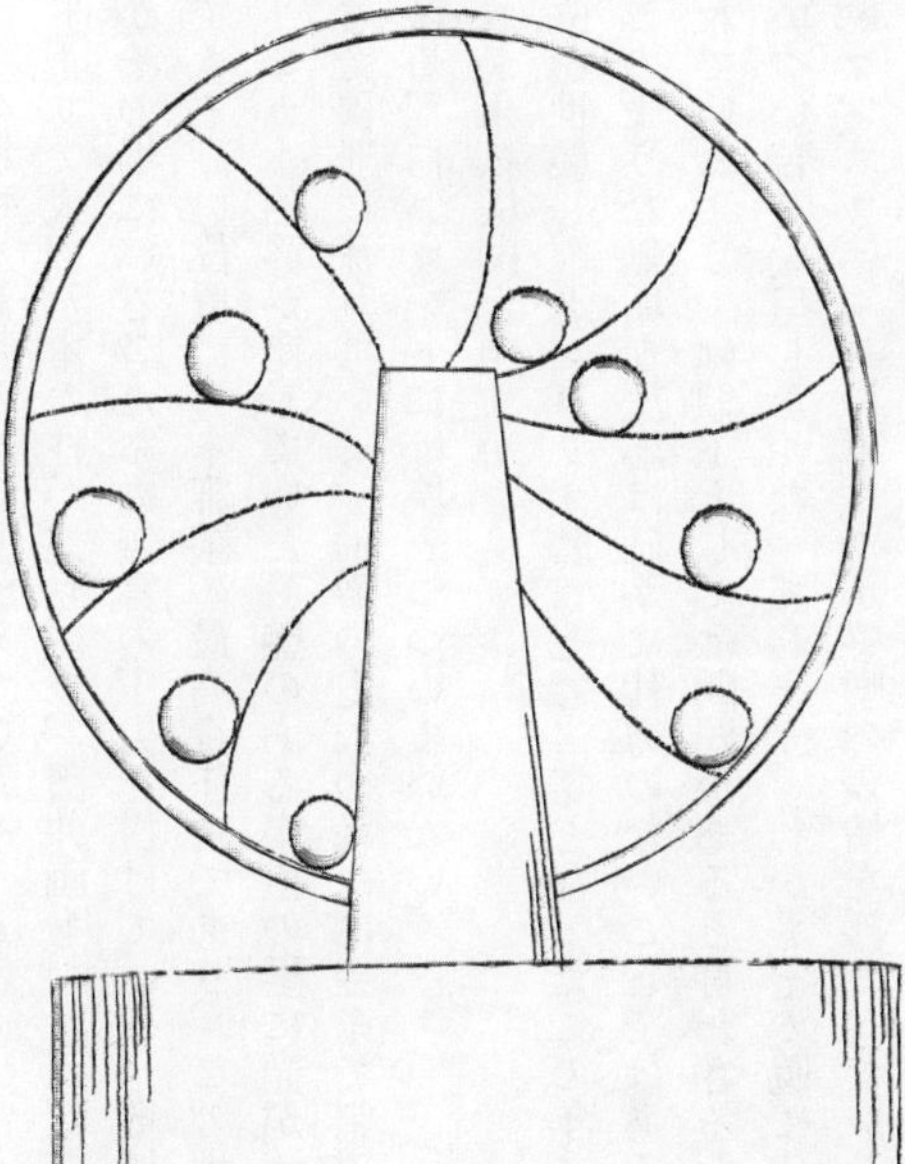

シャツと羊毛のズボン、緑色に染められた麻のベストを着ている男は黒い剛毛の顎鬚《あごひげ》を撫でつけながら、その機械を満足そうに見つめていた。

審議堂にはドーリア式の八本の柱が立ち並び、天井画もなければ壁画もない。白亜の無味乾燥な空間がその場にいる者たちに無言の圧力を掛けている。機械の置かれた作業台を見守ることのできる高い位置に、本審議の最高責任者であり、この地の若き領主たるフリッツ・デアフリンガー伯爵が座していた。艶のある褐色の髪に光が流れ、それが青紫の、絹の召し物にまで優雅に流れていく。伯爵の上衣の縁には金糸で刺繡があしらわれており、その上から羽織る、白いマントには埃一つついていない。

「ほう……これが永久機関と申すか」

十七歳で爵位を世襲し、グレゴリオ暦一七〇二年となったこの年に二十二歳になった青年であれば、このような無垢な反応は確かに仕方のないことではある。しかし、これしきの詐術に謀《たばか》られているようでは領主としては問題があると言わざるを得ない……と、専門家としてはついつい苦言を呈したくなってしまう。しかもその脇に侍る老練なる伯爵の参謀、エドガー・マンスフェルト将軍までが感嘆の表情を浮かべているのだ。

「伯爵、これは……まさか……いや、それにしても驚きでございますな」

白く長い眉の下に覗く、くすんだ空色の瞳が生気を取り戻したかのように輝いている。

そう、致し方のないことだというのは分かっている……分かってはいるつもりなのだ。

今日までの事情を踏まえれば、尚更。

ノイエンブルク公国で実権を握るのはゲルマン系の世俗領主のデアフリンガー家ではなく、長きにわたってビエンヌ司教区に属するこの地域を実効支配してきたガリア系カソリックの一団であった。その規模の小ささ故に小教区も作られていないこの司教区では、伯爵の一族以上に司教の影響力の方がずっと大きい。現司教ヨゼフ・ヴェスタープは新しい教皇猊下に気に入られようと躍起になっているとの悪評も高く、伯爵の一族で口の悪い者からは「クレメンスのマルチーズ」と揶揄《やゆ》されたとも聞く。

とにかくその、尻尾をふりふりしている「飼い犬」が枢機卿の座をどうにかして手に入れようと無い知恵を振り絞って考えた結果、捻り出された答えが「永久機関」計画の復活だったのである。その実現は不可能だと言われた永久機関の発見者、或いは開発者には40万ルーブリ（約四億円）もの褒賞を与えると司教がぶち上げたものだから、ノイエンブルク公国の内外は蜂の巣をつついたような大騒ぎになった。連日、都市部に限らずビエンヌの聖堂やらアルタシュヴァン城に怪しげな連中が押し掛け、我こそが永久機関の発明者であると言って憚《はばか》らない。こうした狼藉者など、どう考えても詐欺師に違いないのだが、老ヴェスタープ司教にその真贋《しんがん》を見極められる知識も経験も技術もない。こうして引っ込みのつかなくなった老司教は、その審査をデアフリンガー伯爵に丸投げしてしまった。

さて、困ったのは伯爵の一族である。

近年、詐欺の手法が巧妙化しており、永久機関による利益に目の眩《くら》んだ商工業者や組合《ギルド》、更には名誉欲に際限のない王侯貴族に至るまで、その被害者と被害額は計り知れなかった。それを見抜くだけでも相当に骨が折れる作業である上、本物の永久機関であることが認められた場合……そう、褒賞金の支払いを約束したのはヨゼフ・ヴェスタープ司教なのである。果たしてビエンヌ司教区にそれだけの予算があるのか？　まさかデアフリンガー家に支払いを肩代わりさせるつもりなのか？　それとも永久機関による世俗的な利潤を当て込んでいるのか？　はたまた、永久機関を手土産にヴァチカンで成り上がった際に流れ込む分配金……否、恩寵を期待しているのか？　伯爵一族の関係者があれやこれやと推察したところで、ろくな想像ができなかった。

司教には申し訳ないが……彼らはそう前置きをした上で結論付けた。

何としても永久機関など公認するわけにはいかない。

とは言え、万が一本物の永久機関が持ち込まれた場合に、それを見極められずに突っぱね、余所に持って行かれてしまってはその被害もまた計り知れなかった。そのことで司教に何と罵られるか知れたものでなかったし、伯爵の一族を福音書で理不尽に枯らされる無花果《いちじく》のように呪うことだってあり得ない話ではなかった。仮に駱駝《らくだ》が針の穴を通るのに等しい奇跡が起き、そのいずれの艱難《かんなん》からも逃れられたとしても、この一事によってデアフリンガー家が愚鈍な一族として、譬《たと》え話に名を残そうものなら末代までの恥であった。

ならば、どうしたものか？

そう、優秀な人間とは己の無力を知る者である。

フリッツ・デアフリンガーが若く未熟ながらも、領主として優れていると評するのに吝《やぶさ》かでないのは、彼が己の無力さをよく分かっており、それを補うために人材を起用することの利をよく理解しているからである。

彼はまず参謀役のマンスフェルト将軍と相談した上で、永久機関の真贋を諮る審査の場を設けることにした。かつて多くの永久機関発明の詐称者たちが処刑されたことで、永久機関研究そのものは下火になっていたのだが、ここに来て、伯爵家はその審査に見合う人物を四名、任命した。

まずは伯爵家の名誉を毀損することがないかを判断する、領主の代弁者となる者。

次にカソリックの聖職者で、その技術や技術者に神への冒瀆がないかを審査する者。

続いて、職人組合とも深い関わりを持ち、その技術において先達がいないかを調べる法律家。ここで取り沙汰される法律とは特許と呼ばれるもので、ヴェネツィアやイングランドでは特許法なるものも既に存在している。

そして最も重要なのは、それが本当に、永久機関かどうか、その機工を審査する者である。その機工審査官の任に、パリの王立アカデミーで機工の研究を続けていた我が優秀なる息子、テオ・アルベールが選出され、この地に呼び戻されたのであった。

テオに白羽の矢を立てた、この一事だけでも、フリッツ・デアフリンガー伯爵が有能であることの証左だと言ってもいい。そしてこの段階で、テオと伯爵の思惑は一致していた。

つまり、永久機関を認めることなど、それこそ永久にないであろうと。

だが一方で、伯爵は審査に掛けられた技術が厳密には永久機関とは認められなくとも、それが詐欺目的でない限り、そして斬新かつ高い生産性が期待される技術である限り、永久機関研究の副産物として認め、伯爵家が褒賞を取らせると宣言したのである。

上手くいけば前例のない技術をデアフリンガー家が独占できるという目論見があった。実際に彼らはその恩恵に浴するだけの手間暇をかけていたし、詐欺に騙される危険まで引き受けていた。この点において、司教が何を言って来ようと彼らは一切譲る気がなかった。実際、四名の審査官はこれを念頭に選定されたという経緯もあったのである。

だからと言って彼らは、それによって自分たちの寛容を示そうとしたわけではない。当たり前である。そう、伯爵家は従来通り、永久機関の悪意ある詐称者に対しては神の名の下に極刑を与えるという規定は維持したのである。それはつまり、神を欺こうと試みた者と同義であるとする、教会側の主張を尊重した形を取ったのである。この点は異端審問官と似た仕組みを取っている。諮るのが聖職者や専門家だとしても、実刑を下すのは世俗の権力者なのである。

永久機関審査では、その判断の要になるのが機工審査官となるので、その質が問われる。機工審査官として、テオ・アルベールには申し分のない才気と経験がある。

そのテオは、作業台に向かって設えられた長机の席に腰掛けてじっくりと見守る四人の男たちの内、一番右端にいた。

紺色に染め上げた、フランス産の上質なリンネルの上衣がテオの細身の体を包み、その肩を一巻きしてから背後に垂らされた流行りものの赤紫のマントが、その四人の中では一番年若いテオの存在を目立たせていた。テオはやや長めのダークブラウンの髪を横に流し、物憂げな瞳をその機械に向けていた。

「滑らかで、美しい動きをしているね」

「それはもう、仰る通りで」

テオの感想に、機械の脇に侍る男が深々と頭を下げて答えた。

「実に興味深いよ」

含み笑いを漏らしながら、テオが拳を口元に当てた。

彼と初めて出会う者は、テオがお人好しのような笑顔を見せるので、その見た目に心を許してしまう。しかし彼は十五年前の事件を機に、実に偏屈な男に成長していた。テオは相手の本心を引き出した後は、容赦なくその考えを追及する癖があった。彼には悪意など微塵もないのだが、それが相手の心を随分と疲弊させる。例えばテオにも良家の娘さんとの縁談がこれまでにもあるにはあったのだが、上手くいった試しがない。相手のお嬢さんは朝にテオと出会うと、見目麗しい好青年との邂逅《かいこう》を神に感謝するのだが、昼前までにこの縁談を破談とするようお父上に泣きつく、ということが通例となっていた。

「さてさて……そろそろ、いかがでしょうか、皆さん」

自動回転する車輪の機械の脇に立っていた男が自信に満ちた声と、視線をその場にいた者たちに投げ掛けた。ハプスブルク家の所領から遠路はるばるやって来たという、ヨッヘン・ポラックを名乗るその男は、流暢なフランス語を操っていた。

「帝国領のギルドでは、当たり前のように使用されている技術です。これを更に大型化し、複数使用することで、大規模な工事や開拓事業の原動力になることが見込まれます」

その言葉にテオの左隣に座っていた男が反応した。

永久機関審査官の一人、法律家のクレーベ・サティだった。

「私はソルボンヌで法学を学び、この地のギルドでも幾つもの仕事を請け負ってきた。その伝手《つて》で帝国領内のギルドにも少なからざる商人の知己ができたが、この車輪の技術については聞いたことがないな」

収穫期の麦の穂のように豊かな亜麻色の髪を揺らすクレーベ・サティは、鋭さの内に快活さを秘め、快活さの中に鋭さを秘めた男だった。いたずら猫のような目をしながら、猟犬のように長い鼻で何かをくんくんと嗅ぎ回る。深緑のシャツと黒いタイツに包まれた四肢は目を瞠るほど長く、身長も高かった。テオより二つ年長のこの男はテオの兄と古い友人であったが、テオとは永久機関審査官として再会するまで疎遠となっていた。だが四人の中では歳が近いこともあって、二人はすぐに打ち解けた。両者の性格が似ていたことも大きかったのかも知れない。このサティのような、どこか達観した視点で他者を見る人間でもなければ、とてもテオとまともに関わることなどできないのである。

「ムシュー・サティ。パリのギルド全ての長のお名前を、私に教えて頂けないでしょうか?」

笑えない冗談を聞かされたような表情で、サティは肩を竦《すく》めて首を傾けた。

「それは無理な相談だ」

「ビエンヌ司教区はフランスの影響の強い地域だと聞き及んでおりますが、そんな土地で長らくギルドの法務を請け負ってきたあなたほどの方が、パリのギルド長の全ての方の名を挙げることはできない、そういうことですね？」

「私を田舎者だと、馬鹿にしたいのか？」

そう聞きながらも、サティにはちっとも腹を立てている様子が見られなかった。むしろ面白がっているのか、口の端には相手を小馬鹿にするような笑みすら見せていた。

「ムシュー、賢明な方に払うべき敬意を、決して忘れないことが私の誇る美徳の一つです。私がお伝えしたいのは、ムシュー・サティですらフランス中のギルドやその長を挙げられないのならば、神聖ローマ帝国領内の全てのギルドを把握することなど、誰にもできないことではないのかと、そういうことなのです。つまりムシュー・サティ、あなたや、あなたの知己ですら、まだご存知ない技術が帝国にあるのです」

「それが、これだと？」

「その通りです」

ふんっと鼻から一つ息を転げ落とすと、サティはゆったりと背凭れに身を預け、その長い脚を組んだ。

その間も、車輪のスポークの狭間を転がる鉄球は次々に、カタン……カタン……と音を立てながら転がり続けている。

「これが本当に本物ならば、デアフリンガー家にとって、極めて有用な技術に違いない！」

両者のやり取りの間隙にはいりこんだのは、退役大佐のニコラス・ブレナーであった。審査官四人が着いた席の一番左にあって、ブレナーの視線はちらちらと伯爵や将軍の方へとうろつき回っていた。

ビエンヌ司教区を統括するヨゼフ・ヴェスタープ司教が教皇庁の犬であるとするならば、ニコラス・ブレナーはデアフリンガー家の犬であった。彼は傍から見ていじらしいほどに伯爵家にすり寄り、命懸けで胡麻を擦った。彼は十代半ばで軍役に就いたものの、特に目立った武功もなく、何かで能力を発揮したわけでもなかったが、とにかく己のデアフリンガー家に対する忠誠心を命懸けで示したのである。彼は新兵の頃、デアフリンガー一族に連なる遠縁のゲオルク・ボッツ大佐の旗下で、その異様なまでの忠誠心を遺憾なく発揮した。軍規を厳しく引き締めることを上申し、不平不満を漏らす者を直ちに密告、上官に対して異議を発するものについては早々に風説を流布して懲罰を与えられるよう仕向けた。その一方で、大佐の危機の際には身を挺してその身を守り、矢が首筋を掠って大怪我を負ったこともあった。

ニコラス・ブレナーの生き様は今に至るまで一切変わることなく、ボッツ大佐は勿論のこと、デアフリンガー家の覚えもよく、彼の所属する部隊が常に全軍のアキレス腱と呼ばれるほどに脆弱であっても、彼は昇進し続けた。そして大佐という立場で臨んだアウクスブルク同盟戦争中、ブリュッセルでの戦闘で、何の冗談か、ブレナーは本当にアキレス腱を断裂する大怪我に見舞われた。レイスウェイク条約によって戦乱が収まると、デアフリンガー家は五十をとうに越えた彼を退役させて面倒をみることを決めたのであった。軍功云々について言えば、彼は巷で囁かれているように、その犬のような忠義を主君に見せるために無数の若者を死に至らしめたわけで、とても積極的に評価できるものは何もなく、むしろ有害ですらあった。とは言え、彼の生涯を懸けて徹した忠義を無碍《むげ》にするわけにもいかない。そんな折に、永久機関審査官の役職に彼を伯爵家の代弁者として任命することを、エドガー・マンスフェルト将軍が伯爵に進言したのである。

そんなブレナーの体はとても小柄で、その小鹿のように臆病な目は常にきょろきょろと動き回っていた。彼の生き様そのものだと言ってもいい、実に狡猾な見た目だった……というのは、私自身の印象ではあるが。

「デアフリンガー家は幸いですな。利に聡い忠臣に恵まれておられる」

ヨッヘン・ポラックの言葉は、的確にブレナーの精神の、極めて心地のいい部分に触れたようで、ブレナーはだらしのない、下卑た笑いを漏らした。

「私にはただ、物の価値を正しく見極める審美眼があるだけだ」

「だからこそ、あなたはデアフリンガー家に生涯を捧げた」

「その通り。当家にはこの命を懸ける価値があると、私は信じている」

ブレナーがこの時に「当家」と臆面もなく言ったことは紛うことなき事実で、テオ・アルベールはそれを聞いて堪らずに吹き出した。テオの隣に座っていた法律家のクレーベ・サティがこっそりとテオの脇腹を肘で小突いて、一つ咳払いをした。そこでヨッヘン・ポラックの視線がこちらに向いたことに気付いたサティが再び口を開いた。

「幾つか質問を？」

「ええ、勿論です」

「フランクフルトほど大きな街で永久機関を実用化させた男が、何故わざわざこんな田舎に来たのか、そこが私には解せないのだが」

「それは勿論、永久機関の審査を公的に執り行っておられるのは、このノイエンブルク公国だけだからです」

「つまり、目的は40万ルーブリ？」

「私を金目当ての有象無象たちと同じ枠で語られるのは、迷惑千万な話です」

「違うのか？」

「神は天と地を作り、ご自身の創造なさった動物たちを世界中に遍《あまね》く行き渡らせました。そしてそれらを狩猟し、生きる糧とし、支配する権限を我々に与えました。この世界の法則は全て神の御業であり、それを解明する権利も、それを利用する権利もまた、同様に我々には与えられているのです。人は葡萄を育て、その実を収穫し、すり潰し、取れた果汁を発酵させてワインを作る。こうした被造物の世界から得られる恩恵は、時と共に拡充しているのです。そして今、永久機関という新たなる神の御業の恩恵に浴する時が来たのです」

「素晴らしい話じゃないか！」

満足そうに深々と頷いたのは、横一列に並ぶ審査官四人の左から二番目に座していた、司祭のギョーム・マルケルだった。一番年配のマルケル司祭は、齢《よわい》八十間近で、根っこのような体に白い法衣を上から被せたように見えた。声は掠れ、白くて長い眉が瞼に覆い被さり、その目はほとんど開いていなかったし、意識もはっきりしているのかどうかも怪しいものだった。

愚直と評されるマルケル司祭は、ヨゼフ・ヴェスタープ司教の恩師であったが、弟子のように世渡り上手ではなく、司祭より上に叙任されることはなかった。好々爺然の振る舞いで人から好感を抱かれる一方で、異端や、背教的な者や心情に対しては激烈な憎悪を燃やす一面があり、時にそれが行き過ぎることもあった。多くの人が司祭は加齢によって情緒不安定になったと考えていたが、彼を古くから知る人間は、それがギョーム・マルケルという男の本質であることを、事実として知っていた。

そのマルケルの言葉を追い風にして、ヨッヘン・ポラックの口先は更に滑らかに回った。

「人の作り上げる技術の全ては、神の恩恵の賜物であり、その転用であります。永遠は神の一属性であり、その分有に技術を以て与《あずか》ること、それが永久機関の根本的な概念であります」

「その通りだよ」

司祭のギョーム・マルケルは、車輪が自動で回転する仕組みに目を奪われ続けていた。

「徳高き司祭様の眼力を以てすれば、今、この場に神の奇跡の一隅を発見することなど容易なことでありましょう」

「言うまでもないことだ。神の御力が正しく働けば、この機械が永遠に動き続けることなど実に容易《たやす》いことである」

マルケル司祭の言葉を聞いて、ポラックは満足そうに頷いた。

だが法律家のクレーベ・サティはまだ、十分な回答が得られていないと考えたのか、質問を続けた。

「ちょっといいか？　さっきの話だと、帝国領のギルドではこの技術は既に確立していて、一部では実用化されている、そうだったな？」

「勿論です」

「だとしたら、この技術は大いに利潤を生んだはずだ。何しろ、この車輪は人が動かすこともなく、水の力を使うこともなく、馬に引かれることもなく回り続けるのだから」

「ええ」

「永遠に」

「そうです。永遠にです」

「勝手に」

「その通り、勝手にです」

「だったら今更、我々が追認することに何の意味があると？　長期的に見れば、40万ルーブリなんてはした金になるほどの巨万の富が、あんたの懐に転がり込むはずだ」

「しかしながらノィエンブルク公国における永久機関審査を通ったという事実は世界で唯一、永久機関の特許を取得したに等しい価値があります。そのことには褒賞金を頂くよりも大きな意味があるのです。それほどまでに私は皆様の審査を重んじているのです」

「それはそれは、身に余る光栄だ。だったら、私たちがこの機工を永久機関として認めたなら、それで十分じゃないか？　別に40万ルーブリを支払う必要などない」

「え、それはおかしな話じゃないですか。約束が違いますよ」

「だったら、やはり褒賞金が目当てだということなのだな？」

「それは……ああ、なるほど。そうやって技術だけを取り上げて、褒賞金を辞退させるのが目的なのですね。そのためにあなたが審査官の席に名を連ねておられると……よく分かりました。これがデアフリンガー家のやり方、それともビエンヌ司教様のやり方なので？」

「まさか！」

ニコラス・ブレナー元大佐とギョーム・マルケル司祭が同時に声を発した。

「邪推だよ」

クレーベ・サティは些《いささ》かも動じずに席を立ち上がると、ゆっくりとした足取りで歩き始めた。刺繍の入った深緑のシャツの裾をまくり上げ、サティは気取った動きで腕を組んだ。窓から傾いた陽の光が横から差し込んで、彼の足元に長い影を伸ばした。

「私が要求しているのは、正当な権利です」

ポラックは顎を持ち上げ、サティを見下すように視線を飛ばした。

「気を悪くしたと言うのならば、そのことについてはお詫び申し上げよう」

「いいえ、そこまでのことでは」

「あんたが心配する気持ちも、分からないわけではない。私たちのような立場の人間は、良心に反する行いに躊躇《ためら》いがなければ、いくらでも己の利益のために不正を働けるのだから」

「まさにそのことなのです、私が恐れているのは」

「正論に違いない。だが我々の事情もご理解願いたい。我々の精神的支柱とも言うべきヴェスタープ司教の褒賞金宣言以降、実に多くのならず者共が我々の元へと押し掛けてくる。彼らは平気で神に偽りの誓いを立て、教会も、そして伯爵家すら欺いて金を騙し取ろうとする。偽計の報いとして、見せしめに火刑に掛けて尚、詐欺師たちは押し掛けてくる。我々も手を焼いているのだ」

「勿論、そのことについても聞き及んでおります。ですが、私の要求に不当なところはございません。一つには、私の披歴したこの技術が、他の詐欺師とは全く違い、本物の永久機関であるということ。そしてもう一つに、飼い犬にだって、主人の食卓から零れ落ちたパンくずを口にする権利くらいあるはずです。福音書にあるように」

「なるほど」

「この永久機関は技術的には確立してはいるのですが、まだ量産には至っていないのが実情なのです」

サティは靴底を床に叩き付けるように、こつこつと音を立てながら卓上の機械に近寄って行った。そして腰を折って、小刻みに回転を続ける車輪を横から覗きこんだ。

「既に実用化されているのに？」

「規模の問題です。まだ本格的に利益を生むだけの規模では生産されていないのです。なので我々には予算が必要なのです。この装置をもっと大きく作り、数を増やすための。その為にこちらに持ち込んだのです。投資に必要な40万ルーブリを手に入れるために」

「何故ハプスブルク家に相談しなかった？　彼らだってこの技術が本物なら喉から手が出るほど欲しがるはずだ」

「彼らは莫大な財を誇っている一方で、実に吝嗇《りんしょく》です。それに長期的な視野に欠ける」

「言葉には気を付けた方がいいと思うが。先にも申し上げた通り、私自身、帝国領内のギルドに知己がいるのだから」

「あなたはそんな器の小さな男ではありませんよ」

「そうだといいな」

「尤も、人生に博打は付きものです。私はあなた方に賭けた。この技術を売り込む相手として。私は褒賞金を頂くつもりですが、技術は勿論、デアフリンガー家にも供与致しますし、ノイエンブルク公国のギルドでもご使用頂いて構いません。その際に使用料を頂ければ、それが互いにとって大いに利をもたらすであろうことは明白だと思いますが」

「なるほど」サティが鋭い視線をヨッヘン・ポラックに向けた。「特許の優先的利用権を我々に供与する、そう理解すればいいのか？」

「ええ。それに私の提示する率は、この技術によって得られる利益を鑑《かんが》みれば、非常に良心的だと思いますよ。如何でしょう、閣下」

そう言って、ポラックはサティの背後に座する伯爵に視線を向けた。

「ヨッヘン・ポラック、この技術が永久機関であれば、お前にはそれだけの利益を取る権利がある」

若き領主、フリッツ・デアフリンガーが静かに口を開いた。

母親譲りの滝のような金髪に、透き通る肌、華奢な体の線、彼の美貌に見惚れながら、ポラックは彼に向かって膝を付き、恭《うやうや》しく頭を垂れた。

「サティ、お前は納得したのか？」

美しく響く領主の言葉に、サティは笑みを返し、胸に手を当てて会釈した。

「全く納得できません」

「それは技術的なことか？」

「いえ、私の専門はそもそも法律です。私が納得いっていないのは、むしろこの男がこの技術をここに持ち込んだ動機です。とは言え、その疑義について現状、私には調査する手立てがありません。ですので、ここは技術的な部分に論点を絞るべきかと存じます」

「つまり……？」

「つまり、機工審査官の裁定を求めるべきです」

「なるほどな。テオ！　テオ・アルベール！」

この時、テオは拳が丸々口の中に入るほどの大あくびをしていた。

そして自分に白羽の矢が立ったことを知ると、姿勢を正した。

「テオ、退屈だったか？」

「はい、閣下」

テオは悪びれることもなく笑顔で答えた。

「お前はこの技術、利益を生むものだと思うか？」

「この技術……はて？」

「寝ぼけているのか？　それとも余を侮辱したいのか？」

「僕の閣下に対する忠誠心は、そこのブレナー大佐に引けを取らないつもりですよ。何なら今すぐに閣下の足元に跪《ひざまず》いて、その爪先に口付けを致しますが」

テオはそう言うと、子供のように笑って左端の席に座すブレナーに目配せした。

ブレナーはブレナーで、心外だという顔つきで眉間に皺を寄せた。

「余はそんなことを求めてはいない」

「では何を？」

「本気で言っているのか、テオ？　お前は機工審査官としてこの場にいるのだ。このヨッヘン・ポラックが持ち込んだ永久機関が本物であるかどうか、そして本物だとして、これが利益を生むだけのものであるか否か、お前が最終的に裁定を下さねばならないのだ」

「はあ」

「さあ、テオ！　答えよ！　お前はこの永久機関をどう判断する？」

「永久機関？」

「そうだ、この技術の」

「技術？」

「何をまどろっこしいことを！」

先に痺れを切らしたのはマンスフェルト将軍の方だった。

「永久機関も技術も、この場には何もありませんよ」

「何もだと？」

フリッツ・デアフリンガーは目を大きく見開いて問い返した。

「あるのは、ただの子供用の玩具だけです」

「何をおっしゃるか！」

ヨッヘン・ポラックが声を荒らげた。

「テオ、もう一度聞くぞ！　この男の永久機関は本物なのか、違うのか？」

「ノンです。全く以て、ノンです」

テオは嬉しそうに断言した。

俄かにざわめきが起こった。

その中で唯一、クレーベ・サティだけは愉快そうに顚末を見守っていた。

「どういうことなのだ、テオ・アルベール！」年老いたギョーム・マルケル司祭が掠れた声で叫び、脅しを掛けるように根っこのような人差し指をテオに向けた。「機工審査官である君の言動はこの場では極めて大きな意味を持つ。それを踏まえた上での発言なのかね」

一方のテオは、仕方なさそうに姿勢を正しはしたものの、調子は相変わらずだった。

「ええ、勿論です。これは永久機関などではありません。動きは実に美しいですけれど」

「では、何だと？」

デアフリンガー伯爵が混乱した表情のまま聞いた。

「いやぁ……ですから……玩具です、としか……そうそう！　そう言えば昔、父がこれとよく似た玩具を僕にくれましたよ。でも、あっちの方が出来がよかったなあ……もっと小さかったし。ねえ、おじさん、それ、もっと小さくしようと思えばできるよね？」

テオに聞かれたポラックは目に見えて狼狽していたが、平静さを保とうと努めていた。

「実際には、そうですな、もっと小さくても動くかも知れませんし……いや、しかし車輪を動かす動力源となっている、鉄球の落下運動を回転力《モーメント》に変換するのにはある程度の重さが必要なので、これだけの大きさは必要になります」

「またまた！　それは嘘だ。全ての材料の大きさと重量を比率に従って小さくすれば問題なく動くはずだ」

「いや、重さというのは……」

「それに最初から気になってたのはリム内径を覆っている鉄鋼片、どうしてあれが必要なの？」

「それは……鉄球が転がって来た時の衝撃を最大限に回転力に伝えるために……」

「違うね、音を立てるためだ」

テオの言葉に、ポラックの顔が青褪めた。

マルケル司祭も、ブレナー大佐も、テオが何を言っているのか理解できない様子で互いに顔を見合わせた。無理もない。

ただ一人、立ち上がって機械の前にいたクレーベ・サティだけは愉快この上ない様子で、テオの次の言葉を待っていた。

「クレーベ、丁度いいや。君、その機械の前から窓の方に向かって歩いてみてくれないか？」

「こっちか？」

「そう」

サティはテオの指示に従って、ぽっかりと開かれた縦長の窓の方へと歩いて行った。窓の高さは成人男性の背よりもずっと高く、それが幾つも壁に並んでいた。低い日差しが審議堂に縞模様を為し、そこにサティの細長い影が入り込んだ。

「クレーベ、何か、そこに糸のようなものは張られているか？」

「いいや、そんなものは見当たらないな」

「だろうね。ありがとう」

サティは何でもないとでも言うように両手を広げると、再び機械の前まで歩き始めた。

「最初は車輪を糸で引いているのかと思ったんだ。でも今日の日差しだと、糸は陽の光で目立ってしまう。命懸けの審査を通すのに、そんな危険な真似なんて……余程の馬鹿でもなければするわけがない。ああ、先に言っておくけど、今のは褒め言葉だよ、おじさん」

ポラックは苦虫を嚙み潰したような表情を浮かべ、周囲の様子をしきりに気にしていた。

「さすがに糸を利用した機工ではないだろうなってことは考えていたよ。だってそうでしょ？　鉄球の動きに呼応して車輪が回るわけだから、その回転が滑らか過ぎては、鉄球が動力源ではないことがすぐにばれてしまうからね」

「テオ、お前の言う通りだ。鉄球の動きと緩急のある車輪の回転は一致している。だから動きに違和感がなかった」

サティが感心したように車輪の動きを眺める一方で、ポラックは後退りし始めていた。

「いや、だから、これは……永久機関なので……」

歪んだポラックの顔に愛想笑いが混じる。

「この機械をバラせばいい。それが一番、話が早い」

サティが言いながら機械に近付いた。

「いや……永久機関審査の裁決までは、規定によって機械そのものには触れてはならないとされていたではないですか」

「ただし、審査対象が詐欺であることが明白となった場合はその規定は破棄される」

「まだ裁決は出ていないではないですか！　それにこれが本物でも、審査官が規定に反した場合、伯爵家への技術の供与を拒否することができる、そんな規定もあったはずです」

「私は仲間の機工審査官に全幅の信頼を寄せている。テオ、どうなんだ？」

「バラすには及ばないよ、クレーベ」

　テオが楽しそうに言うものだから、サティまで楽しくて仕方ない表情を浮かべ始め、そして焦燥に顔を歪めているポラックに囁いた。

「おやおやぁ……あの男、何もかもお見通しだとでも言いたげな顔をしているぞ」

　ポラックは何も答えなかった。

　テオはその時、何かを思い出したかのように、顔をふと持ち上げた。

「それにしても僕は前から不思議に思っていたんだけど、いずれ死ぬ人間が永久機関の審査をするなんておかしな話だとは思わない？　永久に動くという機工を、人間が永久機関だと認めるのに必要な時間はどれほどだろうね？　一年動き続ければ、それを永久機関と認めるべきなのか？　それとも一月？　一日？　審査の間だけ？　僕はね、最初から信じてないんだよ、永久機関なんてものは、そもそもさ」

「いや、でも、これは——」

「おじさん！　えっと、ヨッヘン・ポラックとか言ったっけ？」

「はい、私はヨッヘン――」

「いいよ、やっぱいい。あんたの名前なんてどうでもいい。心からどうでもいい。ただね、おじさん。僕は今、少しだけ気分がいいんだ。そこのしようもない玩具のお陰でね」

「いえ、だからこれは玩具ではなく――」

「だからもういいって。あんたはもうおしまいだよ。ねえ、だってそうだろう？　どうしてその玩具の基底部が円形なのか？　答えは簡単だ。その中にはぜんまいが巻かれているんだ。そこから、恐らくは一つの歯車が連結されている。そしてそれがガンギ車に連なり、アンクルがその動きを一定に調整する、つまりは脱進機になっているわけだ」

「テオ、ちょっと何を言っているのかが分からないな」

　サティが口を挟んだ。

「言わばニュルンベルクの卵だよ、クレーベ」

「だから、それは何なのだ？」

「時計だよ」

「最初からそう言ってくれ」

「それくらい分かってよ」

「皆が皆、お前のように機工偏執狂《マニア》じゃない」

「何を言ってるんだ、クレーベ？　僕は至って正常だ」

「狂ってる奴は皆そう言う」

「そうかな？　でもいいんだ、そんな些事は。今は僕の話を聞いてよ。そのアンクル……Y字型の部品であるアンクルは、ぜんまいから伝わって来た動力を左右に分散させることで動きを一定に保つんだ。その際に一定のリズムを刻むんだけど、それがこの車輪の小刻みな動きと一致しているわけだ。ただし、その際には僅かながら音が響くはずだ。カチ……カチ……とね。だからその音をかき消す為に、鉄球がリム内周の鉄鋼片とぶつかって音が響くように仕組まれているんだよ」

テオの説明が終わらない内に、ポラックは駆け出した。

「あ！」

その場にいる者の全てがポラックの脱走に気付くのが遅れていた。

しかしテオはまるで気にする様子もなく説明を続けた。

「もしその玩具に機工があるとしたら、それは上に設置されているお飾りの玩具ではなく、そこの円形の基底部だけなんだ。それだってね、実に稚拙なものだよ。本格的な時計を作るのであればもっと精巧な機工にするだろうし、本職の時計職人なら、こんなものはとても恥ずかしくて自分の作品だなどとは言えないだろうよ」

「テオ！　それどころじゃない！　ヨッヘン・ポラックが逃亡した！」

マンスフェルト将軍が声を荒らげたが、テオは全く気にする様子を見せなかった。

「知ったことじゃない」

「知ったことじゃないだと！」

「ええ。僕には何の関係もありませんから。僕は機工を審査した。それでお終いです」

審議堂の中が荒れに荒れる中、テオは生あくびを噛み殺しながら立ち上がった。

その場にいた人々が入り乱れてヨッヘン・ポラックを追いかけていく中、テオは反対側の出口に向かって歩き出した。

「機工審査官、テオ・アルベール」

落ち着いた、涼やかな声がテオの足を止めた。

テオは声の主の方を振り返ると、右手を胸元に当てて恭しく頭を下げた。

「ああ、そう言えば閣下。お別れの挨拶がまだでしたね」

テオの不遜な物言いを、その時は咎《とが》める者がいなかった。だが若々しい領主、フリッツ・デアフリンガー伯爵はそんなことなどまるで気にも留めない様子でテオに問い質した。

「テオ・アルベール、君は永久機関など最初から存在しないものだと決めつけているのか？」

「ええ。ですからこの仕事を受けたんです。存在し得ないものを存在していないと、そう断ずるだけで多額の報酬がもらえるんですから」

「引き受けた理由は本当にそれだけか？」

伯爵の言葉に、テオは笑顔を浮かべて首を傾げた。

「と、言いますと？」

「あれは……もう十五年前になるか。一人の男が永久機関詐称の罪に問われて、当時の永久機関審問官により有罪の裁決を受けた。私はまだ七歳だったが……よく覚えている」

「僕は十二歳でした」テオは興味なさそうに言った。

「罪過に問われ、追い詰められた者の弁明は大抵決まっている。嘘ではございません、私は真実を申し上げています、そんな戯言《ざれごと》の繰り返しだ。挙げ句に神に誓ったりだとか、眼前の権力者に誓ったりだとか、我が一族の名誉に懸けてだの、もしくはこの命を懸けてだの……最後の悪あがきは、皆似たようなものだ。だがその男だけは違った」

「どのように？」

「その男はこう叫んだのだ。『我が愛する息子たちに誓って、私は詐欺など働いていない』と。その言葉に、私の心は強く揺さぶられた。それ以降も何人もの罪人が裁かれる場に居合わせたが、あんな男は後にも先にも一人だけだった」

「……でしょうね」

「テオ・アルベール。お前が機工審査官を引き受けた、本当の理由は何だ？」

「閣下、あなたが僕を機工審査官に任命した本当の理由は何です？」

二人は互いの質問に答えることなく、じっと視線を交わらせていた。

やがて先に口を開いたのはテオの方だった。

「さて、僕はもう帰ります。機工審査官としての僕の仕事はここまでですから」

「待て、テオ・アルベール！」

その時のデアフリンガー伯爵の呼び掛けに憤慨の色は混じっていなかった。

それはむしろ、年少者が年上の者に答えを求めるような必死な声色であった。

「御機嫌よう、閣下」

人々が入り乱れてヨッヘン・ポラックを追いかけていく中、テオは涼しい笑顔で反対側の、空いている出口から悠々と帰途に就いた。

それが機工審査官テオ・アルベールという男だった。

2　ドンブレソンの永久機関

我らの故国……とは言っても、戦争と教会権力の狭間に零れ落ちた小さな一地方、ノイエンブルク公国は道端のマイルストーンのように、特に誰からも気に留められることのない国だった。フランス王国の東の果て、スイス同盟の西の果て、神聖ローマ帝国の要衝の地からも遥か遠く離れたこの地は、豊かな沃野が小麦の大平原を育み、山岳地帯では少量ながらも鉄鉱石が採取され、ヌーシャテル湖にはそこそこの規模の鱒の漁場もあった。その湖畔では葡萄が栽培され、ワインの醸造が盛んであった。イングランドでのワイン作りが下火となって以降は、この地からのワイン出荷量は増え続けていた。そう考えると、田舎とは言え、この地も見くびったものではない。それにヨーロッパ中を旅してみれば分かるのだが、ここはヨーロッパの縮図のような土地で、そしてそれ故に誰もその特徴について具体的に語ることができないのだ。

この土地の大部分はやはり小麦畑だった。また、山間に広がるレタス畑の収穫期には、圧倒的な緑が見る者を圧倒する。その脇ではニンニクや玉ねぎ、ほうれん草、アスパラガスが栽培される。山を少し上っていくと栗林の幅の広い葉が頭上を覆い、足元に目を向ければキノコの栽培も行われている。土の香りに、腐りかけた倒木の臭いと、夏場は山間部で放牧される豚の糞の臭いが混じる。豚は十一月になると樫のどんぐりをこれでもかという程与えられ、十二月になると食肉加工される。この際、食肉だけでなくラードも採取される。豚肉は冬場の保存用に塩漬けにされたり、腸詰めにされたりするのだが、この腸詰めがまた美味いのだ。少し開けた場所では養蜂が行われており、こうした金の臭いのする事業に関しては、大抵その地の領主が絡んでいる。それは世俗の領主に限らず、自前の広大な土地を保有する修道院、司教区を統括する教会も同じなのだ。これはいつの時代も変わらない。

だが小麦畑での農作業は大昔と比べると大分変わったと言えるのかも知れない。鋤の技術的改良が進み、それを引くのも牛から馬に変わり、その生産性は飛躍的に向上した。むしろ変わっていないのは農夫たちだろう。彼らは今も昔も、革袋に詰めたビールを飲んで渇きを潤し、日に焼けた顔を更に赤くして上機嫌で作業をこなす。だからと言って、彼らは別に怠惰なわけでも飲んだくれているわけでもない。喉を潤すのに、ビールほど安全で手軽に持ち運べる飲料などないのだ。どうして水を飲まないのかと聞く世間知らずもいないわけではないので、そういうことを聞く者には私はこう答えるようにしている。自分自身でそれを試してみるといい、たちまち腹を壊してしまうだろうがね、と。

そんな畑作地帯の合間を、南方ではアルーズ川が、北方ではセイヨン川の清流が抜けて行き、燦々《さんさん》と照り付ける太陽の光を弾き散らす。川縁には水車小屋が数軒立ち並び、その近くでは水車の力を利用して麦をつく小屋や、同様に水力によって稼働するふいごを利用した鉄の溶鉱炉などが立ち並んでいる。これは山で採取された鉄鉱石を、炭火によって溶かしているのである。どの小屋も古く、粗雑なものだったが、彼らの生産を助けるのに欠くべからざる施設であった。

これら施設の所有者は、農民でもなく、村長でもなく、領主であるデアフリンガー伯爵家であった。そして施設を利用する際には必ず使用料が徴収される。これはバナリテと呼ばれる、言わば税の一種で、その地の領主の方針如何によって税率は異なる。とは言え、この税率については、どこの領主もやりたい放題できるわけでもない。自分の所有地を持たない小作農たちは土地を移動することに何の抵抗もないので、条件を良くしないと領民の流出を招く事態にもつながるのである。利に聡い領主であれば、税率を下げることでむしろ税収を上げる。幸いにもフリッツ・デアフリンガー伯爵はそのような周囲の提言を素直に聞き入れていたので、国内の生産も生産者の生活も安定していた。

「教会の十二分の一税だって、かつては十分の一税だったのだ」

パン焼き竈《かまど》の煙突から立ち上る黒煙を見上げながらアクス・ハンケ参事が呟いた。

「それがどうしたって言うの？」

テオ・アルベールはハンケ同様に馬上から黒煙を見上げていたが、大して興味を抱いていない様子だった。

若葉緑色のシャツの上から赤い外套を羽織ったハンケ参事は、息子のように年若いテオを横目で見ると、微笑を漏らした。

「水車に竈、酒造用の施設も全て、使用料を取られる」

「バナリテでしょ。それくらい僕だって知ってるよ」

「まだこの地はいい。この地の使用料は低い。だがしかし、これは本当に領民が領主に対して支払わなければならないものなのだろうか？　タイユ税だって支払い、教会にも税を払い、その上での利用強制権だ。領民の生産活動に関わるものなのだから、自家で所有して、自分たちで使えば、それで済む話なのではないかね？」

「そんな話をするために、僕をここまで連れてきたの？」

パンの焼ける香りに、二人の腹が鳴った。

「いい香りだ。冬麦の収穫が終わって、農民たちは脱穀で忙しい時期だ。小麦が豊作だったようだから、美味いパンが沢山食えるだろう。そして次は葡萄の収穫の時期に入る」

「そんなことよりさ……この間の、あの人。何とかポラックっておじさん、結局逃がしちゃったんでしょ？」

「興味あるのか？」

「ない」

アクス・ハンケは経験者として、現在の永久機関審査官の四名を統括する役職にあった。彼自身もかつて機工審査官の役職についてはいたが、テオの足元にも及ばなかったことは言うまでもない。その時の永久機関審査官は三名で、三人とも機工審査官であった。主席審査官のエリック・シュレーダー、次席のノア・エーバースドルフ、それに次いだのがこのアクス・ハンケであった。

アクス・ハンケは恰幅がよく、人の面倒見もいいことで知られている。髪は額から頭頂部まで禿げ上がっており、お人好しの人相と相俟《あいま》って、出会う人に好印象を持たれ易かった。

「ヨッヘン・ポラックはどうして追手を振り切って逃げおおせたと思う？」

「一人じゃ無理でしょ。協力者がいたに決まってる」

「そうなんだろうな」ハンケが悔しそうな顔をして見せた。

「あの人が置いていった玩具だけど、僕、解体させてもらったでしょ?」

「お前の感想は?」

「意外とよく出来てた。もっとしようもないものかと思っていたから少し驚いたよ」

「お前がそう評するのなら、本当によくできていたんだな」

テオは早くも話に興味を失ったのか、そっぽを向いてしまった。

クロウタドリの鳴き声が遠くから聞こえた。

「特別な任務なんでしょ? 今日は」

「乗馬日和には違いないが」

「まどろっこしいな、参事はいつも」

「セイヨン川の岸辺の村落でドンブレソンと呼ばれている一帯だ。自治特許状がデアフリンガー伯爵から出されているだけあって、自治がしっかりしている。村長も年に一度公選で決められていて、現村長も伯爵の承認を受けている。それに慣習法証書も同様に伯爵家から出されており、両者の関係は非常に良好だ。しかし、そんな村落に妙な男が妙な技術を売り込みに来たそうだ」

「それで?」

「もう言いたいことは分かるだろう」

「その男が売り込みに来たのが、永久機関だったってこと？」

「そうだ。例えば水車は村落では牛馬や驢馬《ろば》に次ぐ、いや、時にはそれ以上の労働力だ。だが動物と違い、水車は動かせない。つまり川まで行かないと、その恩恵にはあずかれない」

「じゃあ、その売り込まれた技術は、水車並みの動力を持っているってこと？」

「そこまでの力があるかどうかはともかく、それは水力を利用した永久機関だというのだ」

「水車と、水力を利用した機関が生み出す力は全く別物だと思うけど」

「しかし川まで行かずとも水車並みの労働力が得られる可能性がある、このことが重要なんじゃないか？　たとえそれが水車の力に幾らか劣っていたとしても」

「水力が使えないんだったら、僕なら、他の力を利用するけどね」

「他の？　他の力とは何だ？」

「人に話したくはない」

「随分と他人行儀だ」

「だって他人じゃない」

テオの頑ななまでの拒絶を、ハンケ参事は続く言葉と共に呑み込んだ。

「……時にテオ、お前はアルキメデスの螺旋《らせん》は知っているか？」

「あのさ、誰に、何を聞いてるの？」

「ああ、そうだったな。失礼した」

「管の内部に、螺旋状に板面が巻かれた芯が通っている。この芯を回転させると、螺旋の板面が下から上に向かって土砂や液体なんかを運搬することができる。かのアルキメデスが考案しただけあって、実用性の高い機工だ」

「その通りだ」

二人が街道を北上していくと、西側の山岳部から雪崩れ込んで来たような広大な森が迫って来て、やがて街道は広葉樹で覆い尽くされた。南中の日差しを裁断して漏れ入る幾筋もの光線が、彼らの行く道を斑《まだら》に照らした。野鳥の鳴き声に混じって、アカゲラが幹を嘴《くちばし》で突くドラミングの音が小気味よく耳に響く。街道の東側では、木々の隙間からセイヨン川が顔を覗かせていた。細く急流となる高低差のある場所では、滝のように飛沫を上げながら岩壁を削るセイヨン川は、平野部でも流速は早い。川の流れる音に、四十雀《しじゅうから》の鳴き声が混じる。そして再び潮が引くように木々が西側へと勢力を弱めていくと、川縁に水車小屋が幾つか立ち並ぶのが見えてきた。

「あの大きな小屋が鉄鉱石を溶かす溶鉱炉になっている。お前に言うのもおこがましいが、水車の力でふいごを稼働させ、空気を送り込む」

「水の力は偉大だよ。アゴスティーノ・ラメッリが記した『種々の精巧な機械』という書物を？」

「いいや、聞いたこともないな」

「もう百年以上前にパリで出版された本だ」

「そんな本を、一体どこで手に入れたんだ？」

「父の書斎にあった」

さすがだな、テオ。やはりお前もあの本を読んだのだな。

「イザーク・アルベール氏か……」

テオはその際、珍しくハンケに対して強い視線を向けた。

「水を利用した機工というのは実に多岐にわたる。古代メソポタミアではペルシア式水車が灌漑に利用されていたし、その仕組みは今でも『ド・ラ・フェの水車』として知られ、使われている。丁度この間のいんちき永久機関のように、車輪の内部は曲線状のスポークになっているんだ。リムの左右を円盤状の板が押さえることで、内部がバケツ状になり、川の流れを受けてたっぷりの水がその中に注ぎ込まれる。車輪が回って動力を得られるだけでなく、水を川面よりも上に運ぶこともできる。まるで一つの石で二羽の鳥を撃ち落とすように有用な仕掛けだ。

そしてその『種々の精巧な機械』という書にはペルシア式水車だけでなく、他にも実に多くの水を利用した機工が記されているんだ。陸橋用の揚水機、サイフォンの原理を利用した機工、往復式ポンプ、それにアルキメデスの螺旋によく似たものまでね。まだまだいくらでも挙げられるけれど、参事はそんなに興味ないでしょう？」

「そんなことはない。続けて構わないぞ」

馬上の二人は、水車小屋に併設された黒く煤けた煉瓦造りの竈が高熱を帯びているのを遠目に見ながら、更に川上へと進んで行った。

「これから僕たちが見るものは、恐らく自己回転輪だ」

「どうして分かる？」ハンケが目を丸くさせた。

「だってアルキメデスの螺旋の話をしたのは参事だし。しかも永久機関には付きものの仕掛けだからね。単純に言ってしまえば、その機工の動力源となる位置エネルギーを、その機工自体が生産するってことだよ。ズィマーラの風車を知ってるでしょ？」

「いいや」

「信じ難いな……本当に機工審査官だったの？」

「私は他の二人ほどの専門家ではなく、補佐的な役割だった。三人の機工審査官の中では末席だったわけだし」

「まあ、いいや。いずれ、何もかも白日の下に晒してやるから」

「え？」

ふと漏らした冷え切ったテオの言葉に、ハンケの体が凍りついた。

「何でもないよ。で、ズィマーラの風車の話だったね。あれは、ほら、新教の連中が大好きな、あの巨大なオルガンのパイプあるでしょ？　あれくらいの規模のふいごを作ってそこから送り込まれる風をパイプに集めて、吹き出し口に置かれた風車にぶつける。その勢いで風車が回って、風車が生み出す力を動力源として、それがまたふいごを稼働させる仕掛けになっているんだ」

「……それは、上手く動くのか？」

「誰も作ってない。それこそ、大聖堂のパイプオルガン一つ作るくらいのお金が必要になるだろうね。それで永久機関にはなりませんでした……じゃあ話にならない。でも口先で稼ぐ詐欺師にはそんなものを作る必要はない。絵図を描いて、それを見せて投機を募ればそれで十分だし、それで数え切れないほどの貴族や聖職者たちがカモになったわけだよ。領民を統《す》べる立場にあったって、或いはどんなに金を持っていたって、連中の頭は黄身と白身を抜いた卵の殻も同然だからね。騙すのなんて簡単だ。僕なら、あの老司教だろうと、伯爵家だろうと、すっかり騙しきって40万ルーブリせしめる自信があるね」

「テオ、言葉には気を付けるんだ」

テオは意地の悪い笑みをハンケに向けた。

「知っての通り、永久機関の懸賞金が発表されて以降、詐欺の横行が喧《かまびす》しい」

「だから僕らがいるんでしょ？」

「そうだ。だが今回の件で動いているのは、我々永久機関審査官だけじゃない」

「他に誰が？」

「異端審問官だ」

「何故、異端審問官が……」

ハンケの言葉に、テオの顔がみるみる青褪めた。

「さすがのお前も、異端審問官が絡むとなると言葉を失うか」

「その、まあ、異端審問官ってのは……あまりね」

「どういう事情なのかは知らんが、言葉に気を付けろというのは、それもあるのだ」

「まあ……とにかく話を戻そうよ。で、その売り込まれた機械ってのはどこにあるわけ？」

「この先だ。この竈の先に、小さな小屋があるだろう？」

ハンケの指差したおよそ20フィート（約6メートル）先には、真新しい、白樺の小さな庵《いおり》が建てられていた。農具を収納する物置小屋よりかは少し大きく、かと言って人が暮らすにはあまりにも手狭に見えた。

「もっと川から離れてるのかと思ったよ」

「試作が提供されたそうだ」

「早く見てみようよ」

テオが目を輝かせてその小屋に近付くと、扉がいきなり開いて農民風の中年男が姿を現した。麻布の中央に穴を開けて、そこに頭を通し布地を腰帯で締める、典型的な貫頭衣を着ている。日に焼けた赤ら顔で、硬い髪質の髪も髭も、日に当たり過ぎて焦げてしまったようだった。

「あんれ、あんた方、もしかして……」

男は毛並みのいい馬に跨《また》がった、二人の審査官の姿を見上げると眩しそうに目を細めた。

「ドンブレソンの村落から要請を受けた。ノイエンブルク公国・永久機関審査官参事のアクス・ハンケと、機工審査官のテオ・アルベールだ」

ハンケの言葉に、男が目を輝かせた。

「おおお……あんた方が！　大層ご立派な御仁だなあ、やはり」

「お前か？　永久機関審査の要請の嘆願を伯爵家に提出したのは」

「そうでございます」男は改まると、頭を下げた。

「そんなに恐縮する必要はない。まずお前の名を聞こうか」

「はい、ドンブレソンの、今年の村長を務めておりますラウルといいます」

「ラウル！　永久機関を見せてよ！」

テオは我慢できないといった様子で馬から飛び降りると、ラウルが出て来た小屋の扉の中を覗き込んだ。そしてしばらくその場で固まっていると、ハンケの方を振り向いた。

「見てご覧よ！　本当にアルキメデスの螺旋だ！」

「だから、そう言ったはずだ」

「あはははは！　くっだらない！」

テオは笑い転げるように身を持ち崩しながら、小屋の中へとよたよたと入っていった。

ラウルは心配そうにその様子を見て、ハンケに聞いた。

「あのお方は本当に機工審査官なので？」

「ああ、少なくとも私よりは優秀だ」

ハンケも馬から降りて、小屋の中へと入っていった。

「参事は前にもここに？」

ハンケとラウルが小屋に入った瞬間にテオが聞いた。

「ああ。私にはよく分からなかったから、お前の力を借りようと思った」

「そんなに分からないことばかりで、よく機工審査官なんてやっていたね。よくそれで、人を火あぶりにできたもんだね」

テオの言葉が突然、氷の刃のように、硬質で、鋭く、冷たくなったのを感じて、ハンケの脚が固まった。しかしテオは眼前の機械の構造に夢中になっているのか、今現在は直接的な敵意をハンケに向けたわけではないように、彼には感じられた。

採光用の大きな窓が全て開けられて、暗い庵の中に、設置された機械の全容が浮かび上がっていた。

その機械は、まず中央に斜めに通された管が人の目を引いた。管の直径は1フィート(約30センチ)ほどで、中には芯が一本通されている。その芯には螺旋状にぐるぐると平たい板金が巻き付けられており、管が回転すると螺旋が下から上へと湧き上がって来るように動く。そう、まさにこれこそアルキメデスの螺旋である。そしてアルキメデスの螺旋が通る管は左右からがっちりと、櫓《やぐら》のような構造の骨組みによって固定されていた。基底部はやや深めの桶となっており、そこで牛が四頭は水が飲めそうな大きさがあった。実際、そこにはなみなみと水が注がれている。中央のアルキメデスの螺旋が内蔵された管が稼働すれば、桶の水が管の最上部まで運ばれ、そこにある受け皿へと流れ込む。受け皿からは樋《とい》が伸びており、水はその樋を伝って今度は下へと流れ落ちていく。樋を伝う水は、櫓のほぼ中間部分に当たる場所に設置された水車へと注がれる。この水車が回ると、管の内部のアルキメデスの螺旋が回転する。水車を回した水は基底部の水桶へと再び溜まる。

「アルキメデスの螺旋が水を下から上へと運び、その水が樋を伝って流れ落ちて水車を回す。水車が回れば螺旋が回転して、また水を下から上へと運ぶ。これは……」

テオがそう言って言葉を詰まらせた。

ハンケとラウルは共に顔を見合わせ、次の言葉を待った。

テオは機械をじっと見つめ、しばらく何も言葉を発しようとしなかった。

「これは……どうなんだ？」

「これはさ……」

「これは？」

「酷いね」

「え？」

「こんなの今でもやってんだ」

「駄目なのか？」

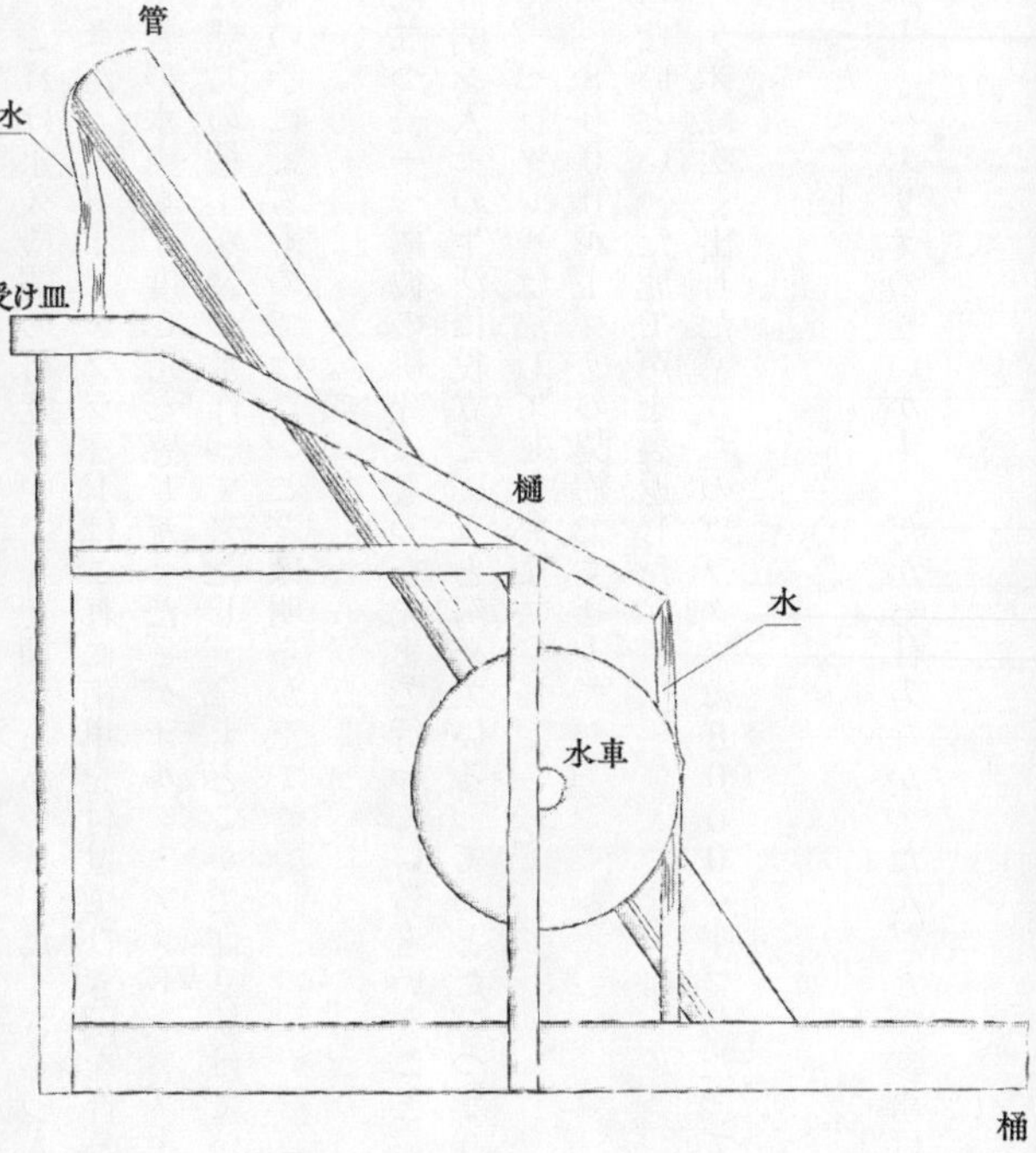

管
水
受け皿
樋
水
水車
桶

「駄目も何も、これは永久機関の研究の中でも初期からあって、たくさんの人がこれに挑戦して失敗してきた。ロバート・フラッドはこれに歯車を付けてひき臼を作ろうとしたし、ウィルキンス主教の水車も丁度こんな感じだった。ゲオルク・アンドレアス・ベックレルは今までこんな感じの機工を幾つも作って来たし、今もどこかで作り続けているだろうけど……これが彼の手によるものではないことは明らかだ」

「明らか？」

「そう。理由は二つ。一つに彼の研究はもっと先まで行っているということ。二つ目に彼は本気で永久機関を人々の生活に役立てようと努めているってことだ。つまりこんな低次元な詐欺なんて、ベックレルは決してしないよ」

「詐欺だって！　８０００ルーブリの契約ですぜ！」

ラウルは堪らないといった態で声を裏返した。

「８０００！」テオは吹き出した。「このガラクタに８０００ルーブリだって？　正気じゃない！」

「そんなこと言ったって！」

「ああ、そうか！　バナリテのせいか！　だから仕方なかったんだと、参事はそれを言いたかったんだね」

「いや、別に私はな、テオ――」

「でもあんたたちだって欲に目が眩んだのは間違いないはずだ。だって、バナリテを逃れる為に、川沿いではない場所にもこうした動力を持つ小屋が作れることを確かめたかったんだろう？　領主にばれないような場所に小屋を作ることができれば……詐欺師はそんな邪心を突いて来たから、あんたたちはころっと騙されたんだ。もし仮に、あんたたちがアブラハムのように神の前にあって曇りなき義人であったなら、こんな詐欺に引っ掛かることなんてなかっただろうよ」

「あの、それは……」

ラウルが泣き出しそうな表情で抗弁を試みたが、言葉は続かなかった。それに助け船を出すように、ハンケ参事が言った。

「テオ、彼らの生活は厳しいんだ。その気持ちも少しは察してやれ」

そのラウルは目を充血させ、己の決断のもたらした大きな損失に立ち眩みしていた。

「無理だよ。僕は僕で、彼らじゃない」

「テオ！」

懇願するようなハンケの声に、テオは追及の手をようやく緩めた。

「分かった……分かったよ、参事。でもお金はもう払っちゃったんでしょ？」

「まずは半額」掠れた声でラウルが答えた。

「半額？　じゃあ、まだ途中の段階ってこと？」

「そうなんです。これはまだ仮のものって言いますか、試しに作られたものって言います
か。つまり、これが役に立つってことにあっしらが納得しちまえば、残りの金を支払って、
それと引き換えにもっと大きな機械をこさえてくれるって話なんでさ」

「じゃあ、これはどうせ動かないんだから、契約破棄しちゃえばいいじゃない」

「いえ、それが動くんです」

「これが？　まあ、最初にこの中華の水車に水を流し込むことから始まれば、しばらくは
とろとろと動き続けるかも知れないな。稼働部分にしっかり油を差しておけば」

「いや、とろとろと、じゃなくて、しゃかしゃかと、でした」

「え？　しゃかしゃかと……ってのは、とろとろより速い感じなの？」

「へぇ。しゃかしゃかとって言うか、ぐるぐると回ってましたから」

「これが？」

「へぇ」

テオは中間の水車に手を掛けて回してみた。

確かに水車の回転に応じてアルキメデスの螺旋が内蔵された筒も回転し、下から上へと

水を汲み上げてきた。そしてそれは受け皿に流され、樋を伝い、そして水車に流れ込んで回転させると、再び下の桶へと流れ落ちた。だがその勢いが永続するほどには強くないことは、機工に携わる者の目から見れば自明であった。

「参事、永久機関を作ることが困難な理由って分かる？」

「幾つかあると思うが」

「一番の理由はね、動力源と生成される力とが最低でも同等じゃなければならないってこと。でもどんな機械を使っても、循環する力はどんどん削られていくんだよ。例えば、水が水車を動かした後、その水の力は水車を動かした後には勢いが減算されてるでしょ？これが繰り返されれば、最後は必ず力は消え失せるよね。でも仮に水車を動かした上で、むしろ水の勢いがそれ以前より強くなるか、もしくは動かされた水車が生み出す力が、元の水の力よりも強ければ、永久機関は成り立つ。尤も力の増産が続けば機工自体が持ち堪えられなくなって壊れることは必定だから、それでは逆の意味で永久機関は成り立たない。だからその場合には何か別の仕事を与えて、その余剰分の力を相殺させればいい。この時に初めて、何か仕事をする永久機関が成り立つんだ」

「そんな機工があるのか？」

「ない。少なくとも僕の知る限りないし、父の遺した記録にも一切ない」

「では永久機関なんて不可能じゃないか」

「だから僕はずっとそう言っているんだよ。原理的に不可能なんだ。投げた石がいずれ落ちるのは何故か？　熱いお湯と冷たい水を混ぜた後で、ぬるま湯を熱いお湯と冷たい水とに分けることはできないのは何故か？」

「私に分かるはずもない」

「永久機関研究の過程で分かったことも沢山ある。熱の特質や放物線運動、でも結局、最大の成果は、永久機関が不可能だってことだ。ねえ、村長さん、ラウルといったね？」

「へぇ」

「最初、この儲け話を持ち込んだ男が、これが勢いよく回転する様子をあんたに見せつけたわけなんだよだね？」

「へぇ、仰る通りで」

「それはいつ頃の話？」

「今から三カ月ほど前の話です。あそこの竈小屋を作った職人で、エルマン・スカリジェという男でした。バナリテを払わずに、水車小屋並みの仕事ができる機械を提供してやってもいいと。そして試しに見せられたのが、この機械だったんです」

「その男がいない時には、この機械は全然稼働せず、その男がいる時はぐるぐると動く」

「全くその通りで！」

「なるほどね……」

テオはしゃがみ込むと、螺旋の芯部分が桶より下へと続き、地面の中まで入り込んでいることに気が付いた。そして扉から外に出ると、エルマン・スカリジェが作ったという炭焼き小屋を見つめた。

「あの小屋はいつ頃？」

「完成したのは、それも三か月前です。エルマンは元々、伯爵家の命を受けてあの水車小屋を作っていた職人団の長でした。城下町に住んでいるとかで、郵便を送ると、数日でやって来ます」

「参事、あの竈小屋が建てられた経緯を伯爵家に確認して」

「それは構わないが……」

「ラウル、そのエルマン・スカリジェという男に、あの機工がちゃんと機能していないことを問い質したことはある？」

「へぇ！　そりゃ、勿論で」

「その時に、向こうは何て？」

「使い方が悪いから壊れてしまったのだと言われまして……ちゃんと言われた通りに操作

したつもりだったんですがねぇ……でも確かにスカリジェの旦那が来て、ちょちょいとこいつをいじると、確かに動くんですわ。最初はすごい人だと思っていたんですがね……そりゃそうでしょ？　こんな複雑な機械は作れる、文字も読み書きできる、あっしらにゃあ、到底及びもつかないような大層な御仁だと思いましてね。だからスカリジェの旦那が要求する通りに、修理費と出張費として、毎回100ルーブリを手渡していました」

「100ルーブリとは……恐れ入るな。合計何回渡したの？」

「確か、三回来てもらったんで、三回です」

「となると、スカリジェは計4300ルーブリをせしめたわけか……あの掘っ立て小屋とガラクタを設置する費用を差し引いても、3000ルーブリ近くは丸儲けしたわけだな」

「テオ、やはり詐欺だと思うか？」ハンケが訊いた。

「これが詐欺じゃなきゃ何なんだよ。しかも度し難く、せこい悪党だ。ラウル、エルマン・スカリジェを呼び出せる？　僕もそいつがこれを稼働させる現場に立ち会いたいんだけど」

「そりゃ、願ったり叶ったりな話でさ！」

「相手方に修理の依頼をして。日付と時間も指定しよう。相手が確実にこちらの狙い通りに動くように、日時を厳密に縛ることの対価として支払いを弾むことを引き合いに出していいよ。勿論、その費用は伯爵家が全て負担するからさ」

「おい、テオ！」ハンケが慌てて声を上げたが、テオはそれを無視した。

「ラウル、できるね？」

「勿論でさ！」

「よし、それでエルマン・スカリジェという男を地獄送りにする算段は立った」

テオは竈小屋をじっと睨み付けながら、腹の底から煮立ってくる怒りを押さえ付けようとしていた。

3　かつて「疾風の狼」と謳われた騎士イザーク・アルベールと、その妻クロエ

ヌーシャテル湖の西岸に広がる広大な葡萄畑、その北西に慎ましく軒を連ねるのがアルタシュヴァン城下町となる。その町を抜けて更に北西に向かって伸びる街道をセイヨン川に沿って進んで行くと出くわす、ヴァランガンと呼ばれる地域、そこに我が愛するアルベール邸は立っていた。代々騎士身分の一族であるアルベール家の次男であった私、イザーク・アルベールは、広大な敷地を誇る屋敷を父から相続した。アルベール家の所有する畑のほとんどは兄が相続したが、私はそれに対して不満は一切なかった。

この屋敷にはその広さ以外にはこれと言って特筆すべき特徴もないのだが、使用人も付いていたし、兄が振り向きもしなかった数多くの蔵書もあった。それだけではなく、先人より残された広い作業場があり、私はそこで暇を見つけては機工の研究に没頭していた。とは言え、いつでも好きなだけ自分の時間が取れるわけでは、勿論ない。それでも再統合戦争後からアウクスブルク同盟戦争までの期間は、交戦のない数回の遠征と定期訓練があ

った だけで、私は多くの機工の研究に時間を費やすことができた。無論、大同盟戦争が始まる頃に私が現役であったならば、フランス側の戦力としてそれに従軍していたことは間違いなかったであろう。我らアルベールの一族は、戦場でその真価を発揮する……のだが、いや、自分で言うのも何だが、私は非常に強かった。しかも強いだけでなく、抜群の指導力とおまけに人望まで兼ね備えていた。自分で言うのも何だがね。私と私の部隊はその剣技と機動力から「疾風の狼」と呼ばれ、味方からは名声を得て、敵には畏怖を与えた。まあ、自分で言うのも何だが。

つまりそんな勇猛果敢なる騎士の一族に連なる私が、戦乱と戦乱の狭間に、あろうことか、永久機関詐称の罪状に問われ、あの三人の機工審査官によって有罪判決を下されたのである。忘れもしない……エリック・シュレーダー、ノア・エーバースドルフ、そしてアクス・ハンケ、この三人によって下された判決によってだ！　そして生きたまま棺の中に閉じ込められて火刑に処されるという、全く以て理不尽な罰を受けることになったのだ。実に馬鹿げているが、この審議は実際に、十五年前に執り行われたのだ。我が息子たちの失意と屈辱……そして無念を思えば、私自身も胸が張り裂けそうな思いに捉われる！

そうだ！　彼らの前で、私の刑は執行されたのだ！

眼前で父を火あぶりの刑に処されるという光景が、どれほどの傷を息子たちに与えたか、察するに余りあるではないか！　火刑に処された我が身の末路など、些事に過ぎない！

だが息子たちよ、私は今もこうしてお前たちのことを想っている。

私は決して死んでなどいない。我が魂は今もまだ健在なのだ。

だから決して、己の境遇を呪うことのないように願う。平静を取り繕おうとも、お前たちの胸の内に、怒りと復讐の炎が滾《たぎ》っているのであろうことは、私もよく分かっている。

しかし時代は変わる。

いつまでも過去に囚われないで欲しいのだ。

「あれ、母上はいつの間に帰って来ていたの？」

「今日の昼頃でございます」

「またプラハに行っていたの？　あそこは魔都って呼ばれているくらい怪しい土地なんだよ。まさか男？　前々から留守にしがちな人だったけれど、最近は特に出掛けることが多くないかな、母上は」

「その……私の口からは何とも……」

日暮れ時に屋敷に帰ってきたテオが女中頭のイレーヌを追及しているが、イレーヌは困った表情で、必死に話をはぐらかそうとしているようだった。

「父上なら、いつまでも過去に囚われるなとか言うんだろうけどさ、さっぱりした顔でふらふらされていられるのも、あまりいい気はしないな」

お前の言いたいことも分かるぞ、テオ。

「えっと……あ、お召し物を頂きます」

話を逸らすようにイレーヌがテオの纏《まと》っていたマントと上着を受け取ると、彼はイレーヌに背を向けて廊下を離れの方に向かって歩き始めた。古いが、花崗岩をふんだんに使って作られたこの頑強な屋敷は、見ようによっては小さい要塞か、兵舎にも見えた。カール大帝時代の建造物だと言い伝えられている我が屋敷には、長年の風雪と戦乱を乗り越えてきた証が無数に刻まれている。

「あらぁ、テオ！」

若々しい声で息子に声を掛けたのは我が妻クロエ・アルベールだった。五十を過ぎて尚、その愛らしい風貌は昔と変わらない。明るい褐色の髪を内向きに巻いて、ふんわりと肩に乗せている。その大きな栗色の瞳と、桃色の血色のいい頬は加齢による衰えを全く感じさせない。鎖骨を見せた白い部屋着を優雅に着こなし、軽い足取りでテオに近付いていく。

「母上、また一段と若々しくなられましたね」

「テオ、お世辞はそんな顔で言うものじゃなくてよ。まるで嫌味に聞こえるわ」

「嫌味を言っているのですよ」

「あら、この子ってば。久しぶりに会ったというのにご挨拶だわ」

「久しぶりに会ったのは、母上が長らく家を空けていたからではないですか。またプラハに行ってらしたんですか？」

「あなた、プラハに行ったことは？」

「ありません」

「何という！　一度は行ってみるべきよ。本当に素敵な街よ。前を見ても、後ろを見ても、右も左も、全てが美しい、全てに価値があるのよ」

「母上はここ数年、よく行ってらっしゃるようですが？」

「ちょっと行ったくらいじゃ、あの街の魅力は味わい切れないのよ」

「本当にそれだけですか？　クララを問い詰めれば母上がどこで誰と何をしているか、すぐに分かりますよ」

クロエの後ろに控えていた若い女中がぎょっとした顔をして目を伏せた。

「随分とがっかりさせてくれるわね、この子は。そんな無粋なことしか言えないの？」

「僕だって、下衆の勘繰りみたいなことは言いたくはありませんよ。だから出掛ける時くらい、ちゃんと教えて下さい」

「あら、寂しかったの？」

「心配したんですよ！」

語気を強めてそう言い残すと、テオはぷりぷりしながら立ち去ろうとした。そんなテオの足を、クロエの言葉が引き止めた。

「ああ、そう言えばイレーヌが言っていたわ。またモン・ラシーヌ修道院から郵便が来ていたそうよ」

「また……いや、あの子のことは放っておいてやりなさい」

「でも心配だわ」

「子供じゃないんですよ」

「あなたって子は本当に甲斐性がないんだから！　ほら、あの子の好きなエーデルワイスだって摘んできたのよ」

「僕には興味がありませんから」

「本当に無粋な子ね！　また作業場で機械いじりでもしてる気なの？」

「僕にはそれしかありませんから」

テオは再び歩き始め、今度は振り返らずに答えた。

「機械ばかりではなく、時には生身の女性とも向き合ったらいかが？」

「非合理的なものは僕の好みではありません」

「そんな子供じみた我がままを言っているあなただって、相当に非合理的ですよ」

「何を言われようと構うもんですか！　僕は機工に触れている時が一番幸せなんですよ！」

　ぴしゃりと言い切ると、テオはそのまま姿を消した。

　そのクロエの元へと近寄って来た女中頭のイレーヌの姿を見つけると、彼女は溜息交じりに聞いた。

「ああ、イレーヌ。私、子供を育てるのを失敗したのかしら？」

　テオの着ていた服を大事そうに抱えていたイレーヌは、その言葉に驚いた色を見せると、すぐに皺だらけの顔を満面の笑みに変えて答えた。

「失敗だなんてとんでもない！　お子様方はそれぞれ、ご立派になられましたよ」

　テオは作業場に入ると、鉱物油の入れられた金属製の容器を取り出し、それをランタンの底の給油口へと注ぎ込んだ。低く差し込む夕暮れの光を頼りに、その作業を丁寧に終えると、廊下の篝火《かがりび》から取った小さな燃えさしを鉄串に差して、鉱物油を吸い上げた縒り縄に引火させた。ぼっと音を立て、独特の臭みを充満させながら小さな火が灯ったのを確認して、テオはランタンのガラスの容器を閉じた。外界から閉ざされたこの静寂の空間に、テオの作業の一つ一つが音を立てて波紋のように広がった。

　この作業場はアルタシュヴァン城の審議堂にも匹敵する広さがある。天井は三階までの高さのある吹き抜けで、質素なシャンデリアもぶら下がってはいるが、私も、テオもあまり好んで使わない。眼前の書の流れる文字か、手元の作業に集中したいのだ。不必要な明かりも空間も、私たちには必要がない。

　この広大な作業場のほとんどが影に埋没する。

　ランタンの明かりが揺れれば、影も揺れる。

　小舟が海上を揺蕩《たゆた》うが如く、私たちは世界と隔絶し、孤独に陥る。

　油の燃える臭いが漂う。

　美しい花も草原も景色もない。

　峻厳なる物質と論理の世界が、今ここにある。

　それで十分だった。

　そこに落ち込んでしまえば、時は瞬く間に過ぎ行く。

　四方に飾られているのは、私が蒐集した機械の数々だった。

　中には永久機関ではないかと考えられた物もあったが、それらはどれもこれも違った。

　一番多いのは自己回転輪だ。振り子で勢いを付けて動力源としようとするもの、あのヨッヘン・ポラックの玩具のようにホイールの中にボールを入れて勢いを永続させようとするもの、車輪の重心をずらすことで動力源としようとする不均衡車輪、どれも発想は根本的な部分ではそれほど変わらない。

見た目に面白いのは、磁石を使った似非《えせ》永久機関だ。坂の軌道を鉄製のボールが転がり、最底辺に至ると軌道の先端が上向きに跳ね上がる。滑降して勢いのついたボールはそこから飛び上がり、その宙に舞ったボールを坂の上の強力な磁石が引き寄せる。ボールは磁力によって坂の上へと再び引き寄せられ……ないのだ。残念ながら。

他には勿論、アルキメデスの螺旋を利用した機工は幾つもあるし、大小の時計が十以上ある。歯車を組み合わせた機工である、歯車伝達機構《ギア・トランスミッション》の試作品もあり、空気の流れを一定方向に滑らかに保つ逆止弁もある。動力を連結させたり、或いは断絶させるのに用いるクラッチというものの試作品もある。これは動力源となる駆動軸と運動を受ける受動軸との、それぞれの接続部にある円盤状の二枚の歯車の物理的距離を引き離すことで成立させている。

また運動の方向性を変える物も多い。クランクは回転運動と直線往復運動とを変換させる。私も木製の試作品を幾つか作ってみた。手動なのだが、その動きを眺めているだけで一日過ごせる。

それにこれは、恐らくテオもその用途を理解できていないであろう、特殊な管もある。その管は本線が真っ直ぐ伸びているのだが、一定の間隔で右に、そして次に左にと支線が連続して合分流を繰り返す。本線から右に支線が分岐し、掌一つ分の曲線を描きながら本線に再び合流、そしてその先から今度は左側に支線が分岐し、同じ大きさと形状の曲線を描いて、こちらも再び本線へと合流する。そしてまたその先で右に支線が分岐して……という形状が延々と続く特殊な管である。テオはこの管を眺めては頭を悩ませている。

いいじゃないか！　大いに頭を悩ませて、そして考えてみろ。

いや、だがそれだけではないぞ。

こっちの金属製の筒は、同じ直径の蓋を使うことで、面白いことが起きる。内部を水で満たし、上から蓋をするのだ。そこに火などで熱を加える。水は熱せられると膨張し……するると蓋が持ち上がるのだ！　そして火を遠ざけて内部の湯を冷ますと、容積は元に戻って蓋が下がっていく。この蓋に管を付けてクランクで動きの向きを変えてやれば、永久機関ならずとも、大きな運動を生み出す機工となるはずだ。ただ、水では駄目だ。膨張するといってもほんの僅かなのだ。それに熱が下がるのに時間が必要になる。もっと容積を大きく変えるものか、もしくは銃に使われる火薬のように瞬間的に強い運動を生み出す何かがあればいいのだが……ただこれは、熱が力学的な運動へと変換されることの証左としては十分に面白い研究材料だろう。

テオはこうして王立アカデミーを離れた現在でも、機工の研究に没頭している。

その方がいいのだ。

機工審査官など、テオの人生の有意な時間を空費させるだけだ。

テオが幼い頃に、ぜんまい式の玩具を見せたことがある。基本的には時計と同じ仕組みなのだが、大人の掌に乗る大きさの円盤型のもので、その円盤の外周を馬車が走る仕掛けになっている。円盤の中央には傘が立っていて、その周囲には棒状の飾りがびっしりとぶら下がっている。馬車が外周を走ると、その棒状の飾りにぶつかりながら進むのだが、その時にしゃらららら、と小さな高音を立てる。繊細で、とても美しい音で、その際に棒状の飾りもきらきらと光を弾き飛ばす。

昼下がりの日差しが窓から差し込む。

その日差しも馬車が進むと弾き飛ばす。

美しい、しゃらららという音と共に。

テオは口をぽかんと開け、きらきらと輝く瞳を丸くさせ、その視線は円盤の玩具に釘付けになっている。

その時の幼いテオは、その玩具が弾く光よりずっと眩《まばゆ》かった。

——父上、これは何ですか？

驚きの顔が次第に喜色で染まって行き、そして笑顔になった時に口が開かれる。

——これは機工を利用した玩具だ。

——ずっと回り続けるのですか？

——ぜんまいが伸び切るまでは動き続ける。止まったら、またぜんまいを巻けばいい。

——では、これが永久機関というものなのですか？

——残念ながら、これは違うんだ。

——父上は永久機関を作ったことがないのですか？

——今のところ、作ることができる見込みはないな。

——僕は、いつか作ってみたいです。

——作ってみたいって、永久機関をか？

——はい。永遠に動く機械を。

——素晴らしい夢だ。

——そのためにはどうしたらいいのですか？

——よく理論を学び、可能なことと、不可能なことを見極めるんだ。

——どこで学べばよいのですか？

——パリに科学アカデミーという、素晴らしい研究機関がある。そこを目指しなさい。

——パリの科学アカデミー……ですね？

——そうだよ。励みなさい、お前なら、きっと私以上の成果に辿り着ける。

——はい、父上！

あれから随分と時が過ぎたものだ。

この先の時代は、スコラ学のような神学から、学問の中心が変わって行くだろう。あのフランシス・ベーコンのように、もしくはルネ・デカルトのように、前提条件そのものを疑うことで、学問は神学の楔《くさび》から解き放たれるのだ。神学者は如何に優秀であっても、前提条件としての神の存在や聖書の教えを覆すことができない。だがこれからの学問はそれすら覆して、かつてない領域へと足を踏み入れて行くことになるだろう。その神学的、或いは道義的報いはともかく、我々はもう、その扉を開きつつあるのだ。

そしてテオ、お前たちがまさにその時代の担い手となるのだと私は考えている。

テオはそんな私の考えなどつゆ知らず、眼前の書物に喰いつくようにのめり込んでいる。

そんなテオを取り巻く、壁際の機工の数々を覆う影はどんどん肥大化していき、いつしか部屋は本当に闇に沈み込んだ。

幾つもの機工と、無数の書物と莫大な思索に埋もれたこの作業場に、小さなランタンだけが光を宿し、テオはそれを頼りに小さな文字を辿っている。

テオ。お前が今、夢中になって読んでいるのは……私の研究記録か。

そうか……お前もその考えに至ったのだな。だから永久機関審査官の任を受けたのか。

お前の予想していることは恐らく、正鵠《せいこく》を射ている。

そうだ。

私は謀略によって詐欺の罪状をなすりつけられ、そして研究の多くを奪われたのだ。

4　異端的な異端審問官

質実剛健なアルタシュヴァン城が慎み深い姿で佇んでいようとも、その城主であるフリッツ・デアフリンガー伯爵が賢慮に富む領主であろうとも、その城下町に住む領民の全てが皆賢明であり、清廉なわけではない。

いかに美しい土地にも悪党というものはいるのである。

無論この町並みの美しさに、私は異論を認める気はない。

陽の光を浴びて輝くヌーシャテル湖を背景に、古い家屋が連綿と続く。光を弾き返す漆喰の壁、或いは理路整然と積み上げられた煉瓦の壁、町民の性格を示したように精巧に積み上げられた煉瓦の屋根。街路樹が町の空隙に収まって、所々に鬱蒼とした緑を添える。それがこの土地と、町と、城と、湖と、そしてそれを取り巻く山々とに広大なる統一感を与える。

隙間なく敷き詰められた石畳の街路は馬車が好き放題駆けまわれるほど広いわけではな

く、通行人が窮屈に感じるほど狭いわけでもない。緩やかな丘の斜面に広がる町は、階段によって幾つかの階層に分けられている。

ただし道の連結は実に奇妙で複雑であり、外から来た人間はまず迷う。

一番の問題は、斜面を横に走る通りが横に一直線に伸びていないことである。真っ直ぐ行こうと思ってもいきなり壁に突き当たって迂回を強いられたり、ある道とその逆から伸びてくる道とで高低差がずれていて、両者が繋がらずに、それぞれが行き止まりとなっているような場合もある。合理性に欠ける町並みだと言えば、まさにそうであるし、無計画に延伸したと言えば、またそうでもあるのだ。しかしながら、それは決して混沌《カオス》ではなく、自然と歴史と人の生活の調和《コスモス》であると、私には思われる。

それは積み重ねられてきた市井の人々の暮らしの有機的な必然なのである。

そこには息遣いがあるのだ。

そんな城下町の一日が暮れ行く。

空を覆う雲が紫と橙色に染まる。

軒を連ねる古い町並みから陽の光が遠ざかると、それに代わって夜の盛況が繁華街から噴き出していく。

その晩、「青いガチョウ亭」で起きた椿事《ちんじ》は極めて稀でありながら、そんなことが起きても、まあ、どこにでも悪党はいる、という言葉で片付けられてしまうような事件だった。

町では一、二を争う規模の酒場である「青いガチョウ亭」の店主ヴェルナー・シュミットは、その日も同じように、仕入れを終わらせ、仕込みを済ませ、店を開いた。どうして店名が「青いガチョウ亭」なのか、好奇心に捉われた客や従業員がシュミットに聞くことが多々あったが、シュミットは意味ありげな笑みを浮かべるだけで、この問いに答えることはまずなかった。何故かと言って、結局のところ意味がなかったからである。詩的な表現であるわけでもなく、青いガチョウなんてものを見たことがあるというわけでもなく、これはシュミットの思いつきだった。ただ人の関心を引き、記憶に残る名ではあった。

それが功を奏したのかは分からないが、店はいつも繁盛していた。人が集まり、ごった返す。そうなると、ここには情報も集まった。そしてこうした雑踏の集積を都合よく思う者たちもいるわけで……そう、そこには労働者だけでなく、悪党たちも集まって来るのだ。

本来であれば、店主も、従業員も、そして客たちも、そこで酒を飲んでいる連中が聖人か悪党かなど、一々考えたりはしない。その客の飲み代はどうやって手に入れられたものなのか、昨夜、その客が誰に、どんな非道な振る舞いをしたかなど、知ることはないし、知ろうとすることもない。

だがその晩は、悪党を探しに来た伯爵家の二人の兵士が甲冑姿のまま姿を現したことでそうもいかなくなったのである。大いに盛り上がって酒を飲んでいた客たちだったが、いきなり冷や水が浴びせられたように、店内は一斉に静まり返った。彼らは人物の特徴がつらつらと書かれた人相書きを手に持ち、八名の夜警隊まで引き連れていた。夜警隊のほとんどは新兵から構成される。新兵の訓練を兼ねていることはローマ帝国時代からの名残だった。この二人の兵士も実は「青いガチョウ亭」の常連なのだが、物々しい甲冑姿で訪れるこの状況に、いくらか興奮の色が混じっていた。普段なら「よう、ペーター！」と声を掛けてくる間柄の知人や従業員、それに店主のシュミットに至るまで自分を見る目がまるで違う。そこには畏怖と緊張があった。シュミットがこの場の最高権力者にお伺いを立てるように自ら進み出て、「あの、どうか致しましたか？」と恐る恐る問い尋ねてきた。衆人環視の権力行使をたっぷりと堪能した上で、勿体ぶりながら「俺だよ、ペーターだ」と名乗って緊張を解いてやる。これがまた、思いの外気持ち良かったのである。

「何だ、ペーター、お前かよ！　お前、本当に城の兵士だったんだな」

安堵の溜息を漏らしながら、シュミットがペーターの兵装姿を上から下までじろじろと見回しながら言った。その瞬間に店内のざわめきが甦った。

「だからそう言ってたろ」

「そんな御大層な格好してるもんだから見違えたぜ。それに何だ、そいつらは部下か？」

「まあ、そんなところだ」

「へえ。お前、案外偉いんだな」

「大したことねぇよ」

誇らしげに言いながら、次はどの店に行ってこの姿を見せつけたものか、ペーターはあれこれ思案していた。

「それにしても一体、どうしたんだ？」

「ああ、ちょいと野暮用でな。伯爵様から直々に命令を頂いちまってよ」

「直々に？　お前が？　へえ、驚いたな」

「だから、そんな大したことじゃねぇって」

顔が綻ぶのを懸命に堪えながら、ペーターは人相書きを見せた。

そこには数日前に永久機関審議にインチキ機械を持ち込んだあのヨッヘン・ポラックの似顔絵と特徴が描かれていた。彼らがここに来たのは、アクス・ハンケ参事の要請を受けたエドガー・マンスフェルト将軍が部下のギュンター・ベルゼル中佐に命を下し、更にベルゼル中佐は旗下のレオン・コフマン隊長に命を下し、更に更にそのコフマン隊長が特に取り柄のないペーター・ハインラインに命を下した、という経緯によるものである。つまり「伯爵様から」「直々に」というのはペーターの他愛のない嘘であった。

「ああ、そいつならそこのテーブルに」

人相書きを一目見たシュミットが即答し、指を差した方向をペーターが振り返ると、そこには無人のテーブルがぽつんとあるだけだった。テーブルの上には酒瓶や飲み掛けのグラス、まだ湯気を立てている茹でたての鶏肉が乗ったままだった。

「誰もいないぞ」ペーターが口を尖らせた。

「いいや、確かにそこには五人――ああ！　店の出口！　逃げる！　くそっ、食い逃げだ！」

シュミットが慌てふためく声を上げたので、ペーターは人相書きを引っ手繰《たく》ってもう一度その描かれた顔と、店の出口から出て行こうとする男の顔を見比べた。

「おい！　あいつだ！　そこの焦げ茶色のベストの男！　ヨッヘン・ポラックだ！」

ポラックは黒く伸びた顎鬚を剃り落とし、綿の帽子を深々と被っていた。

人相書きとはまるで違う容貌になっていたが、それを見抜いた店主ヴェルナー・シュミットの人を見る目には畏敬の念すら覚える。とにかく、彼でなければ見落としていたであろうこの詐欺師は、この段階でペーターに見つかるという大失態をやらかしたのである。

そしてこのペーターの指示に、相方の兵士と夜警隊の面々は鋭く反応した。

店内は一気に静まり返り、誰もが息を呑んだ。

夜警隊の若い兵たちは腰からぶら下げていた鉄製の棍棒《メイス》を手に身構えた。

それだけの人数がじわじわと包囲する中、ポラックは笑みを見せた。

「参ったな。やるしかねぇな」

その言葉に連れ立っていた他の四人の男たちも諦めたように羊の皮を脱ぎ捨てた。

商人風の服装をしていた彼らは、態度を変えただけで狼の群れへと変貌を遂げた。

「動くな！」

血気盛んな若い夜警隊の兵士が雄叫びを上げた。

店内の緊張は最大限に高まった。

「掛かって来いよ、小僧」

一人の男が手ぶらのまま夜警隊の前に進み出た。

体格が違う。

喧嘩自慢の男だということは、見てすぐに分かる体付きだった。

だが若い兵の方も、体格がよく、おそらく喧嘩自慢なのだろうと思われる雰囲気を醸し出している。しかも彼には武器もあり、仲間もいた。

「あんちゃん、気を付けな！　その男はきっと、格闘が相当に強いぞ！」

観察眼に長けた店主ヴェルナー・シュミットが逸早く警告を飛ばした。

「おい、お前、気を付けろ！　そいつ、きっと強いぞ！」

何の意味があるのか、ペーターもシュミットに倣って警告した。

「こっちには武器がありますから！」新兵が答えた。

「や、だが、そいつは戦争帰りだ！　手がごつごつしているし、右肩が左肩よりもデカい！　相当な人数を殺しているぞ！」

シュミットが言うと、またペーターが倣った。

「そいつは戦争帰りだ！　えっと……間違いない！」

「自分も日々、訓練に勤しんでおります！　こんなごろつきに負けるはずがありません」

その若さが、新兵の判断を狂わせつつあった。

「その男もお前みたいに訓練を幾つも乗り越えて、しかも戦場で生き残った男だ！　絶対に甘く見るな！　二人か、できれば三人で相手するんだ！」

シュミットは遂に戦術にまで口を出し始めた。

「えっと、そうだ！　一対一はよくない！　シュミットの言う通りだ！」

何の意味があるのか分からない通訳となったペーターが叫ぶが、もう新兵は己の身の滾りを抑えることができなくなっていた。「おおおお！」と咆哮を上げると、メイスで相手に殴り掛かった。

相手の男はヘラヘラ笑ったままそれをあっさりと避けると、左手を握り、岩のようにごつごつとした拳を新兵の腹に一つ打ち込んだ。

それこそ絞め殺されたガチョウの断末魔のような、高く短い悲鳴が店内に響き渡り、新兵の体は二つにぐにゃっと折れてしまった。

「おい！　お前！　大丈夫か！」

最初に声を上げたのは、やはりシュミットだった。

「てめぇ！」

他の新兵たちも怒りに打ち震え、メイスを振り上げて男たちに踊り掛かった。

店内にいた者たちは、まるで段取りのある芝居を見せられているような気分だった。ポラックと四人の仲間は徒手空拳で、瞬く間に夜警隊の八名を床に寝そべらしたのである。

「嘘だろ……」

ペーターと相方の兵士は茫然と立ち尽くして、眼前で起きた現実を受け入れられずにいた。慄然とした空気が場に重く圧し掛かり、その五人組は相変わらずヘラヘラ笑っていた。

「よう、隊長。当然、次はお前だろ？」

最初に拳を振るった喧嘩自慢がペーターに目を付けた。

「へ？」

「鎧を着ているし、短剣も持っているようだが、ま、俺は構わねぇぜ。ほら、来いよ」

「あ、いや……」

「まさか逃げねぇよな？　伯爵様の兵士がよ」

男がずいっと前に一歩踏み出すと、遠い場所にいたペーターは二歩下がった。

その様子を見て、五人は嘲笑を浮かべた。

「まあ、仲間を呼ばれると俺たちも困るからな。お前が掛かって来ようと来なかろうと、俺たちはお前をそのままにしておくわけにもいかねぇんだよ」

「え……それって」

「ママに何か言い残すことはあるかい？」

倒れた夜警隊の体を邪魔そうに蹴飛ばしながら、男はずんずんとペーターに向かって進み始めた。

「待ってくれ！」

ペーターを庇うように男の前に立ちはだかったのはシュミットだった。力自慢のシュミットの体も一般的な男たちの中では十分に大きかったが、相手の男は更に二回り大きかった。戦場で生き残るということがどういうことか、二人の体格差が如実に物語っていた。

「どけ」

「何とか、こいつを見逃してやってはくれないか！　あんたたちの酒代はもういいから！」

「どうでもいいよ、そんなはした金」

「なら……ならよ、こいつに仲間の兵士を呼ばせない。それでいいだろう？」

男はそれを聞いて少し考えたが、首を横に振った。

「いいや、駄目だな。何だったら、こいつに限らず、この店にいる全員がこの地から消え失せなきゃならねぇくらいだ。そうじゃなきゃ俺たちの身の安全はないようなもんだ」

「そりゃ一体……」

「この店に火を放ち、その混乱に乗じてこの町からおさらばする」

「冗談だろ！」

「冗談じゃないと、相手に分からせる為に必要な物はただ一つ……血だよ」

男はシュミットの側頭部に思い切り拳を打ち付けた。

大柄なシュミットの体がいとも簡単に吹き飛び、テーブルを幾つも薙《な》ぎ倒して悲鳴にガラスが砕ける音が混じった。

「シュミット！」ペーターが泣きそうな声で叫んだ。

「痛みは理解の元だ」男がまた笑った。

「お前！」

ペーターが怒って腰から短剣を抜こうとしたが、男はペーターに先んじてそれをすっと引き抜き、「邪魔だ、小僧」と言いながら片手でペーターを押し倒した。肘から指先までの長さの短剣を手慣れた手付きで取り扱う男は、確かに戦場の住人に違いなかった。そして起き上がろうとするシュミットの前に立ちはだかった。

「いい店だ。肉の味もよかったよ」

「てめぇなんぞに食わせたこと、後悔してるぜ」

「泣き言は地獄でサタンに訴えな」

短剣を取り扱う男には何の躊躇《ちゅうちょ》もなかった。シュミットを見下ろして、そして最初の犠牲者にしようとしていた。

その時、店の扉が静かに開かれた。

緊張の空気が途切れて、皆が一斉にそちらに目を向けた。

夜の闇を伴って、一人の男が店に入って来た。

縁に銀糸の刺繍の入った、漆黒のシャツとズボン。そして黒い外套。どれも光沢があり、上等なものだと一目で分かる。

首から銀のロザリオをぶら下げた、その男の腰元では鞘に納められたサーベルが揺れている。黒褐色の髪を後ろに撫で付け、鋭い眼光と、研ぎ澄まされた短剣のように切り揃えられた口髭と顎鬚。

男は辺りを見回し、店の異様な空気を察すると、シュミットに今にも斬り掛かろうとしていた男に近寄って行った。

「いかんな」

「あ？」

「この店はいかん。実にいかん」

「何だって？」

「異端の臭いがする」

「は？」

「お前がこの店の主人か？」

「馬鹿なこと言ってんじゃねぇ！　お前から殺すぞ！」

「何と異端的なことを言う。十戒も知らぬのか。汝、殺すなかれと、そうあるだろう？それが分からぬというのなら……お前、殺すぞ」

「ああ？」

男が怒りに任せて最初の犠牲者を変えることに決めた時、仲間が叫んだ。

「ジェレミー、気を付けろ！　そいつは異端審問官だ！」

「だったら何だよ！　教会の飼い犬だろうが！」

「その通り。だが俺が異端審問官であること自体は、お前たちにとって何の問題もない」

そう言いながら、異端審問官は腕を優雅に振り上げた。

いつの間に抜刀されたのかも分からない速度だった。

「あ」

ジェレミーと呼ばれた男は、何が起きたのか、最初は全く理解できていなかった。ただ視界の半分が闇に覆われて、眼前の男の姿が見えづらくなったことだけは間違いなかった。男が目にも留まらぬ速さでサーベルを抜いた。そしてそれで、自分に対して何かを仕掛けた。自分は顔面を切りつけられて、左目が見えなくなった。そして男のサーベルの先端から何かがぽとりと落ちて……ジェレミーは自分の身に何が起きたのかをようやく悟った。

「こいつぁぁあぁ！　俺の目を抉りやがった！」

店内にいた客たちはどよめきを上げて二人から一斉に距離を取った。

「いいことを教えてやろう。痛みは理解の元なのだ」

「今俺がそう言ったんだよ！」

ジェレミーは左目を押さえながら叫んだ。

「時宜に応じた言葉だったようだ」

「いきなりこれはないだろうが！」

『片目のヨハン』を知っているか？　かつてユトレヒト教区にいた、片目の異端審問官だ」

「そいつが何だってんだ！」

「沢山殺した男だ……お前の顔を見て、ふと思い出した。卑劣な殺人者のツラだ。殺し方まで同じだとは思わんが、殺される方にとっては唯一の現世だ。そうだろう？」

「ジェレミー！　こいつはヤバい！　こいつはヤバい！」

声を上げたのはヨッヘン・ポラックだった。

「分かってるよ！」ジェレミーが返す。

「そうじゃない！　そんなんじゃない！　こいつは『黒い審問官』だ！」

「何だって？」

「知らねぇのか！　イベリア界隈じゃ有名な男だ！　こっちでも新大陸でも荒らし放題、異端もクソもねぇ！　気に入らなきゃ仲間だってお構いなしに斬り付ける」

「そんな無法が罷《まか》り通るかよ！　裁判なしには魔女だって火あぶりにゃできないはずだ！」

この点においてはジェレミーが正しい。

通常、聖庁より派遣された異端審問官の一団は四人ほどで任地を巡回する。村落に入ると彼らはまず村民を集めて説教をし、心当たりのある者に対して自首を勧告する。そしてそのまま彼らは二週間から一月ほど村に居座って異端者に猶予期間を与える。その一方で「信仰誓約の条令」を発布し、身内による内部告発、もしくは自首を勧めるように促す。ここで自首をした者は刑罰を受けずに済む。ただし、この間にも彼らの羊《ムトン》、つまり密偵が村民を調査して被疑者を探る。

こうして期限を迎えると、審問官たちは目を付けていた被疑者を召喚し、尋問が始まる。

とは言え、これは必ずしも一方的なものではない。

形式的にではあるが、裁判官役が立てられる他に、審議を吟味する聖職者、それに公証人、書記も用意される。ただし、証人は二人いれば有罪となる上、この証人の正当性については担保されることはない。なので、これが完全に公正な審議と呼べるかどうかについては疑問が残る。しかも、最終的に決め手となるのは被疑者の自白なのだ。

この自白というものが宗教裁判では非常に重要視される。証拠があろうとなかろうと、自白があれば有罪判決となる。逆に自白しないようであれば、自白するまで未決拘留され、そこから拷問が始まる。その合言葉こそが「痛みは理解の元」なのである。

拷問の種類は鞭打ち、拷問台、吊るし落とし、炭火焼き、水責めと多岐にわたり、これは自白されるまで日付を改めながら、延々と続けられる。考えるだけでおぞましい。

尚、審議が裁判所で執り行われる場合には、陪審員や顧問会が同席することもある。

いずれにせよ、一人の審問官が好き勝手にできる時代は過去の話であり、その過去においてすら、それほど好き放題できたわけでもなかった。実際、モアサックでは異端審問により執り行われた過剰な数の死刑執行に対して、怒り狂った市民が蜂起して大争乱に発展した事件も起きている。この争乱では市民と教会関係者の双方に、多大な被害者が出た。

「その『黒い審問官』と呼ばれている男は、確かにこの俺だ」

男は風切音を立ててサーベルを横に薙ぎ払うと、ジェレミーの方に向き直った。

男の身長は高く、肩幅もがっしりしていた。ジェレミーほどの体格ではなかったが、その威容において全く引けを取らなかった。

ジェレミーは左目を失いながらも、残った右目で相手を睨み付け、ペーターから奪った短剣を構えた。怯んでいる様子は全くない。

「お前も戦場で鳴らした口だな……そこらのなまくら兵士とはモノが違う。しかし……本当に異端審問官なのかよ」

「聖職者であることと、戦場の虐殺者であることは矛盾しない……俺にとってはな」

「呆れた聖職者だぜ」

「どうして俺が異端審問官なんてやっているか、知りたいか？」

「光栄だな、是非教えて頂きたいね」

ジェレミーは短剣を男に向けながら、ゆっくりと右に歩みをずらしていた。

彼は他の四人の仲間が男の包囲網を作り上げるのを悟らせまいと、男の注意を自分に引きつけた。

「教えてやるよ。異端審問官はな――」

背後から短刀を振りかぶって斬りつけてきたポラックの仲間に、しかし「黒い審問官」は気付いていた。

すっと半身をずらし、背後からの一撃を避けると、審問官はその男の尻を後ろから蹴り飛ばした。蹴られた男はたたらを踏みながらも何とか身を持ち直し、振り返ってもう一度攻撃を仕掛けようとした。

しかしそこまでの動きを読んでいたのか、審問官はすっとサーベルを前に突き出した。

「異端に問われねぇんだよ」

にたぁと笑みを漏らし、相手の胸を刺し貫いたサーベルを引き抜いた。

「こいつ！」

ジェレミーの叫び声と、心臓を刺し貫かれた男が後ろに倒れるのと、悲鳴と怒号が一斉に店内を揺らした。椅子が、食卓が次々に倒され、グラスや皿があちこちで床に落ちて砕けた。この尋常ならざる事態に、客の酔いは一気に醒め、我先に逃げ出した。

その混乱の最中、ポラックの一派は「黒い審問官」に次々に斬り掛かっていた。

「そう来なきゃなぁ！　掛かって来いよ、異端者共！」

審問官は狂ったように叫び、左右同時に繰り出された二人の剣戟《けんげき》を躱《かわ》した。両者は続けて二撃、三撃と幅の広い短剣を振り回すが、審問官は全てを見越しているかのように次々と躱していく。

そして躱しながら倒れていた椅子を足先で器用に浮かせると、それをそのまま一人の男に向かって蹴り飛ばした。蹴られた椅子は真っ直ぐに相手の顔面に向かって飛んで行き、鈍い音を立てて砕けた。その間にも、ポラック、ジェレミー、そしてもう一人の男が続けて審問官に斬り掛かる。この男に一切の猶予も与えてはならぬと申し合わせでもしたように、彼らの動きは息がぴたりと合っていた。三人の続く連撃に、さすがに勢いを削がれた審問官ではあったが、後退しながらも活路を見出そうと、彼は背中に触れたテーブルに仰向けに倒れ、そのまま背後に一回転しながらテーブルの上に立った。三人を同時に見下ろすと、審問官は右足でテーブルに残っていたグラスを鋭く蹴飛ばし、ポラックの顔面に命中させた。

その足目掛けて短剣を振るう二人の男。審問官はステップを踏みながらそれを避けるが、二人の動きはどんどん速くなっていく。やがて一人の切っ先が審問官の履いていた黒い長靴の端を切り裂いた。ほぼ同時に審問官は片方の剣を踏みつけ、もう片方の剣の持ち主の利き手を上からサーベルでテーブルに突き刺した。

「いでぇえ!」

叫び声を上げたのはジェレミーだった。

「余程俺のサーベルはお前が気に入ったらしい。まるで吸い込まれていくようだ」

「てめっ――」

言葉を交わす間も置かずに、審問官はジェレミーの顔を爪先で蹴飛ばした。後ろに倒れそうになるが、テーブルに刺さった右手に体重が掛かり、また絶叫した。

「ああ、すまんな」

審問官がサーベルを引き抜くと、悶絶しながらジェレミーが背中から床に転がった。その間に斬り掛かって来た男の一撃を避けながら、彼は相手の顔面目掛けて飛び蹴りを食らわした。

鈍い音がして男が背後に倒れ、またテーブルがひっくり返された。

審問官はそのまま容赦なく倒れた男の胸にサーベルを突き立てた。

断末魔が「青いガチョウ亭」に響き渡った。

店内の客たちは逃げるか、さもなければ店の壁に身を寄せ合って、この惨劇の行方を見守っていた。その騒ぎの中、一人の男が身を潜めるように店内に滑り込んできた。

一見すると三十程に見えなくもなかったが、近くで見ると五十近い年齢の男であった。

ベージュのシャツと紺のタイツの上から、姿を隠すようにグレーのフード付きのマントを羽織っている。白髪が目立つ男で、薄ら笑いが鼻につく。

「ねぇ、何が起きているって言うんです？」

その男は近くにいた、年老いた農夫に訊いた。

「城の兵士が悪党を探していて……見つかった悪党連中が暴れ回ったところで、今度は異端審問官が店に入って来て……このざまだよ……」

「あ」その男は何かに気付いた様子で口を開いた。「ヨッヘン・ポラック！　クソ、間抜け野郎め、しくじりやがったか……打ち合わせどころじゃないな、こりゃ」

「あんた、あの男と知り合いか？」

農夫が訊くと、男は首を左右に振った。

「まさか」

「でも、あんた、今確かにあの男の名前を言ったよな？　ヨッヘン？　ポラック？」

その農夫の言葉に反応して、ポラックが顔を持ち上げた。壁際に身を潜めていた男の姿を見て、そして口走った。

「グスタフ・マイスリンガー……」

ポラックは助けを求めるように、男に向かってよろよろと近付いていった。

「何をなさるのです！　恐ろしい！」

グスタフ・マイスリンガーと呼ばれた男はそう叫んでポラックから視線を逸らすと、フードを深くかぶり、近寄って来たポラックを力ずくで押し返した。

ポラックは堪らずに後ろ手に転倒した。

「おいおい、関係のない人間を巻き込むな」

近寄って来た審問官の姿をフードの奥から認めると、マイスリンガーは顔面を蒼白にさせて呟いた。

「黒い審問官！　なんでこんな場所に！」

「おい、あんた、大丈夫だったか？」

黒い審問官がそう尋ねると、マイスリンガーは顔を隠したまま何度も「はい、はい」と頷いた。それを確認すると、審問官はポラックに狙いを定め、隼《はやぶさ》が飛翔するようにテーブルの上へと飛び上がった。そして次々にテーブルを踏み台にしながらポラックに踊り掛かった。それはまさに猛禽が獲物を狩る時のような俊敏さだった。

「ヨッヘン・ポラックは殺さないで下さい！」

ようやくペーターが口を開くことができた。

「どっちだ！」審問官が一応聞いた。

「詐欺師の方です！」

「答えになってない。お前も異端者か！」

「いいいいいえ！　いえいえいえ！　俺は違います、そっちの帽子を被っている方を殺して下さい！」

「こいつだな！」

審問官がポラックの胸ぐらを摑んでサーベルを構えた。

「じゃない！　じゃなくて、逆の方です！　そいつは殺しちゃ駄目です！」

「次はないぞ！」

審問官はサーベルの刃先を自分の胸元に向け、それを鋭く脇の間から後ろに向かって突き出した。黒いビロードのマントを突き破って突出したサーベルの剣先は、背後から襲ってきた男の胸を正確に貫いた。その手応えをしっかりと感じた上で、審問官はサーベルを引いた。

「お前がヨッヘン・ポラックなんだな？」

審問官はその胸ぐらを摑んだまま、その喉元にサーベルの刃を押し当てた。

「は……はい」

「詐欺師なのか？」

「ええ……その、はい」

凍えたように震えるポラックを、「黒い審問官」は侮蔑の表情で見下ろした。

「俺は異端者以上に詐欺師は度し難いと考えている。人を騙し、汗水流して働いた財産を楽して奪おうなんて奴らには死以外は考えられない。そういう連中にはいくら説教をしても無駄だ。反省したふり、悔悛したふり、頭を下げるのはタダだからな。一生治らないんだよ。一生人を騙すことしか考えないし、一生楽に金を稼ぐことしか考えない。生かしておいたって、また次々に新しい被害者が増えるばかりだ。だから、捕えたらすぐに殺すべきだ。俺は何か問違ったことを言っているか？」

「いえ……もう……もう、反省しています」

審問官がサーベルを握る手に力を入れると、ポラックの血がだらだらと流れ落ちた。

「今すぐ殺してやりたいんだが、お前を裁くのは俺の仕事じゃないらしい」

最後にすっとサーベルを押し当ててから引き抜くと、少なくない量の血が飛び散った。ポラックの叫び声が、人気《ひとけ》の途絶えた酒場の店内に響き渡った。ペーターと相方は何とか自身を鼓舞して立ち上がると、ポラックを押さえ付け、ついでに喉の傷口に麻の手拭いを押し当てた。

その様子を見ていたグスタフ・マイスリンガーは目立たぬように、壁際を伝って、店の出口へと足早に駆けて行った。

「何てこった！　黒い審問官、噂以上に狂ってやがる！　計画が台無しだ、畜生め！」

一方、その悪名高き黒い審問官は踵を返すと、苦悶の表情を浮かべていたジェレミーの眼前に立っていた。

「起きろ、悪党」

「どっちが悪党だ！」

満身創痍のジェレミーが意地で身を起こし、膝を付いて右目で審問官を睨み付けた。

「俺は決してお前のしてきたことを許しはしない」

審問官が死刑宣告をするように小さく、低く告げた。

「何言ってやがる、さっき初めて会ったばかりだろうが」

「お前が戦場で何人殺そうが、それは問わない。お互い様だからな。だがお前、戦場じゃない場所でも人を殺してるな？」

「どうしてそう言える」

「兵士から剣を奪って酒場の店主にその剣先を向けていた奴に弁解の余地など不要だ。日常的に、それを繰り返しているのだろう？　そこのポラックとかいう男は詐欺師だそうだが、お前たちはそうじゃない。詐欺師がお前たちと手を組んだってことは、お前たちは金次第で何でもする悪党だということだ。そうだろ？」

「どうでもいいじゃあねぇか。お前には何の関係もない話だ」

「ノンだ。全く以て、ノンだ。お前の所業によっては、俺は徹底的に追及する」

「ああ、別に隠す必要もねぇ。どんな相手だろうが、俺は容赦したことがねぇからな。弱い野郎、女、それにガキ……それぞれ、それなりのお楽しみはあるわけだしな」

ジェレミーが大口を開けて舌をべろんと垂らした。

「……そうか。ならば、これも神のお導きなのだな」

「あ？」

「主が俺をこの場にお遣わしになったことには意味がある。今夜、この場でこの許されざる罪人を即座に処刑することができるのだから」

「おいおい、気でも狂ったのか」

ジェレミーの息は上がっていた。

「お前は主の教えをどう考えている」

「知らねぇよ」

審問官はサーベルを突撃の構えに持ち替えた。

「信じ難き言葉だ。俺の知る教えと違うのならば、お前の信ずる神の名を聞かせてみよ」

「クソ喰らえ」

ジェレミーがそう言うが早いか、流れ星が走るように審問官のサーベルがその右目を貫き、後頭部の裏側にまで至った。そして彼がサーベルを半回転させると、ジェレミーの体はびくびくと痙攣を繰り返し、間もなく絶命した。

黒い審問官はサーベルを引き抜くと、穴の空いたマントを解き、その血を拭ってから床に放った。

「聞いたことのない神の名だ。どうやら異端者ではなく、異教徒だったようだ」

5　機工審査官　対　異端審問官

　ドンブレッソンの村落の村長ラウルから使いの若者が伯爵家へと寄越されたのは、テオが調査した日から数えて六日目のことだった。その使いの若者の話では、村に「永久機関」を売り付けたエルマン・スカリジェは、修理費用として500ルーブリの金を提示すると、快諾の旨の返信をすぐに送り返してきたという。それが次の日曜日の翌日ということになったので、その際にはテオとハンケ参事、そして法律家のクレーベ・サティも同行することになった。

　だがその前に起きた、ちょっとしたごたごたをここで先に語っておかねばならない。

　例の「黒い審問官」が「青いガチョウ亭」で暴れ回った翌日、そのテオとハンケ、そしてサティまでがアルタシュヴァン城の審議堂に呼び出された。

　その理由として最も重要であったのが、あのヨッヘン・ポラック確保である。

「ちんけな詐欺師一人でできる芸当じゃないよ、あの機械の作成は」

このテオの言葉を踏まえた上で、その背後関係を探ることが必要になったのである。

これについては永久機関審査官の仕事ではなく、むしろ治安を維持する責務を担うデアフリンガー伯爵家の仕事であった。ここでしゃしゃり出て来たのは、伯爵家の腰巾着として名高い永久機関審査官の一人、ニコラス・ブレナー元大佐だった。彼は衛兵に対して小さな体を大きく振り回しながら鷹揚に指示を出し、一切のことを取り仕切って己の存在感を示そうと、躍起になっていた。

ハンケ参事に連れてこられたテオとサティは、その人定を確実にするために、捕縛されたポラックの顔を見なければならなかったのである。

「多分この男。でも顔はよく見てないからちゃんとは覚えてないな。興味ないし」

「この男で間違いありません」

曖昧な返答をするテオの横で、サティが大きく頷いた。

ポラックの顔には大きな青痣があり、首には幾重にも包帯が巻かれていた。両腕を後ろで縛られ、衛兵が両脇からポラックを押さえ付けていた。

そのポラックは忌々しそうな表情で二人から目を逸らしたまま黙っていた。

「うむ、私もこの男で間違いないと考えていた」

ブレナーはサティの答えを聞いて、初めて自信を持った様子だった。

サティは相変わらずなこの初老の男に侮蔑の視線を送ると、彼に気付かれないように小さく鼻で笑った。

「それにしてもひどい傷だね。誰かが拷問でもしたの？」

テオの何の気なしに発せられた問いに、ブレナーが表情を歪めた。

「それが昨晩、城下町で大掛かりな捕り物があったらしくな……この男の四人の仲間が皆殺されてしまった」

「え、そんなことがあったの？　兵士たちがやったの？」

「それが、通りすがりの異端審問官だったらしくな、聞くところによると、イベリア地方では『黒い審問官』という通り名の、かなり悪辣な男らしい」

その「黒い審問官」という言葉によって、審議堂には俄かにざわめきが起こった。

「あの鬼畜外道の黒い審問官か……」

「誰であれ、容赦なく拷問し、殺害すると聞くぞ……」

衛兵たちが顔を青褪めさせながら、それぞれに聞いた噂話を囁いた。

「黒い……審問官……」

その呼び名はテオの表情に翳《かげ》りを落とした。

ハンケ参事はテオの表情の変化に気付くと、怪訝な表情を浮かべた。

「テオ、大丈夫か？」

「いや、あまり……」

「実はお前を登城させたのは、ヨッヘン・ポラックの人定だけでなく、その異端審問官がお前と面会するよう要求してきたのだ。聖庁でもかなり名のあるお方のようなので、無視できなくてな」

「まさか、酒場で四人を殺害したのって……」

「その審問官だ」

テオが拳を口元に当てて、視線を床に落とした。その先でせわしなく左右に揺れ動いていることが、ハンケにも分かった。

「おうおう、ここも異端者の巣窟か？」

大きな、しかも攻撃的な声が、磨かれた床と壁と、そして天井へと反響してからテオに向かって矢のように飛んできた。

その審問官は銀の刺繡の入った漆黒の上下に、上から真新しい黒いビロードのマントを羽織って審議堂に入って来た。その後ろから、若い三人の審問官がまるで付き人のように追いかけて来ていた。

「レオン！」

サティが嬉しそうに声を掛けた。

「よう、クレーベ！　久しぶりだな。お前も永久機関審査官なんてしょうもない仕事をやるようになっちまうとはな……落ちぶれたもんだ」

レオンと呼ばれた異端審問官は心からの笑みを浮かべると、サティに近付いていった。

「そんなことはないさ。下らない詐欺師から国を守る仕事だ」

「お前がそう言うなら、そうなんだろう」

「それにしても悪名高きベルナール・ギーの申し子が一体何の用だ？」

「ギーだって俺ほど悪くはなかったさ」

「早速罪の告白か？」

「それには及ばない。異端審問官には自由裁量権が認められているんだ」

「それは自由と同義ではないぞ。で、その『黒い審問官』がこんな場所に何の用だ？」

「密告だよ」

「密告？」

「そうだ。聖庁に密告が入った。ノイエンブルク公国の、永久機関審査官の中に、主の教えを穢《けが》す異端者がいる可能性があるとな」

レオンの言葉で、一同に緊張が走った。

静まった審議堂の中央で、異端審問官のレオンは全員の顔を見回し、そして顔を背けていたテオへとゆっくりと近付いた。

「おい……お前、臭うなぁ……」

ゆっくりと近付いてきた異端審問官から顔を背けたまま、テオは口をきつく結んで黙っていた。

「俺を無視するとはいい度胸だ」

テオはやはり何も答えない。レオンはテオが顔を背けた方に回り込むと、腰を屈めてその顔を下から覗きこんだ。

「相変わらず異端臭い男だなぁ……テオ・アルベール……」

その言葉に対し、テオはようやく冷たい視線を相手に向けた。

「そっちこそ……相変わらず悪趣味だね……兄さんは」

「そうかぁ？　そうかもなぁ！」

そう言うとレオン・アルベールはげらげらと笑い始めた。

ここで読者諸氏にはこの「黒い異端審問官」が我が長男、レオンであることを隠していたことをお詫びしたいと思う。悪意はなかったのだ。ただ、我が息子たちの再会の場面を少しだけ盛り上げようと企図しただけなのだが……こうして改めて両者の性格を踏まえて再現してみると、どうやらその試みは失敗だったようである。とにかくレオンはこの場で、旧友のクレーベ・サティと弟のテオ・アルベールとの再会を果たしたのである。

その様子を見て呆気にとられていたアクス・ハンケは恐る恐るレオンに聞いた。

「まさか……君は……」

「ああ、そうだよ！　お前ら先代の永久機関審査官が十五年前に火刑の判決を下したイザーク・アルベール、俺はその長男のレオン・アルベールだ」

アクス・ハンケが狼狽《うろた》えたのも無理はなかった。

「いやしかし、私は、あの場では……」

「分かっているよ、あんたは先代の三人の中では末席、しかも発言権などろくに持たせられていなかった。俺は別にあんたのことなど恨んじゃいない」

アクス・ハンケはそれを聞くと心から安堵するような笑みを浮かべた。

「よかった……私もあの審議には疑義があったのだが、受け入れられなかったんだ。主席審査官エリック・シュレーダーは、私や次席審査官のノア・エーバースドルフの主張を最後まで突っぱねた」

「ああ、そうだ……だが、主席審査官だったエリック・シュレーダーも、それに次席のノア・エーバースドルフまで、今じゃ行方知れずだ……どこで何をしてやがる？」

レオンはそう言いながらハンケに近寄って行った。

余計なものの全てを削ぎ落としたような、その精悍な顔がハンケの眼前で止まった。

「あんたもご存知の通り、我が父イザーク・アルベールは最後まで無罪を主張していた。だが父は……縛られたまま……あのエリック・シュレーダーの手によって、無愛想な棺にその身を押し込められたんだ！ 棺桶の中の父を、あの男は何度も殴りつけ……耳元で呪いの言葉を囁いた上、無慈悲な表情で蓋を閉じた。俺はあの光景を永遠に忘れないだろうよ！ そして棺は鎖で巻かれ、薪の積み上げられた刑場に横たえられた」

レオンの声が震え始めた。その目が充血し、歯は食いしばられ、一音ごとに間が空いた。

「彼のことは……その、気の毒だった」

「気の毒？ 気の毒だって？ 正気か、お前！ だったら父はやはり無罪だったと思っているということか！」

「いや、永久機関詐称について、有罪と断ずる確証があったかについては疑問が残っていたわけで……ただ、あの水車が永久機関だと言われてしまうと――」

「あの『ド・ラ・フェの水車』の改良機を、父上が永久機関だなどと主張するはずがない！」叫んだのはテオだった。「思うはずすらない！ 父上を見くびるな！ 父上はお前たち三人の永久機関審問官とは比べものにならぬほどに優れた技術者だったんだ！」

「いや、だが実際に……君たちを前にしては非常に言いづらいのだが……イザーク氏の評判はあまり芳しくなく、欲に目が眩んだのではないかと……」

「そうやって根も葉もない噂を流布したのはお前たちだろう！　父上は多くの人から愛されていたし、何より技術について、父上は真摯な男だった！」

「テオ、そう信じたい気持ちはよく分かる」ハンケは額を脂汗塗《まみ》れにしながら、弁解するように言った。「だが、建築家だったエリック・シュレーダーも、荷車職人だったノア・エーバースドルフもまた、無能だったわけではなかったのだ！」

「いいや、お前ら三人は父上を詐欺師だと、最初から断じていた」レオンが鋭く切り込んだ。

「それは誤解だ！　それに仮に有罪だとしても、火刑に処すほどのことではなかったと私は考えていた。だが主席審査官のエリック・シュレーダーの頑迷な主張を、私も次席のノア・エーバースドルフも遂に曲げることはできなかった。気の毒だと言ったのは……つまりそういうことなのだ、分かって欲しい」

「黙れ！　火刑でなくとも死罪か、それに類する懲罰刑を与えるつもりだったのだろう！

結果的にであれ、無罪とはせず、有罪宣告に加担するということはそういうことなんだよ。お前が有罪判決を下した張本人でなくとも、お前には忘れてはならない責務がある！　そして有罪判決を下した後に何が起きたか、忘れたわけじゃないよな？　そうだよ、機械油を撒き散らかされた薪に火がつけられた！　火はみるみる勢いを増して行き、そしてあの棺をあっという間に呑み込んだ！　それからはもう……思い出すのも──」レオンの目尻から一筋の涙が零れ落ちた。「……響いてきたのは打撃音だった。そうだ、父が棺の内側を拳で殴り付けながら救いを求めていたんだよ！　何度も何度も殴りつけて……父は……助けを求めていたんだ！　逃げ場のない、あの狭い棺の中で火の手が迫り、中は竈の中のように熱くなる！　棺を内側から打ち鳴らす音はどんどん速度が上がって行き、最後はずっと打ち鳴らされていた」

レオンの涙は止めどなく溢れていき、テオも呼応するように鼻をすすり始めた。

「空を焦がす業火のなかで、狂ったように打ち鳴らされる拳が何度も、何度も！　何度も、何度も！　何度も……何度も……何度も……」

そこまで言い切って、レオンはふらついて数歩後ろに下がり、そして天を仰いだ。

「やがて……音は……途絶えた……」

審議堂がしんと静まり返った。

まるでその場でたった今、火刑が終わったかのような静けさだった。

「処刑に立ち会ったヴェスタープ司教は……焦げた棺を開けさせ、そして父の焼死体を現認すると、心底嬉しそうに笑ったんだ……あの安堵の表情、緊張から解放された笑み……

一生、俺は忘れられないだろうよ……」

申し訳ない、息子たちよ。

お前たちの心の内に永遠に消えない傷を残してしまった。

あの時、私が一切の疑惑を払拭できていれば、こんなことにはならなかった。

「信じられるか？　父の遺体は……瀆神の罪に問われた死体だからと……母は引き取ることすら許されなかったんだ……」

「レオン」

痛ましい表情を浮かべたサティがレオンの肩に手を置いた。

「大丈夫だ、クレーベ。俺は大丈夫だ。とっくの昔から大丈夫だった」

「望んでもない異端審問なんかやっているお前が、大丈夫なわけあるか」

「そうだよ、あいつらは出鱈目ばかりだ。新大陸でも、スペインでも出鱈目だった。特に新大陸での虐殺は一体何だったんだ！　裁く者も、権力を握った者も、自分自身が神になったように振る舞いやがる！　だから俺はあいつらに教えてやったんだよ！　お前らは神なんかじゃない、身を切れば血を流す！　耐え難い痛みに絶望を思い知る、ただの人間なんだってな！　お前らが痛めつけた人間同様に！　身も心も痛む人間なんだってな！　聞きたいか、クレーベ、俺が何をしたか、洗いざらい話してやろうか、クレーベ！」

「いいよ、レオン、言わなくていい」

サティは静かにレオンを抱きしめた。

「俺は審判の日を迎えた後に地獄に落ちるだろうよ。ゲヘナの炎で永遠に焼かれるのがお似合いの男だ。俺もきっと、親父のように身動きを封じられたまま灼熱の炎で焼かれ続けるんだろうよ。だがな、俺は寂しがり屋でな」

レオンはもう大丈夫だとでも言うようにサティから身を離し、そしてその肩をぽんぽんと叩いた。そして高らかに宣言した。

「地獄に見合う連中に、俺は容赦しない。俺と一緒に地獄に落ちてもらうぞ。必ずな」

一同は息を呑んだ。

レオンに追従していた三人の若い異端審問官たちは、緊張のあまりに卒倒するのではないかと思われるほどに顔を青褪めさせていた。

「私にできることがあれば……何でも協力しよう」

ハンケ参事が言いづらそうに言うと、レオンは彼を睨んで言った。

「元よりそのつもりだ」

そこで、大分落ち着きを取り戻していたテオがハンケに聞いた。

「じゃあさ、参事。あの竈小屋のことなんだけど。何か分かった？」

「ああ、閣下に直接確認できた。あれは、村からの正式な要請があって、デアフリンガー家が計画したものだった」

「ギルド経由で？」

「いや、ギルドも忙殺されていた折に、たまたま売り込みに来ていた業者がいたようだ」

「ギルドではない？」

「そのようだ」

「よくそんな奴らに仕事を依頼したもんだよね」

「司教区の余所の地域では幾つかの仕事を請けていた実績があったらしく、そっちの紹介があったようだ」

「じゃあ、司教様もカモにされていた可能性があるってこと？」

「……確かに、その可能性は考えていなかったが……大いにあり得る話だ」

「その引き受けた職人の名前は——」テオはそこで言葉を切って、ヨッヘン・ポラックの表情を注視した。「エルマン・スカリジェで間違いないね？」

「ああ、その通りだ」

ポラックの表情がこれ以上ない程強張ったのを、テオは見逃さなかった。

テオは跪かされていたポラックの脇に屈むと、小さな声で聞いた。

「ねえ、あんたとエルマン・スカリジェは仲間なんじゃないの？」

ポラックは何も答えなかった。

「どうして黙ってるのさ」

「無駄だよ、テオ。こいつ、生意気にも仲間は売らないとか考えているらしい」

レオンはポラックの前まで歩み寄ってから言った。

「売る？　売るも何も、こっちは買う気なんてないんだよな。ただ、話せってそれだけのことでさ」

「悪党には悪党の筋がある、とでも言いたいんだろうが……とんだ阿呆だ。いいさ、時間に余裕がないわけじゃない。死んだ方がマシだと思えるような拷問を毎日続けてやる、この俺がな」

「でも兄さんは、別に仕事があるんでしょ？　そっちを優先しなよ」

「何だ、テオ。水臭いじゃないか。それともアレか？　俺を厄介払いしたいのか？」

「すごいじゃないか、兄さん。自分が厄介者だって自覚するくらいには成長したわけだ。しばらく会わない間に随分とまともな判断力が身に付いたんだね」

「おい、それが敬愛する兄に対する言葉か？」

「あんな非道な『特訓』を強いてきた兄さんを、どうやって敬愛なんかできると思ってるの？」

「そりゃ、俺だって少しは反省している。やり過ぎた面もあった。父親代わりにしっかりお前を鍛えてやろうと、俺も少し肩に力が入っていた」

「少しじゃないでしょ！　あんなのさ！　伯父さんの影響を受け過ぎたんだ、兄さんは」

すまないな、テオ。確かにレオンは、我が兄ロラン・アルベールに鍛えられただけあって、性向まで似てしまった。兄と私の関係は、確かにお前たちの兄弟関係によく似ている。打ち明けると、私もロランが苦手だった。

「勘違いするな。今や俺がアルベール家の家長だ。誰の影響もクソもない。俺は俺の意思でアルベール家を盛り立てて行かなきゃならない。だがその前に決着を付けなきゃならないこともあるんだよ。父の件と、今回の密告の件と、全てはこの国の永久機関審査官が絡んでいる」

「それを解決するまでは帰らないってこと？」

「何を言ってやがる。ここが俺の帰る地だ。お前が我が物顔で暮らしている屋敷だって、厳密に言えば相続したのは俺だ」

「え、あの屋敷は……」

「お前の目的は作業場だろう？　勿論、お前の出方次第で、そこは考えてやらんこともない」

「協力しろってこと？」

「歩調を合わせろって言ってるだけだ。分かるだろ、お前なら？　さて……ヨッヘン・ポラックとやら、放っておいて悪かったな。お前の拷問は今すぐ始めるから」

「だから！　僕は兄さんのそういうところがいやなんだ！」

「喧《やかま》しいぞ、テオ！」

「兄さんは昔からやり過ぎなんだ！　馬に罪人を引き摺らせて何マイルも走らせたことがあるだろう！　馬が疲れて走るのを止めた時、そいつの下半身が全部削れてなくなっていたじゃないか！」

　ポラックが目を見開いた。

「あれしきのことで体の半分が削れるのは鍛え足りないからだ」

「それだけじゃない、職人の使う鋸で足の指先から徐々に削ぎ落していったことがあるだろう！　膝まで削り終えるのに、鋸を二十本も駄目にした」

　ポラックの額から脂汗が吹き出し、落ち着かない様子で身を捩《よじ》り始めた。

「真実を明らかにするためには仕方のないことだってある」

「じゃあ、あれは何だ！　罪人の体を床に括りつけてリオック（肉食コオロギ）を何十匹と放した小屋に幽閉させた時、あの男が息絶えるまでに一体何十日かかったと——」

「待て！」

ポラックが口を開いた。その唇が小刻みに震えている。

「どうしたの？　大丈夫、僕がそんな残酷なことはさせないから」

「いいや、テオ。残念ながらお前にそんな権限はない。久しぶりに思いっきり、誰かを限界まで痛めつけてやりたい気分なんだよ。父の無念を思い出した今、もう俺は自分を止めることができない。こいつは格好の餌食だ。でもこいつだって昨夜の件で思い知っているはずだ。俺がどういう男かってな」

「だから待て！　待ってくれ！　待って下さい！」

ポラックが懇願した。

「いやだね」

レオンが突き放すように言った。

「話す！　知っていることを話しますから！」

「別にまだ話さなくて構わないぞ。最終的には全て話してもらうことになるが、そこに至るまでに、お前の体は俺の気を晴らすための玩具になるんだから」

「お願いです……話しますから……」

ポラックは遂に泣き始めた。その大きな体を赤子のように震わせながら、ポラックはぼろぼろと涙を零し始めた。

「話すんじゃない！　話されたら拷問する口実がなくなっちまう！」

「いいえ、話します！　洗いざらい！」

「だから話すなっつってんだよ！」

「どうか、後生ですから、話させて下さい！」

「駄目だ！」

「兄さん、仕方ないだろう？　兄さんの拷問は手間が掛かるから、後始末が大変なんだよ」

「ちっ……分かったよ。その代わり嘘や隠し事は勘弁してくれよ？　そうじゃなきゃ、俺がお楽しみを諦めた甲斐がなくなるからな」

「全て、きちんと、嘘偽りなく話します」

「最初からそう言えばいいんだよ」テオがポラックに微笑みかけた。

「俺の気が変わらない内に、とっとと話せ」レオンはポラックを見下ろした。

「はい！　組織の名前はヴァプラといいます」

「初めて聞く名だ」レオンが首を捻った。

「どこぞのお偉いさんが秘密裏に作った組織とかで……」

「そのお偉いさんの名は？」

「その……名は……いえ、それは……」

「テオ！　国中のリオックを集めて来い！」

レオンが大声で叫ぶと、ポラックはすぐに身を縮こまらせた。

「グスタフ・マイスリンガーという名で、顔を見たことはあるのですが、直接会話したことはありません」

「グスタフ・マイスリンガーだと？　聞いたことないな。何者だ？」

「それは本当に分かりません」

「目的は？」

「そりゃ、勿論、金です。あらゆる技術に通じていて、色々な詐欺を考案したようです」

ポラックの言葉に、レオンとテオは顔を見合わせた。

「なるほど、親切なほどに分かり易い俗物だな」レオンが静かに反応した。「そのグスタフ・マイスリンガーの顔を見たことがあるだけだとお前は言ったが、どこで見たのだ？」

「だから、あの『青いガチョウ亭』でです。我々の指示役に、指示を出していたようです。

確かに、グスタフ・マイスリンガーと呼ばれていました」

「その指示役ってどんな奴なの？」今度はテオが訊いた。

「顔は布で覆っていてはっきりとは見せないですし、どこに住んでいるのかも分かりません。ただ、私にはエルマン・スカリジェと名乗っていました」

「ほう」

レオンが鋭い眼光をテオに向けた。

テオが深く頷いた。

「他には？」

「もう、本当にそれだけなんです！　後は知りません！」

「昨日一緒にいた四人の正体は？」

「私たちは五人まとめて雇われていたんです」

「ヴァプラに？」

「そうです。それぞれの素性は詳しく知りませんが、私が詐欺の実行役、後は荒事担当の男たちが宛てがわれていたのです。皆、元兵士だったそうです。私もそうでしたし」

「そいつらも雇われた？」

「そうです、私同様、酒場で飲んでいたら声を掛けられたと」

「エルマン・スカリジェに？」

「彼らはそう言っていました」

「なるほどな、よく分かった。もういいぞ」

レオンがポラックに背を向けた。

「あの……拷問は勘弁して頂けるので？」

「全て話したのか？」背を向けたレオンが肩越しに聞いた。

「そりゃ、可能な限り、全部！」

「勘違いするな」

「え？」

「俺には元々お前を拷問する権利もないし、俺は拷問が基本、嫌いなんだ」

「え……じゃあ、さっきの話は……」

「ああ、テオが言っていた話か。あんなこと、俺はしたことないし、したくもない。ただテオが俺と『歩調を合わせ』ただけだ」

「貸していいよ、兄さん」

「可愛げのない男になったな、お前」

「おい！　そりゃどういう――」

ポラックが身を起こして、いきなり態度を変えた。

「お前を裁くのは世俗の権力と裁判だ。機工審査官にも、異端審問官にも、何の関係もない」

「ふざけるな！」

「ふざけちゃいない。俺がお前には死が相応しいと考えていることに、何も変わりはない。だが、幸運にもお前を裁くのは伯爵家の仕事になる。俺に裁かれなかった幸運を、地獄の底で噛み締めるがいいさ。さて、積もる話もある。行くぞ、テオ、クレーベ」

二人に先立ってレオンが審議堂をさっさと出て行った。

「相変わらず勝手な男だ」

クレーベ・サティが肩を竦めてその後を追った。

「だから僕はあの人が苦手なんだ」

テオが毒づいて、それに続いた。

しかし、それが異端審問官レオン・アルベールという男だった。

6 教皇猊下のマルチーズ

ビエンヌ司教区を統括する現司教ヨゼフ・ヴェスタープは「クレメンスのマルチーズ」と揶揄されたものの、あの愛らしい愛玩犬とは程遠い容貌であった。育ちの悪い根菜のような体付きで、その口元には狡猾さが滲み、その一方でその眼元にはいつでも何かを警戒しているような怯えが見え隠れしていた。艶のある黒髪を肩で切り揃えているので、遠目には若く見られることもあるが、実際には五十を越えていた。彼は世間で馬鹿にされているほど愚かではなかったが、同時に世間で蔑まれている通りの野心家であった。商家の三男として生まれた彼は、その道で成功することは極めて難しいと考えた。上の二人の兄弟に比べると、自分は機会にも、親の愛にも、そして容貌にも恵まれなかったと自覚した上での判断だった。それでも能力において、自分は二人の兄より優れていると考えてはいたが、同じ道で出し抜くのは困難だとも考えていた。次兄は母に似て酷く嫉妬深い性質だったので妨害をしてくることが予想されたし、長兄を出し抜いては家勢に悪影響が出る。

かと言って武功を立てられるかと自問すれば、その自信はどうしても湧かなかった。

自身の立身出世を本気で考えた挙句に、ヴェスタープは自分の特性を一番活かせる道を選んだ。

それが聖職者としての道であった。

例えば……どこの誰とは言わないが、騎士の家系で生まれ育ち、恐ろしいほどの剣技を習得し、武功においても名を挙げながら、いきなり信仰への道へ入ってしまった者もいる。助祭、司祭と叙階され、そして異端審問官の任に就き、やがて「黒い審問官」と呼ばれるようになった男である。勿論、こういう男に出世は望みようもない。本人に、何か思うところはあるのだろうが。

ところで、ヴェスタープは既に司教という階位にあるのだが、カトリックの叙階は実際のところ、助祭、司祭、司教の三つだけである。大司教区を受け持つ大司教と呼ばれる人も、教皇を補佐する枢機卿と呼ばれる人も、そして教皇猊下ご自身も、階位の上では皆司教なのである。つまりヴェスタープは階位の上では既に最高位にあるのだが、そこからが、ある意味始まりであった。

野心を抱く者はヴェスタープ一人ではないのだ。

本来であれば、この手の欲望を抱く者には相応しくない道なのだが、この手の者が多く集まるのも事実なのである。

想像してみて欲しい、羊しかいない草原に狼が一匹迷い込むとどうなるか。その狼はそこでやりたい放題するのである。それを見ていれば、これ幸いと他の狼も自然と集まって来る。気が付くと、羊が全て喰い尽くされた平原に無数の狼がいて、しかもそいつらが互いに喰い合っているのである。だがそのままでもまずい。やがて猟師の目に留まらないとも限らない。だから連中は喰い殺した羊の皮を被って、羊のふりをする。するとどうだ！その草原には、見た目には羊しかいなくなるのである。そこに何も知らない本物の羊が迷い込んで無事に生きていけるかどうかなど、多言する必要はあるまい。

そんな手合いの集まる中で地盤を固めつつあるヴェスタープが、愛らしいマルチーズであるなどと考える者はそういないであろう。立場のある人間に少し親切にされただけで、その人が聖人の列に連なるべき偉大なる人間だと本気で信じ込む世間知らずも、確かに少なからずいるにはいる。が、世間の荒波に揉まれた連中なら、その辺のことはしっかりと理解しているのだ。

それを日常的に、いやでも思い知らされているのが、ダニエル・デュボア司祭であった。

ビエンヌ司教区の本拠地である聖アタナシオス聖堂の総責任者は当然のことながら司教のヴェスタープなのだが、その補佐役として聖庁より任命されているのが司祭のデュボアで、彼は教区の統括業務のほとんどを司教から丸投げされていた。そのため、彼の下に就く二人の助祭と共に四六時中、聖務日課から典礼、陳情に告解、更には司教区内の他の幾つもの教会との人的、物流的、資金的な調整まで、とにかくありとあらゆる仕事に忙殺されていた。そのせいと言うか、お陰と言うか、デュボア司祭の仕事はとにかく早く、合理的で、間違いが少なく、また人当たりもよかった。そうでなければかえって時間がかかってしまうのである。そして彼が優秀であるほど、ヴェスタープは結果的に、より怠惰に、そしてより無能になっていった。ヴェスタープがデュボアに仕事を振ってできた時間を何に費やしているのか、デュボアは知らなかったし、そんなことを知るために費やす時間すら惜しかった。ただ一つ、ヴェスタープがデュボアのような有用な男を手放すことは決してないだろうということだけは、デュボアも、そして彼に同情の目を向ける者もよく分かっていた。

「デュボア！　デュボアはいるか！」

司教の執務室の扉が気まぐれに開かれては、そんな声がバロック調の廊下に響き渡るのを、聖堂の人間は日常的に聞かされる。そして続いて聞こえてくるのが「はい、司教様。デュボアはここにございます」という怒鳴り声だった。デュボアはヴェスタープに対してだけは不快感を隠すことがなく、ぞんざいな返答も日を追うごとに酷くなっていくのだが、不思議なことに司教は全く気にしていないのだ。

「おお、デュボア、お前の力が必要だ、すぐに来い！」

司教はいつでも明るい調子で司祭を呼び寄せる。

「今は手が離せないって言っているでしょ！　あなたに命じられた仕事が多過ぎて終わらないんです！」

「あとどれくらいで来られるのだ？」

「最後の審判には間に合わせますよ！」

「それでは遅過ぎる！　もっと早く来てくれ！」

「だから手が空いたら行きますよ」

「だからそれがいつになるのかを聞いているのだ！」

「それが知りたいのでしたら、主に直接お聞き下さいませ！」

バーゼル司教区の司教が来た際にも、こんなやり取りが交わされ、呆気にとられた司教が持っていたカップから紅茶を零したという逸話まである。

小柄で額の生え際が大分後退したこのダニエル・デュボア司祭の年齢も、実はヴェスタープとそれほど変わらず、三歳年少なだけであった。彼に出世の欲があるのか、ないのか、それともその機を司教に潰されているのか、その本心を知る者はいないように思われた。

その日も幾度か呼び出された後に、ようやく仕事が一段落ついてデュボアは司教の執務室に向かった。執務室は縦長の部屋で、彼の執務机の前にはかなり長い机があり来客対応にも、ちょっとした会合を済ませるのにも丁度いい大きさであった。部屋の両脇に設えられた書棚にはびっしりと古い書籍が詰め込まれていたが、ヴェスタープの執務室に置いておくなど、主の御言葉を借りるならば、豚に真珠を投げるようなものだと、デュボアは常々考えていた。

更に、執務室の正面には嵌《は》め殺しの丸窓に小さなステンドグラスがあった。生まれたばかりのイエスを慈しむように胸に抱く聖母マリアの姿がモチーフになっていて、その出来は素朴ながらも、またそれ故に温かみが感じられるものだった。これが選りにも選ってこの部屋でしか鑑賞できないという不条理も、デュボアには理解し難かった。

「あ、司祭様」

入って最初にデュボアに声を掛けたのは助祭のジェイコブ・オラスだった。

「お前も来ていたのか、ジェイコブ」

赤毛の気のいい若者は、まだ助祭になったばかりで、今のところはまだヴェスタープという男に権威を感じているようだった。

「司教様からお使いを頼まれまして」

「お使い？」

「はい、聖庁に人の工面の要請です」

「人の工面？　一体、何の――」

「ジェイコブ！　無駄話はいいから早く行ってきなさい！」

執務机にしがみつくように座っていたヴェスタープが二人のやり取りを阻害した。

「はい、すみません！　すぐに行って参ります！」

聖職者の黒いキャソック（平服）によく映える赤髪をデュボアに向けて下げると、ジェイコブはそそくさと執務室を出て行った。

「また何か悪巧みですか」

皮肉めいた口調で、デュボアはヴェスタープに毒づいた。

「人聞きの悪いことを軽々しく口にするな。今日は少々忙しいのだ」

「で、どういったご用件です？」

「まずは永久機関の褒賞金の件についての話のつもりだったのだが……そうだ、忘れない内に先に伝えておこう。昼を過ぎたくらいに、私を訪ねて一人の男が来るはずだ。名をグスタフ・マイスリンガーという。その男が来たら……いいか？　余計な話は一切せずに、この部屋に案内してくれ。分かったな」

「心得ました」

「それから褒賞金40万ルーブリの件だが、集められそうか？」

「どうしても全額、司教区から出すつもりなのですか？」

「無論、伯爵家にも出してもらうつもりだ。デアフリンガー家から30万くらいは出せるだろう」

「御冗談を！　言い出したのは司教様じゃないですか」

「あっちは永久機関の恩恵を受けられるだろう？」

「恩恵は教皇庁に受けてもらうおつもりだったのでは？」

「無論だ」

「でしたら、尚更です。デアフリンガー家は司教の気まぐれに付き合って、永久機関審問官を特設しているのです。その運営で彼らは得るものがなく、ずっと予算は垂れ流しになっているのです。その上で褒賞金を負担しろなどと要求されても、とても首を縦に振ることなど想像できません。伯爵家の堪忍袋の緒が切れた場合、彼らからどんな報復を受けるか、少しは心配した方がいいくらいですよ」

「ではこの司教区だけでいくら集められそうだ？」

「本来の予算を削りに削って、10万がいいところでしょう」

「それは困る！　そんなんじゃ駄目だ！」

「何故です？　聞けば、審議に掛けられる永久機関はどれもガラクタか、そうでなければよくできた詐欺だそうじゃないですか。今後、本物が持ち込まれる可能性なんてあるのでしょうかね」

「可能性はいつだってないわけではない」

「おかしなことをおっしゃる。そもそもあなたは永久機関に否定的だったではありませんか。永久機関なんてものは、その考えからして神への冒瀆だと。永遠という属性は神にのみ帰すべきものであり、それが被造物に内在することなどあり得ない。そうおっしゃっていませんでしたか？」

「いや、しかしながら、人は聖書と主の規範に沿った生き方と、聖霊の働きに与れば、完全とはいかないまでも神性を分有することだってあり得るのだ。我々はそれを期待するからこそ牧者として人々に説教をし、聖餅を分け、告白を聞くのだ。有限性と無限性とが完全に分かたれていたのでは、人に救済はないことになる」

「まるでエラスムスとルターの論争ですね。順番を変えれば、単に後から言ったことの方が結論に聞こえますが」

「デュボア、私の職務はお前の嫌味を聞くことではない」

「私の職務もあなたの与太話を聞くことではありませんよ」

「とにかく、いいか？　永久機関の発見はあり得る」

「それは一体どういう……いえ、そこはもういいでしょう。とにかくお金の問題だということですね」

「そうだ、何としてでもかき集めてくれ」

「やれやれだ……ユリス・マーロウの死は、一体何だったんでしょうね」

「デュボア！」

珍しくヴェスタープが怒声を上げた。

「はい」

驚いたデュボアは改まった表情になって答えた。

「マーロウの名を私の前で、二度と口にするな！　それに奴はまだ生きているに違いないのだ。生きて、きっと……今も私の命を狙って……くそっ！」

「失礼しました」

「下がれ」

「はい」

普段は何を言おうが、どんな態度を取ろうが、ヴェスタープは決してデュボアに対して声を荒らげることはなかった。一つにはそういう人間関係ができ上がっていると思っていたし、一つには自分の離反をヴェスタープは恐れているのだと、デュボアはずっと思っていた。だが必ずしもそういうわけではなかったことを、彼はこの時思い知った。ユリス・マーロウの名は、紛うことなきヴェスタープの虎の尾なのだった。

どんな気持ちになれば午後が過ごしやすくなるのか、思案に暮れながら自分の仕事に戻ろうとしていたデュボアの元に、もう一人の助祭ドマ・プランタンが駆け寄って来た。

「デュボア様！　お客様が」

黒髪の好青年が、いかにもお人好しそうな顔を緊張させて声を掛けてきた。

「私に？」

「はい」

「誰だ？」

「アンリ・デュボア様と名乗っておられます」

「アンリ・デュボア？　はて、私の縁戚の者であろうか？」

「それが、デュボア司祭の弟だと申されているのですが……お心当たりはないのですか？」

「私に血のつながった弟はおらぬが」

「え！　だとすると、良からぬ企みを抱いた者の虚言でしょうか？」

「どんな男だ？」

「はい、歳の頃を考えれば、司祭様より少しお若いので、弟君だと言われればそうかも知れないと思われましたし、着ているお召し物もなかなかに上等なものでした。とにかく一刻も早くお目通りしたいとのことで」

「ふぅむ……確かにこの後にも司教様に来客があるしな。ああ、そうだ、ドマよ」

「はい、何でございましょう」

「午後に、グスタフ・マイスリンガーという男が司教を訪ねてくるようだ。余計な詮索をせずに執務室にお通しするよう司教様より申し付かった」

「あ、そう言えば！」

「どうした？」

「アンリ・デュボア様を名乗る方がその名を。グスタフ・マイスリンガーという男は来ていないかと確認されました」

「何だって？」

デュボアは急に、一刻も早くアンリ・デュボアとかいう男に会わなければならないと感じ始めた。

「いかが致しましょうか？」

「今どこに？」

「一応、司祭様の弟君を名乗ってらしたので、客間にお通ししました」

「何番だ？」

「はい、第三の客間です」

「分かった。すぐに会おう」

デュボアが何かに取り憑かれたか、もしくは何かに追われるように、急かされるように客間に入ると、その長身の男は勧められた椅子には腰掛けずに立ち尽くしていた。ただ、立っているとは言っても、背筋が曲がっていてやたらと不格好に見えた。全体的に色素が薄く、肌も死人のように青白く、髪はプラチナブロンドに近かった。目は灰色で、見えているのかいないのか、本人に聞かないと分からないように感じられる。聖職者でもなく、役人でもなく、農民でもなく、かと言って兵士でもない。い草を乾燥させたような色の貫頭衣を着て、腰は革のベルトで締められている。ズボンは黒く、細かった。一見すると粗末な服のようで、よく見ると中々上等な亜麻布が使われている。朱色のマントを首に一周半巻いて左肩から垂らしているので、見ようによってはローマ時代の戦士にも見えた。

「お待たせしました。ダニエル・デュボアですが……あなたが、えっと……ムシュー・アンリ・デュボアですか？」

そう聞いてはみたものの、相手はじっとこちらを見つめながら微笑んでいるだけだった。

「あなたがムシュー・アンリ・デュボアですね？」

もう一度問い尋ねた。

「いいえ」

ようやく出た声は、やたらと小さく、か細かった。

「は？」

「お察しの通り、アンリ・デュボアは偽名です。私はあなたの弟でもない」

「一体、何なのですか！」

「ヴェスタープ司教に、私とあなたの接触を知られたくなかったので、嘘をつきました。よくつくんです、私。嘘を」

「それがよくないことだということは、ご理解されていますよね」

「ええ、確かに。十戒にもある通りです」

「それに人の信用を失う」

「立場のある聖職者のように、ですか？」

「皮肉を言うためにいらっしゃったのですか？　それとも嘘をついた罪を告白しにいらし

た？」

「ああ、確かに後者については多少あります。私、ついさっきも自分の名前について嘘をつきましたし、これまでも数え切れないほど嘘をついてきました。それにきっとこれからもたくさんの嘘をつくと思います。ちなみに、これから先に犯すであろう罪について先に懺悔しておくのは、教理として有効ですか？」

「私見ではありますが、むしろその方が罪は重くなると思います」

「そうですか。なら、告白はもうここまでで結構です」

「何もかも解せませんね……今日は一体、どのようなご用件で？」

「グスタフ・マイスリンガーが来るまでに、あなたとお話をしたくて」

「その方は何者なのです？」

「後ろめたい理由があって偽名を使うのは私だけではないと、それだけ申し上げましょう」

「あなたにも何か後ろめたい事情が？」

「ええ。そのことについてお話しする前に、まずお約束して頂きたいことがあるのです。司祭であるあなたに嘘をつけとは、勿論言うつもりはありません。ただ、私との面会を秘匿して頂きたいのです」

「私、あなたとあまり関わりたくなくなってきましたよ」

「そう仰らず。今日はいい話を、あなたとしたくてここまで来たのですから」

「いい話、ですか？」

「そうです。とても、とてもいい話です」

そう言ってアンリ・デュボアを名乗る男は笑った。

その無機質な顔を見てダニエル・デュボアはふと、くるみ割り人形を思い出した。

7　純白の追撃隊

日が明けて間もなかったが、早くも汗ばむ陽気となった。

セイヨン川と並行する街道に夏草が覆い被さり、草いきれが蒸気と共に立ちこめて平原の果てに逃げ水が見えていた。その熱気の中、ドンブレソンの村落に向かう幌馬車には、四人の男たちが乗り込んでいた。

「それでな、パリでは辻馬車というものが街中を走るようになったんだ！　厩も必要ないし、馬の餌代も、馬の世話係も要らない。必要な時に金を払えば、こちらの思い通りに馬を走らせてくれるんだ。知っていたか、クレーベ？」

「いや、初耳だ。パリはすごい街だな」

亜麻色の豊かな長髪をかき上げながら、クレーベ・サティは楽しそうにレオンの話を聞いていた。

「そうだろう？　こんな田舎に閉じこもっていたんじゃ、時代に取り残されていくだけだ。

そうは思わないか、テオ」

その日も黒ずくめの異端審問官レオン・アルベールは実に饒舌だった。憎まれ口を叩いていても、彼は弟との再会が嬉しくて仕方なかった様子だった。対してテオの方はそれほど、この再会を歓迎している様子はなかった。

「あのね、兄さん。忘れているんだろうけど、僕だって去年まではパリにいたんだよ」

「おお、そうだったな！ お前は王立アカデミーにいたんだったな！ 全く何が楽しくて機工審査官なんか引き受けたんだか」

「異端審問官なんてやっている人間に、とやかく言われたくないね」

「俺はこの職務に誇りを持っているぞ」

「人を痛めつけるのが目的なんでしょ」

「お前はもう少し、兄に対して敬意を払うべきだな」

「言ったろ。兄さんが、僕が敬意を払うのに相応しい生き方をしているのであれば、言われなくたってそうするよ」

「お前には私がどう見えているのだ？」

「異端審問官とは名ばかりの異端者」

「そりゃ……間違っていないな」感心したようにサティが頷いた。

「それに人殺しに愉悦を覚えている」

「そこも間違っていない」やはりサティは頷いた。

「戦争が起きてないと退屈で死んでしまう、殺人鬼」

「良かった、ちゃんと兄弟で相互理解ができているじゃないか」

サティが微笑むと、レオンが満更でもなさそうに笑いつつ抗議した。

「何を言っている、クレーベ。俺の愚弟は聡明な兄のことを全く理解できていない……そうだ！　あの話はしたかな、いやしてないな、してやるよ、この俺の英雄伝説を」

「興味ないね」

そっぽを向くテオを、サティが横から小突いた。

「聞いてやれ。さもなきゃ、こいつはずっと言い続けるぞ。我慢する時間は短い方がいいだろう？」

「聞こえたぞ、クレーベ！」

「まぁ、いいじゃないか。それより、ほら、話せよ、お前の英雄伝説とやらを」

「テオ、お前はどうするんだ？」

「……分かったよ。聞くよ」

「そうこなきゃな。あれは南ネーデルラントのストーンケルケでの戦いだ。フランス軍の方も、対するイングランド軍とネーデルラント軍の方も、双方に甚大な被害が出ていた戦いだった。しかもイングランド軍には傭兵部隊も混じっていた。国に属する部隊よりも、遥かに訓練された奴ら……ありゃ、恐らくスイス傭兵だった。俺は騎兵隊を率いていたが、そこに先頭切って攻め込んで来たのは竜騎兵……竜騎兵って分かるよな？」

「マスケット（銃）を装備した騎兵隊だろ？」

「そうだ。イングランド軍が竜騎兵をねじ込んできやがったから、俺たちはいよいよ追い込まれ、森の中へと逃げ込んだ。まだ昼だったが、辺りは真っ暗だ。俺の隊は負傷兵を多く抱えていて、まさに満身創痍だった。敵から奪ったマスケットが数丁あるにはあったが、それでひっくり返るような戦況じゃない。俺は神に祈った」

「嘘をつくな」

サティが言うと、レオンはすぐに認めた。

「そうだ、今嘘をついた。あん時は神のことすら考えられなかった。誰よりも信心深い、この俺がだ」

「信心深くないから、土壇場で神のことを忘れるんだろ」

「クレーベ、お前という男は本当に！　まあ、とにかく俺はどうやったらこの苦境を脱せられるか考えた。もう竜騎兵はそこまで迫って来ているんだ」

「それで、どうしたんだ？」

「隊の連中に、フランス軍だと分かる物を捨てさせた。旗も、紋章の入った甲冑も」

「騎士とは思えない所業だな」

「だろう？」

「褒めてないぞ」

「だが、それも手の内だ。反対に俺一人だけはフランス軍だと誰が見ても分かるような格好のままでいた。その上で、部下たちに持っている限りのマスケットを持たせて、弾を込めさせたんだ。そして俺に銃口を向けさせて、待機だ」

「待機だって？」

「そうだ。イングランド軍の竜騎兵と会敵するまで待った」

「冗談だろう！」

「冗談じゃない。どうせ、遅かれ早かれ追い付かれるんだ」

「部下がお前のことを撃って、イングランド軍に売ったらどうするつもりだったんだ」

「まさか、そんなこと……ああ、確かに……そんなこと、考えもしなかったな……」

「よく、今日、生きているな、お前」

「まあそれだけ、俺たちは互いに信頼し合っていたってことだ。そして遂に、その時は来た。鳩が間抜けな鳴き声を森中に響かせる昼下がりのことだ。俺は合図を出して部下に作戦の実行を命じた。部下たちは英語でこう叫んだ。『フランス軍の隊長を見つけたぞ』『こいつが、あの不死身のレオン・アルベールだ！』口々に、そう叫んだ。それを聞きつけたイングランド軍が『どうした？』とやって来た」

「万事休すだな」

「そう思うだろ？　だが部下たちは上手くやってくれた。『こいつは不死身で、そして過去に一万人のイングランド人を殺してきた、レオン・アルベールだ！』怯える演技も最高だった。そして次にこうだ。『今日こそ、この不死身のレオン・アルベールを殺して、仲間の仇を取ってやる！』そして叫び声と共に次々に発砲！　だが一発も当たらない！　そりゃそうだ、当たったら死んじゃうからな！」

「何言っているんだ、お前」

「だが効果はてきめんだ。部下たちは再度弾を込め、そして俺に向かって発砲する。勿論、当たるわけない。上手い具合に外してくれた。そしてこう叫ぶんだ。『当たらない！　一発も弾が当たらないぞ！』そして別の部下はこう叫ぶ。『本当だったんだ！　レオン・アルベールは悪魔と契約したんだ！』『そうじゃない、この男は神より祝福を受け、聖別されたのだ！　選ばれたんだよ！』『オルレアンのジャンヌの再来じゃないか！』

そしてまた別の部下がイングランド軍の竜騎兵からマスケットを借りて撃つ。勿論当たらない。『おい、お前も撃ってみろ！』敵にも撃つように促す。ここは賭けだ。でも俺は賭けに勝った。完全に気圧されていた竜騎兵の弾丸は明後日《あさって》の方角へ飛んで行った。それを見て、締め括りに部下がこう叫ぶ。『神の騎士だ！　このレオン・アルベールは本当に不死身で、神より選ばれし騎士だったんだ！』『この男を害することは、即ち神に唾する行為に他ならない！』『この男の意思は神の御意思、神がイングランドに対して憤怒しておられるのだ！　逃げろ！　すぐに逃げろ！　全員殺される！　イングランド人は必ず殺される！』

俺はその間、馬上で堂々と槍を構えたまま、微動だにしなかった。だが連中は大混乱に陥って、一斉に逃げ始めた。部下の何人かに断末魔のような叫び声を上げさせて、更に追い打ちをかけた。後はその隙に、部下をかき集めてとにかく逃げた。逃げて、逃げて、そして全員で生き延びたんだ。どうだ、すごいだろ？」

「マスケットの弾丸は命中精度が低い。機工として大いに改良の余地があるよ」

テオが折を見て口を開き、それを聞いてレオンが呆れたように返した。

「また機工の話か」

「僕なら、弾丸に横回転を加えるよう工夫するな。弾丸も球形ではなく、円筒型にした方が狙いはより定まりやすくなる」

「俺の話を聞いて出て来た感想がそれか？」

「弾丸の命中率が低い理由が知りたかったんじゃないの？」

「おいおい！　おいおいおい！　正気か、お前！」

「僕は正気だよ。それより兄さんこそ、そんなほら話」

「馬鹿野郎！　ほら話なものか！」

「兄さんは話を面白くするために、少しくらいの嘘をつく癖があるから」

「そりゃあ……少しくらいの嘘はつくかもしれないが、それが兄に対する言葉か」

驚きの表情で弟を見つめる兄と、不思議そうな表情で兄を見つめ返す弟の両者を見て、サティは吹き出した。

「お前たちは何と言うか……相変わらずだな」

「そんなことはない」テオが唇を尖らせた。

「いや、何だかんだ言っても、お前たち三兄弟は仲がよかった」

「その通りだ、クレーベ」

レオンはそう言ってからからと笑い、狭い幌馬車の席で長い脚を組んだ。

彼は精緻に整えられた、尖った二本の口髭と、顎鬚を丁寧に指先で揃え、そして艶のある黒褐色の髪を背後へと撫で付けた。

「それで……本題に入りたいのだが、段取りはどうする？」

アクス・ハンケ参事が他の三人に聞いた。

幌馬車には彼ら四人が乗っていて、他に三頭の馬が追随していた。

馬に跨っていたのは、レオンに付き従った、三人の若い異端審問官たちであった。

「村に着いたら、ハンケ参事とクレーベが二頭の馬に乗って、まず村長のラウルに会いに行ってくれる？」テオが切り出した。

「お前は？」

「僕は三頭目の馬に乗って、例の永久機関の小屋の近くに身を潜める」

「俺たちは？」レオンが聞いた。

「この幌馬車は目立つからね、少し遠い場所で待機していて。ここには武器類も積んであるから、いざという時には兄さんの剣術が必要になるかも知れないし」

「仕方ない。今回は不肖の弟の指示に従ってやろう」

「あのさ、そもそも、どうして兄さんたちまでここに来る必要があったわけ？　自分たちの仕事があるんじゃないの？」

「異端審問官としての仕事はちゃんと進めているさ。まず四人の永久機関審査官とハンケ参事に対しての聞き込みは終わらせてある。後は、お前たちの動きに不審な点はないか、十分に監視することがとても重要になるな。当然のことだが、俺は用意周到な男だからな、いざという時にはけしからん異端者共を制圧できるだけの武力は準備している。伯爵殿もそこは協力的だったぞ」

もったいぶった口調は、おどけているのか、本気なのか、テオにもよく分からなかった。

レオンは澄ました顔で答えると、余裕の笑みを見せて体を壁に預けて腕を組んだ。

「それ、本気で言ってるの？」

「勿論」

「大体、その密告って何だよ。どうして僕たちの中に異端者がいるなんて話になるわけ？」

「なんでだろうな」

レオンは意味深な笑みを浮かべると、じっとテオの瞳を見つめた。

「誰がそんな密告を？」

「知るわけないだろう、俺が」

「本当に？」

テオはじっとレオンの瞳を見つめ返した。

両者はしばらく黙っていたが、やがてレオンの方が口を開いた。

「ああ、いやだ、いやだ。昔はお前、もっと可愛かったのにな」

「いつの話だよ」

「ずっと昔だ。そうだな、父上がまだ生きていた頃、なのかも知れないな」

「あれ以来、人を疑うことが習慣になったのかも知れないね」

「そこは、俺も人のことを言えたもんじゃないがな」

幌馬車は昼前にはドンブレソンの近くに辿り着いた。

一行はテオの作戦通りに行動を開始した。

予定通り、村長のラウルと段取りについて打ち合わせをするために、ハンケ参事とサティが村へと向かい、テオは一人、馬で川沿いの小屋へと向かった。その一方で、レオンたち異端審問官らは竈小屋が辛うじて視界に入る距離の森の中に身を潜めた。幌馬車の馭者はレオンから何やら指示を受けると、そこから立ち去っていった。

テオは小屋から少し離れた場所で馬を降り、川の水を与えてからまた少し遠ざかった場所にまばらに生えていたブナの若木の一本に馬を繋いだ。その一帯は草地ではあったが、決して平坦だったわけではなく、川岸から続く岩場の凸凹な地形がなだらかになりながらも、ずっと広がっていた。所々、隆起したように地面から無骨な岩が顔を覗かせ、そこには苔が生《む》していた。川から遠ざかるにつれ、辺りは平原となっていたので、テオはそちらの方へと目立たぬようにゆっくりと進んだ。

　やがて竈小屋の辺りに近付くと、その一帯は概ね平たくなっていて、足元も柔らかい感触が続いていた。遠目に見ると、既に竈小屋は煙を上げている。そこまではテオの予想通りだった。だが奇妙なことに、川沿いの竈小屋と、例の永久機関の納められた小屋との間にある、10フィート（約3メートル）四方の茂みに、何か妙な気配があった。テオがゆっくりと近付きながら確認すると、そこには何かがいた。

　――人間？　隠れているのか？

　屈み込んで、こちらに背を向け、その人物は懸命に何か作業をしていて、テオの接近には全く気付いていない様子だった。テオは不思議に思いながら、自分も近くの茂みに身を隠した。テオはしばらくその茂みの中で、相手の様子を窺うことにした。

　その頃、村長のラウルと段取りを付けたハンケとサティは、身分を隠してラウルの付き添いをすることにした。二人は村の者から借りた目の粗い麻の貫頭衣を着てはみたものの、ハンケはともかく、サティの引き締まった体付きは農村で暮らす者としては華奢に見えたし、艶のある肌も、洗練された振る舞いも、どうにも目立ってしまった。なので彼は顔を泥だらけに汚され、雨天時に使用されるフード付きの上衣を着せられることになった。ハンケとサティはそのまま村で芋の入った麦粥を振る舞われた。

テオはその間も自身の存在を相手に気取られぬよう、息を潜めて、耐えに耐えていた。

だが変化はテオが想像していたより早く起きた。

遥か遠くで鷹が鳴くのを聞きながら滲んで来た汗を拭った時、複数の馬が駆け寄って来たことに気が付いた。テオは緊張して、思わず息を止めた。

音を出さぬように気を付けながら背後を振り返ると、馬に乗った男たちがすぐ後ろに姿を見せていて、テオはぎょっとした。

その数は四人。

辛うじて、テオは彼らの死角にいたようだった。

いずれの顔にも見覚えはないが、先行して進む一人の男がその四人の取りまとめ役であることは容易に想像できた。物静かな男で、口を横一文字に結んでいる。黒褐色の髪は短く、目は短剣による裂傷のように細かった。白いシャツに、黒と灰色の縦縞の長いズボンを穿いていて、商人か貴族か、どちらとも判別し難い雰囲気を醸し出していた。だが、四人は揃ってよろしくない物を腰からぶら下げていた。モルゲンシュテルン……複数の突起のある鉄塊が先端に取り付けられた棍棒である。力のある者ならば勿論のこと、力がない者でも思い切り振り回せば驚異的な破壊力を発揮する武器で、当たり所によっては一撃で致命傷となる。

緊張でテオの唇が渇いた。

先頭の男がエルマン・スカリジェかどうか、それはラウルに人定をしてもらわなければ確定できないが、テオには間違いないように思われた。だが仮にそうだとして、ここまであからさまに武装して来るとはどういうことであろうか。彼らはこの村に来る度にここまでの武装をしているのか？　いや、確かに道すがら野盗の襲撃に見舞われる可能性もないわけではないが、どうにも彼らの物々しい雰囲気は、過度に攻撃的ではないかと、テオは訝しがった。

まさか……自分たち永久機関審査官が関わっていることが悟られている？

最初にその考えが頭を過ぎった。

いや、来訪の報酬を500ルーブリに引き上げたことで警戒されたか？

それ以前にラウルの動きを知られていたか？

それとも……それは考えたくなかったが、最もしっくりくる想像が鎌首をもたげた。

身内に内通者がいるのか……。

熱気を巻き上げながら涼風が茂みを揺らした。

四人の男たちがすぐ近くで止まった。

「エルマン・スカリジェ」一人の男が先頭の男に声を掛けた。

「何だ？」エルマン・スカリジェと呼ばれた男は低い声で答えた。

やはりそうだった。テオは息を殺しつつ、スカリジェの顔を食い入るように見つめた。

「本当に永久機関審査官が来ていると？」

「信憑性のある情報だ」

「その様子はないが」

「そこにいるだろう？」

「え？」

「ほら、そこの茂みの中に鼠が隠れているぞ」

テオの心臓が喉元まで跳ね上がった。

まさか気付かれていたというのだろうか？　サーベルは幌馬車に置いてきたので、テオは丸腰だった。棍棒を持って馬上にいる四人の男たちに襲われれば、瞬く間に命を落とす。

テオは口元に手を当て、心音が体の外に漏れないように努めた。

「どこだ？」

スカリジェと話した男が棍棒を腰の革袋から引き抜いて、茂みをがさごそと揺らし始めた。無骨な鉄の塊から突き出た鋭利な突起が肌を引き裂き、頭蓋骨を砕く様を容易に想像することができた。男は馬をこちらに寄せて来て、テオのすぐ近くの葉が揺らされた。

「この辺か？」

「よく探してみろよ」

スカリジェが笑い、棍棒がすぐ頭上の葉を揺らす。テオの心臓が荒れ狂った。そして茂みを縫って、突然眼前に現れたものを見て、テオはひっくり返りそうになった。

馬の顔面が目の前にあったのである。

荒い鼻息が容赦なくテオの顔面に吹き付けられ、テオは懇願するように両手を組んで、眉間に押し当てた。

「この辺かぁ？」声が今までで一番近くなった。

目の前に馬の顔、すぐ頭上では男が棍棒で茂みを探っている。

もうどうしようもない、テオがそう悟った時、スカリジェが笑いながら言った。

「ああ、悪いな。俺の勘違いだった。鼠が隠れているのは、あっちの茂みだよ」

「あ？」

「あっちだよ、あっち。あそこの茂みにマルタンを忍ばせている」

「お前、この俺をからかったな？」

「そんなに不機嫌になるなよ、ラース。ただの冗談じゃないか」

「本気の仕事に冗談を混じらせるな。いざという時に、動きが鈍る」

馬の手綱が引かれ、テオの眼前から馬の顔が引っこ抜かれた。

ようやく緊張が解け、テオはそっと、溜まっていた息をゆっくりと吐き出し始めた。

「だが……本当にいるんじゃないか？」

「いる？」ラースがスカリジェに聞き返した。

「ああ、誰か、その茂みに。俺ならここに身を潜める。小屋から丁度いい距離で、周囲もよく見渡せる。状況を把握するには最高の場所だ」

「永久機関審査官の話か？」

「そうだ」

遠ざかりかけた男たちの声がまた近付いてきた。

テオの緊張がまた高まった。

「なるほどな、念のために調べておくか？」

ラースやスカリジェたちの突き刺すような眼光が、自分の頭上に降り注いできたことは、見ずとも分かった。がさがさする音が近付いて来て、今度は馬の脚が眼前に迫った。だが馬の方はテオの存在を知っているので、テオの脇を避けながら移動していた。

「いや、ラース……さすがにそこまでする審査官はいないだろう。マルタンのことだけ知られなければ、それで問題はない。ルーク、竃小屋の方の段取りは？」

「それは問題ない」

四人の中ではやや歳の若い、利発そうな男が答えて、スカリジェは満足そうに頷いた。

「審査官がいたところで、見抜かれることはないだろう。今は亡き天才イザーク・アルベールの機構を更に発展させた、ヨーロッパ最高峰の技術だ。そんなものがこんな田舎の片隅にあるなんて、神ですら気付かないだろうよ」

スカリジェは鼻で笑うと、馬を進ませた。

続く三人もテオの潜む藪を迂回しながら進んで行き、ようやくテオはまともに呼吸することができた。

疑問は山積みだったが、テオは四人の動向に注視するよう努めた。

四人は例の小屋の前で立ち止まると、小屋の脇に設えられている係留場に馬を繋ぎ止めた。四人は棍棒をぶら下げたまま、その場に展開して村長が来るのを待ち構えていた。

間もなく村長のラウルが小走りに駆けてきて、スカリジェに何度も頭を下げた。そしてそのすぐ後に、三人の農民らしき男が付き従って来た。こうしてスカリジェとラウルの一行はそれぞれ四人ずつとなった。

その内の一人は夏場だというのにフードを被っており、明らかに場違いに見えた。

「クレーベ！　さすがにその格好はないだろう！」テオは思わず口走った。

奇妙な取り合わせの会合となったが、まずはハンケがどっさりと金貨の入った麻袋をスカリジェに手渡した。スカリジェはそれを受け取ると、中身を確認することなく、ルークと呼ばれていた若い男にそれを預けた。スカリジェにとって、ルークが最も信頼できる相手なのだろうか、テオはそう思った。

ラウルとスカリジェは何かを話していたが、テオのいる場所からはその内容までは聞き取れなかった。そしてそれぞれ二人ずつ小屋の中へと入っていった。

先程まで永久機関が稼働している様子はなかった。

テオは実際に目で見たわけではなかったし、藪に潜む「マルタン」と呼ばれていた男がいたためにテオ自身が近付いて確認することは困難であった。しかし、彼らの様子を見る限りにおいて、停止している永久機関を確認し、それをスカリジェが修理する、或いは修理するふりをするという既定路線に変更はない様子だった。典型的な詐欺師の手口だ。

スカリジェとラースが小屋の中へと入っていき、続いてラウルとサティが小屋の中へと入っていく。ルークは預けられた麻袋を手に、一人馬の方へと歩いて行った。彼は馬の鞍に結び付けられた、大きな鞄に麻袋をしまい込んだ。

そして、テオが見ていると、その作業を終えたルークは、間違いなく誰かへ手を振って合図を出した。その向きはマルタンの潜む藪。マルタンはそれに反応して、何やらもぞもぞと動き出した。

ぎぎぎぎ……

重い金属が擦れる音、テオが息を呑んで状況を見守った。

マルタンが何かを動かしていることは間違いないのだが、それが何かは分からない。

すると、ラウルたちの入った小屋の方から小さな歓声が聞こえて来た。

なるほど、やはりここで永久機関が動き出したか。

その肝は、間違いなくマルタンの潜む、あの藪だ。

テオは立ち上がって、藪から外に出た。

カン……

マルタンの背後に近寄ろうとした時、くぐもった、金属同士がぶつかる音が聞こえた気がした。何だ？ テオは辺りを見回した。音を出すようなものは何も見当たらない。

不思議に思いながらも、テオは歩き始めた。

カン……

また同じ音がした。マルタンの方だった。

この時、テオには音の正体が全く分からなかった。

永久機関の小屋の方では、中に入った四人も外に出てきて談笑を交わしている。ただルークと、そしてサティは辺りを警戒して視線を四方に走らせていた。

まずい、テオはそう判断すると、身を屈めて藪の裏手に回り込んだ。

丸腰のテオは自分の革袋からドゥニエ銀貨を一枚取り出すと、身を潜めていたマルタンの背後から素早く抱きつき、銀貨をその首筋に当てた。

「動くな」

「おっ――」

「声も出すな。殺すよ」テオは冷酷に告げた。「こいつにちょっと力を入れれば、あんたの首筋の太い血管が切れて、全ての血が流れ出すよ。分かるよね？」

マルタンは答えなかった。

マルタンは髭面の四十から五十くらいの男で、農民風の服を着ていた。テオが不思議に思ったのは、マルタンが両手に嵌めていた大袈裟なまでに分厚いミトンだった。マルタンの体付きは逞しいが、そこから考えられるマルタンの手の大きさを、遥かに凌駕する大きさのミトンを彼は嵌めていた。しかし今は、テオはマルタンの動きを封じることに集中しなければならない。強烈な体臭を放つマルタンに抱きついているだけでも、テオには苦行だった。酸味を伴った酷い悪臭が鼻をついてくるのを堪えながら、テオは脅しを掛けた。

「あそこに僕の仲間がいるけど、僕の背後には剣を持った連中も数人控えている。ここで逆らうと、あんたら、全員死ぬことになるよ」

「分か……分かった」マルタンはようやくテオに同意した。

それにしてもと、テオは男がいじっていた機械部品に目を向けた。

見たことのない金属加工品だった。直径1フィートの円筒のようなものの下半分が地中に埋まっている。

その特徴は主に三つ。

まず外径に溝が螺旋状に走っている。

次に底板の中心から太い軸が円筒の上まで伸びていて、最上部で円盤と繋がっている。

その円盤の外周は太くなっていて、人間が両手で握りやすい形状になっている。

その二つの特徴から、これは人が握って回すものであることが類推できた。円盤を回すことで、円筒が動く。その際にぎぎぎぎと音がするということは、この円筒が嵌っている地中の穴の内径にも同様に溝が螺旋状に走っていることの証左であった。

テオはここで、私が残した資料にあった、ダ・ヴィンチのねじ切り盤のスケッチの写しを思い出した。もしやこれもねじの一種で、円盤を回すことで、円筒を上下に稼働させることができるのではないか。だとしたら分厚いミトンは、この円盤を回すために必要なのだと分かる。それにしても、ここまでミトンを分厚くしなければならない理由とは？

この円筒が過度に熱を帯びているからだと、テオはすぐに気付いた。いいぞ、テオ。

夏の熱気とは違う、明らかに異常な熱を帯びる理由と、そして三つ目の特徴がテオに一つの可能性を想起させた。

円筒の三つ目の特徴、それは円筒の外周の一部が抉り取られたように欠けていることであった。真上から見ると円周の五分の一ほど、外径がないのである。

確かめるのが一番早い。テオはそう判断し、マルタンに命じた。

「今すぐ、これを回して」

「え？」

「これをさっきとは反対側に回せって言ったの、分からない？　これ、ねじだよね？」

「でも……」

「どうせ終わりだよ、マルタン」

「どうして俺の名前を！」

「全部ばれてるからだよ。君たちは伯爵家を敵に回したんだ。もう終わりだよ。でもさ、ここで僕に協力してくれたら、君だけは助かるように、僕からフリッツ・デアフリンガー伯爵に口添えしてあげてもいいんだけど」

「分かった……」

マルタンはテオの言葉に従った。

彼はミトンを嵌めた両手で円盤を握ると、それをテオの指示通りに、ゆっくりと回し始めた。それに応じて円筒は次第に地中に埋まっていった。その間も先程まで周期的に聞こえて来た、カン……カン……という音が地中から聞こえて来ていたが、円筒が下って行くにつれ、その音の間隔は広がって行き、音も小さくなっていった。

一方で、円筒の欠けている部分が時折、地中に埋まっていた何かの管と繋がる時があった。それは竈小屋の方角と、永久機関の小屋の方角と、二ヵ所あった。二つの小屋を繋ぐ管の、このねじが連結部分にあることがテオにも分かった。そして円筒の欠けている外径部分は、竈小屋の方から伸びた管と一致した時に、流れ込んでくる熱気を外に逃がすためのものだとテオは遂に理解したのである。

竈小屋から伸びた管が、円筒のねじの間隙と一致して、流れ込んでくる風が異常に熱かった。

そこでテオはさっきまで聞こえていたカン……カン……という音の正体を判断した。

「逆止弁か！」

そうだ、お前の予想は正しい。では、テオよ。この熱気は何だと考える？

「まさか、あんたら、まさか……いや、やはりか！　まだ世界中の誰も実用に辿り着いていない……唯一、父上だけが辿り着いたんだ！」

「俺には何のことだか……」

「これは水蒸気だ！　父上が考案した技術じゃないか！　水蒸気を使った機工なのだな、これは！」

テオが荒ぶる感情に自分を見失いかけていた。

その頃、突然停止したアルキメデスの螺旋に、ラウルたちのいた小屋の方も騒然としていた。

「どうなっているのです、スカリジェの旦那！」

「ちょっとした不具合だ」

「不具合？　不具合ですって？　だったらすぐに、この場で直して御覧なさいな！　永久機関がそう簡単に止まって堪るもんですかい！　何が永久だってんだ、このペテン師め！」

「違う、ペテンなどではない！」

「なら、今すぐ、この場でこの永久機関を、永久に動くようにしなさいな！」

「待て、少し時間がかかる」

スカリジェは焦りながらマルタンの潜む藪の方を向いた。すると、そこにはマルタンの代わりに見知らぬ男が立ちつくしている。そう、テオである。

「蒸気機関だ、これは！」テオの叫びが一帯に響き渡った。

何が起きたかを子細に知ることはなくても、自分たちの企みがここで終わりを告げたことくらいはスカリジェにも理解できた。

「くそ！　マルタンの方を押さえられたか！」スカリジェが叫んだ。

「どうするんだ！」ラースが声を荒らげた。

「こいつらを殺してずらかるぞ！　ルーク、５００ルーブリは積みつけたな？」

「抜かりない」

「よし、こいつら全員ぶち殺せ！」

スカリジェの声に、ハンケとサティが前に出た。二人は隠し持っていた短刀を抜いて、ラウルともう一人の村民をその背に匿《かくま》った。

しかし対する四人が鋭利な棘の突き出ている鉄塊付きの棍棒を取り出すのを見ると、圧倒的に二人が不利であることが察せられた。

遠日にテオが臍《ほぞ》を嚙む思いで、祈りながら声を上げた。

「兄さん！　今だ！」

「遅いくらいだ」

驚くほど近くから兄の声が聞こえて来た。

いつの間にか、レオンたちは距離を詰めて来ていた。

サーベルを抜いた四人の男たちの威容に、足元にいたマルタンはひっくり返った。

スカリジェたちもレオンたちに気が付いて、襲撃を続けたものか、投降すべきか逡巡していた。だが一人だけ、常にスカリジェたち一行の一番背後にいた、見るからに無骨な男だけは冷淡に行動を起こした。

彼はモルゲンシュテルンを振り上げると、つかつかと歩みを進めた。

ハンケとサティは顔を青褪めさせながら剣を構えた。

二人とも丸っきりの素人ではないとは言え、本業の戦士とやり合えるほどの技術と経験はさすがにない。四人が一斉に襲い掛かれば、その後の展開はともかく、ハンケたちの命が失われることは必定だった。

「逃げろ!」テオがあらん限りの声で叫んだ。

その言葉にサティとハンケは反応して、農民二人を背にしたまま後退した。

しかし四人目の男は無慈悲な表情で進み続ける。

それに感化されたのか、スカリジェたち三人もやや遅れて行動を起こし始めた。

「行くぞ！」

レオンが一振りの剣をテオに放り投げた。

テオは迷うことなくそれを受け取ると、他の三人の異端審問官と共に、永久機関の小屋へと駆け出した。

五人が雄叫びを上げながら突撃する。

スカリジェたちはそこで再び迷いを生じさせたようで、襲撃の勢いを落とした。

ただ一人、冷淡な表情の男だけは一切行動にブレを生じさせることなく歩き続け、そして鋭利な棘だらけの鉄の塊を頭上に掲げ、そして躊躇することなく一気に振り下ろした。

背後からその一撃を受けた男が、瞬時に地べたへと叩きつけられた。

「え」

驚いたテオの足が止まった。

「止まるな、進め！」

場数を踏んだレオンは、このような時に多少のことでは行動を中断させたりしなかった。

テオを置き去りに、四人の異端審問官は猛然と進み続けた。

そのテオの目線の先で地に伏していたのは、エルマン・スカリジェだった。

その驚きは、サティやハンケたちも同様であった。

スカリジェを殴り殺した男は無機質な目を上げると、次にハンケの顔を見つめた。ラースとルークの二名は酷く取り乱しはしたものの、すぐに気を取り直し、ラースはその男に殴り掛かり、一番年若いルークはサティに踊り掛かった。

サティは何とか初撃を剣で受けたが、ルークはすぐにその胴体に前蹴りを喰らわしてサティの体勢を崩してしまった。仰向けに倒れたサティに対して、ルークは続けざまに二度、三度と棍棒を振り下ろす。サティは辛うじてその攻撃を、地面を転がりながら避けた。

その間にハンケは農民二人と共にその場から離脱しようとしていた。

一方で、スカリジェを殺害した男は瞬時に棍棒を左下から右上に振り上げてラースの顎を砕き、間髪入れずに今度は右から左に振るって、ラースの側頭部をあっけなく打ち砕いてしまった。ラースがスカリジェに続いて地に伏すと、サティと交戦しているルークを相手にすることもなく、ハンケたちに迫った。

そこにレオンが駆け込み、サティに尚も襲い掛かるルークの脇腹を一息に切り裂いた。続いて到着した審問官の一人がサーベルを胸に突き刺してルークに止めを刺した。

ハンケと二人の農民を追う男と、そこに迫るレオンたち、それで片が付くかと思われた矢先、草原の先の森から馬に乗った騎士の一団が姿を現した。

テオたちは時が止まったように感じた。

無言の圧力を放つその騎士団は所属不明の白い甲冑とマントを身に着けている。

十騎以上を数える騎士たちは、皆一様に兜の代わりに目出しの白い覆面を被っていた。馬と、彼らが構えている長槍以外はほとんどが白という、異様な外見が見る者に得体の知れない恐怖を与えた。

その姿に、さすがのレオンも一瞬足を止めた。

味方であれば心強いが、敵であればこれほどの脅威はない。

ハンケ参事は白い騎士団の登場に足を止め、そして背後から迫る男に目をやり、覚悟を決めた。

「あっちに逃げるんだ！」

ハンケがラウルたち農民を川とは反対側に茂っていた森へと逃がした。

男も、騎士団も、その二人には目もくれなかった。

男はハンケの方へと真っ直ぐに進み、モルゲンシュテルンの一撃を喰らわそうと、大きく振りかぶった。

ハンケはいきなり不器用に剣を振るって、男に襲い掛かった。

訓練されていない、無軌道な剣筋が逆に幸いしたのか、ハンケの短剣の一撃は男の胸元に届き、白いシャツが血に染まった。とは言え、それは本当に掠り傷だった。

しかしそれで男の動きが寸断されたのを機に、ハンケは向きを変えてレオンたちの方へと駆け出した。

「ブリガンディーヌだ！」ハンケが叫んだ。

「何だって？」レオンもまたハンケの元に駆け寄りながら聞き返した。

「純白の迫撃隊ブリガンディーヌと呼ばれているんだ、奴らは！」

「どういうことだ！」

男は既に体勢を立て直し、ハンケのすぐ後ろに迫っていた。

更にその後ろからは十騎の騎士団が迫っている。

「お前たちの考えている通りだ！　私はアルベール家を売った！　父親も、そしてお前たちも！」

「何を！」レオンの目に怒りが宿った。

「もう私は終わりだ！　申し訳なかったと、悔やんでいる！」

男は遂に、ハンケの真後ろにまで迫った。

レオンも、テオも、次に起こることを理解しながら何もできなかった。

男はモルゲンシュテルンを轟音と共に振り下ろした。

ハンケの後頭部が砕けた、鈍い音がテオの元にまで届いた。

その無慈悲な音がテオの首筋を粟立たせた。

「申し訳なかった！」致命傷を受けながらも、ハンケはもう一度叫んだ。

「逃げろ、ハンケ！」

猛然と両者の元へと駆け込んだレオンが怒鳴ったが、もう手遅れなことは誰の目にも明らかだった。

男がまた振りかぶる。

それが振り下ろされるより先に、レオンのサーベルが男の喉を掻き切った。

男はよろめきながら背後に倒れ、ハンケもまたふらつきながらレオンの元へと倒れ込んだ。ハンケを胸元で受け止めたレオンに、彼は最後の力を振り絞って伝えた。

「申し訳……なかった……」

「おい！」

ハンケはぼろぼろと涙を零しながら、レオンに縋った。

「もし……生き残れたら……奴らを……ブリガンディーヌを呼び寄せた男……」

「呼び寄せた男？」

「探すんだ……」

「ハンケ、お前！」

「イザークは……」

「おい！」

「素晴らしい……男だった……」

「ハンケ！」

ハンケは全身から力が抜けたように、前のめりに倒れ込み、レオンの足元に転がった。砕けた後頭部からは止めどなく血が流れていた。

それに気を留めている暇はなかった。

レオンが顔を上げると、その純白の迫撃隊「ブリガンディーヌ」は音を立てることもなく、いつの間にかすぐ目の前まで進撃していた。

冷え切った瞳が目出しの覆面の隙間から垣間見えた。彼らは右手で構えた長槍をゆらゆらと揺らし、いつでもレオンたちを殺せるという素振りを見せつけた。

「分かっていないかも知れないから、教えといてやる。俺たちは聖庁、つまり教皇庁の犬だ。分かるな？　異端審問官なんだよ。俺たちに敵対するということは、聖庁を敵に回すことに等しい」

レオンが不利な状況を匂わせないように宣言した。

だがそれが厳しい賭けであることは、テオから見ても明らかだった。

ブリガンディーヌは全く臆する様子もなく、じっとレオンを見下ろしていた。

テオと、そして起き上がったサティは四人の異端審問官の背後に付き、及ばずながらその援護にまわることを決めた。が、それで戦況が好転することは考えづらかった。

騎士たちの構える磨き上げられた鋭利な槍は、夏の平原の青々とした様を映し出していて、それがやたらと美しかった。それが己の身に突き立てられれば、あっさりと皮膚を切り裂き、肉が抉られ、内臓を破壊させるだろうと、テオには容易に想像できた。彼らと戦ったとして、数の上でも、経験の上でも、武器の上でも、機動力の上でも、何一つ勝てる要素はなかった。

しかしレオンは落ち着き払って、堂々と騎士団の前に立ち塞がっている。

勝機など微塵もないにもかかわらず、レオンもまた臆する様子を一切見せなかった。

自分の足が小刻みに震える中、テオはレオンの背中に畏敬の念を抱いた。

「さて、どうしても引けぬというのであれば、ここでお前らの相手をしてやってもいいが……勘違いするなよ？　まさかこの俺がこいつらだけ引き連れてこの場に来たと思っているわけじゃないよな？」

安いハッタリだと、テオは絶望的な気分になった。

だがレオンは大真面目に続けた。

「どうやらハッタリだと思っているようだな。それにお前たちは知らないと思うが、俺は昔、戦場で不死身の騎士とまで呼ばれていたんだ。そう、あれは南ネーデルラント、ストーンケルケでの戦いだった――」

テオは絶望的な気持ちよりも、恥ずかしい気持ちが次第に強くなっていった。

何を馬鹿なことを言っているんだ！　そう思ったが、自分には何もできない。恥ずかしかろうが、悔しかろうが、兄に己の運命を託すしかなかった。

そうこうする内に、騎士団に動きがあった。

先頭の一人がレオンに向かって槍の切っ先を向けたのだ。

その時が来た、テオは固唾を飲んで剣を握り直した。

どこまで戦えるか、自信はなかった。

だが、このままおめおめと殺されるわけにはいかない。

「テオ」

レオンがテオの気持ちに気付いたのか、声を掛けた。

「何？」

「ハッタリだと、お前も思うか？」

「そうは思いたくはないけどね」

「安心しろ。俺は意外と正直者なんだ。何しろ、嘘は十戒に反するからな」

「何を今更……信用できないよ」

「ただ思ったより、時間がかかっただけだ」

「え？　どういうこと？」

「こういう、戦乱にあまり巻き込まれない国の兵はのんびりとしていて困る」

理解に苦しむテオの背後から、無数の蹄《ひづめ》の音が聞こえて来た。

「伯爵から一個連隊をお借りしていた。幌馬車の馭者がその連絡係だったんだ」

「じゃあ……」

テオが振り返ると、数十騎の騎馬兵がこちらに向かって平原を駆け込んできていた。

「そうだ。ぎりぎり、俺たちは生き残ったわけだ」

苦笑いを浮かべるレオンの向こうで、純白の追撃隊は脱兎のごとく逃げ出していた。

8　論難不可能な永久機関

ドンブレソン村での襲撃事件が起きた翌日、アルタシュヴァン城の審議堂に、関係者各位が集められていた。彼らは事件の経緯と今後の対応について、具体的な議論を交わさなくてはならなかったのである。

領主であるフリッツ・デアフリンガー伯爵と、エドガー・マンスフェルト将軍が上座に着き、それから四人の永久機関審査官と、特別に招聘された異端審問官レオン・アルベールが審議用に用意された長机に向かっていた。

「まず、死者、怪我人についての報告を」

伯爵の求めに応じたのは現場にも居合わせた法律家クレーベ・サティだった。

「はい。まず、我々の参事であったアクス・ハンケ氏が敵によって殺害されました」

「敵？　敵とは一体何者だ？」

幾多の勲章を格式ばった上衣からぶら下げた老マンスフェルト将軍が聞き返した。その声はしゃがれていながらも、極めて厳しい口調であった。

「分かりません」

「分からないとはどういうことだ！」

将軍は苛立った様子を隠しもせず、サティに詰め寄った。

「分からないから分からないとお答えしたまでです」

「貴様――」

「将軍、実際、あの場で襲撃を受けた我々全てが混乱しているのですよ」

レオンがサティを擁護するように口添えをした。

「この規模の襲撃を受けながら、身内の死者がそれだけだったのならば、むしろ幸運だったのかも知れないな」

年若い伯爵は手渡された書面に目を通すと、自分の考えを率直に述べた。

「はい。村民も無事でした」サティが答えた。

「それで、相手方の損害は？」

「最初に村を訪れたエルマン・スカリジェを含む二名が仲間によって殺害され、その殺害者も含めた他の二名を、レオン・アルベール率いる異端審問官が殺害しました」

「レオン・アルベール、君は人を殺し過ぎではないのか？」

次に口を開いたのは司祭のギョーム・マルケルだった。マンスフェルト将軍以上に年齢を重ねているマルケル司祭は相変わらず痩せ細った体を、大袈裟な白い法衣に被せていた。眠いのか、白くて長い眉が重いのか、開いているのかどうかもよく分からない目で、レオンを見つめた。その目は、他の面々が見たことないほどの怒りが混じっていた。それは死者に対する追悼というわけではなく、レオン・アルベール個人に対する憎しみと言った方が腑に落ちるものであった。

「あの状況では仕方がなかった」

「人を殺すことに慣れ切ってしまった者は災いだ」

マルケル司祭が掠れ声でレオンを責めたが、レオンは背もたれに身を預け、長い脚を優雅に組み、涼しい顔で答えた。

「正義を語る者はいつだってそうだ。自分は安全な場所で、糾弾されない場所に隠れて、偉そうに理想を語る。己の目の梁《はり》に気付かない愚か者は災いだ」

「何だと！　それはどういう意味だ！」老人の声と体が急激に熱を帯びた。

「いつだって、誰だって、パリサイ人になり得る、実際、あんたがそうであるようにな」

「レオン」

さすがにサティがレオンをたしなめた。レオンは冗談を言った後のように両手を左右に広げて肩を竦めた。

「ただで済むと思うなよ、異端審問官。今のお前の言葉は一言一句残さずに、ヴェスタープ司教に伝える」

「自分の教え子に泣きつくってのか？」レオンは髭の先をいじくりながら皮肉をぶつけた。

「今のもだ！」マルケル司祭は立ち上がり、レオンを指差した。

「ご自由に。ただ、この会合が終わるまで……」そこでレオンはぷっと吹き出した。「俺の言葉を一つでも覚えていられるのならな」

マルケル司祭は骨ばった拳を机に叩き付けたが、それはあまりにも弱々しいものだった。

「諸君、聖職者同士の空虚な論争はさて置き、話を前に進ませようではないか。伯爵も将軍も忙しい身。こんな些事にかまけている場合ではないのだ。そうですよね、閣下」

模範的な腰巾着の退役大佐ニコラス・ブレナーが、伯爵の顔色をうかがうよう卑屈な笑みを浮かべながら言った。

「それぞれの意見は尊重したい」伯爵が答えた。

「ええ、ええ！　勿論ですとも！　それでこそ我らデアフリンガー家の当主様の器」

ブレナーは小さな体を大袈裟に動かして、若い領主と年老いた将軍の気に入る言葉を手探りで探しているようだった。その小鹿のような目が相変わらず、臆病に映る。

伯爵はブレナーから視線を外すと、レオンへと視線を向けた。

「それにしても、異端審問官レオン・アルベール。報告にあった『ブリガンディーヌ』という騎士団に聞き覚えや心当たりはないのか？」

「いえ、全く」

レオンの言葉に頷くと、フリッツ・デアフリンガーは険しい表情を見せて口を開いた。

「気になるのはアクス・ハンケ参事が最後に残した言葉だ。彼は今も、昔も裏切っていたということなのか」

「そうなのでしょうな」レオンは感情を見せずに答えた。

「それについては引き続き調べねばなるまい。ところで永久機関審査官の異端嫌疑についての調査の進捗はどうなのだ？」

「今のところ、それらしき人物はおりません。密告そのものの目的すら、今となっては怪しく感じられてしまいますがね」

その言葉を聞いた瞬間、テオは対面に座していたレオンの表情を窺った。

信じられないような仮説が、テオの脳裏を過ぎったのだった。

そして次に、もう一つ忘れてはならないことを思い出して、テオが発言を始めた。

「僕が見る限り、敵は二つ。一つはヴァプラを名乗る永久機関の詐欺集団、そしてもう一つはブリガンディーヌとかいう暴力集団。暴力集団は兄さんの専門だから僕は知らない」

「おい、俺の仕事を勘違いしてないか？」

「してないと思っているよ。で、詐欺集団のヴァプラについてだけど、こいつらは、父上を罠に嵌めた連中と繋がっていると思ってる。ドンブレソン村の仕掛けは、父が残した機構の記録と似通っている部分が多かった。昨日あれから、あの近辺を調べてみたんだ。兵士たちにも手伝ってもらったら、地中に金属の管が埋め込まれていたのを発見した」

「管？　何のために管が地中に通されていたというのだ？」

好奇心から伯爵が訊いた。

「僕にはすぐ分かりましたけど、一応、竈小屋の方も調べてみたんです。そしたら案の定、竈の脇に大量のお湯を沸かすための小部屋があったんです」

「湯だと？　何のために？」

「水蒸気ですよ。お湯を沸かした時に発せられる、あの湯気です。その蒸気の通る管が地中を貫き、永久機関の小屋の地下にまで伸びていました。そうして通された蒸気の力を利用して永久機関に組み込まれていたアルキメデスの螺旋を回転させていたんです」

「いや……しかし、ただの湯気であろう」

「水蒸気は密閉された空間では、強力な圧力を持ちます。現段階では水蒸気に大きな仕事をさせるほどの機工は実用化されていませんが、軽微な運動を為すインチキ永久機関を長時間稼働させるには十分過ぎる動力ではあります。それは父の研究記録にあった通りでした。過去には古代ギリシアのヘロンも、蒸気を利用した機構を考案していますしね」

「何と……」

「それから父上の研究によると、蒸気の圧力を利用して仕事をさせると、その反作用によって蒸気が逆流してしまい、気流が停滞してしまうのです。そこで逆止弁という、気流の一方通行だけを許容する扉を、管の内部に設置する仕掛けが考案されたようです。これにより蒸気は滞りなく管を通っていくわけですが、気流が弱まった際に逆止弁が閉じるので、カン……って音が響くのです。その音が聞こえたから、僕は蒸気による機工だと気付いたんです。そして、これ」

そう言うと、テオはマルタンが操作していた大きなねじ巻き式の栓を持ち上げた。

「それは？」

職人組合とも深い関わりを持つクレーベ・サティが興味深そうに身を乗り出した。

「熱せられた空気の流れを堰き止めたり、流したりするのに使われていたんだ。マルタンって男が操作していた」

「ああ、そう言えばその男は？」

「逃げられたよ。仕方ないね、あの混乱の中じゃ」

「それにしても独特な作りだな」

「クレーベ、この部品について調べられる？　これだけは父の記録をひっくり返しても見つからなかったんだ。でも、底の部分には『SI』というアルファベットが刻まれているんだ。もしかしたらだけど、どこかの職人が特許を登録した証なのかも知れない」

「なるほど、興味深いな。この部品については俺が引き受けた」

サティは立ち上がると、テオからその部品を受け取ってしげしげと見つめた。

それらのやり取りを踏まえた上で、ブレナー退役大佐が総括するように言った。

「伯爵！　やはり、懸賞金付きの永久機関の募集は差し控えるべきでありますな」

「ほう」

感嘆の声を上げたのはレオンだった。この伯爵家の飼い犬だと見下していた男が、意外にも正論を述べたためであった。

「ブレナー、お前もそう思うか？」マンスフェルト将軍も退役大佐の発言に関心を寄せた。

「ええ。これだけ大規模な詐欺集団が実際に動いているとなると、これ以上は要らぬ犠牲、要らぬ労力が増すばかりかと思われます。それに、そもそもでありますが、今に至って尚、懸賞金がどう捻出されるのか、司教座から明確な回答が得られておりません。これはあまりにも不誠実ではないですか」

「何を不遜なことを申すか！」マルケル司祭がまたも激昂した。

「では、お聞きしますが、40万ルーブリはどこから出すおつもりなのです？　当然のことながら、我々デアフリンガー家にだって無限の資産があるわけではありませんぞ」

「神の恩寵あってこその伯爵家の平和、そのための40万ルーブリなど安いものであろう！」

「ということは、我々に全額負担しろと、そう言いたいのですかな？　今のあなたの発言が、ヨゼフ・ヴェスタープ司教以下、司教座全員の総意と受け取って、お間違いないかな？　ここには聖庁より嘱託を受けた異端審問官殿も同席している。言った、言わないの水掛け論で逃げることは罷りなりませぬぞ」

驚くことに、あの腰巾着のブレナーが、その場にいる、マルケル司祭以外の全ての人間を感心させる主張をしていたのである。この男は無能に見えて……いや、まあ、実際に有能とは評し難いのだが、ただ伯爵家の利害に関わる問題についてだけは抜群の勇猛さと知恵を見せるのだということを、図らずもここで証明したのだった。

「いや、私の言葉一つにそこまでの……」老司祭の語気が見る間に弱まっていった。

「聞こえませぬぞ、司祭！」

「いや、だから、私にはそこまでの権限が……」

「ないのですな？　ないのならば、ないと申しなさい。その上で、あなたを通さずに、私が自らビエンヌの聖アタナシオス聖堂に参上してヴェスタープ司教に、我々がこの件から一切手を引くことを宣言してきましょう」

「あ、でも、待って……」

「いいぞ、ブレナー！」上機嫌のマンスフェルト将軍も、彼に与《くみ》した。

「では、その方向で話を進めよう。ただし、これまでの経緯を踏まえた上で、イザーク・アルベールの名誉のためにも、その詐欺集団の調査は続行しよう」

フリッツ・デアフリンガーの宣言に、レオンが思わず立ち上がった。

「良いのですか！」

「そのために、あなたはここまで来たのではないのですか？」

若き領主の思いもかけぬ言葉に、レオンが珍しく狼狽えていた。

そんなレオンを、テオは見たことがなかったし、またテオ自身もこの領主に対する敬慕の情が湧き起こるのを感じていた。

「でも、どうして……」

「テオ・アルベールには既に伝えたな。あのイザーク・アルベールの言葉だ。あの男はこう言った。『我が愛する息子たちに誓って、私は詐欺など働いていない』とな」

「あの父の言葉を……覚えていて下さったと言うのですか？　しかしあの時の閣下はまだ幼く――」

「あの悲痛な訴えが、我が身可愛さに出たものには思われなかった。それに私も早くに父を失った。お前たちがお父上に向ける敬慕の情を蔑《ないがし》ろにはできぬ。どうしてもできぬ。だから汚辱を晴らす機会を与えたいと、ずっと思っていた。お前たち、兄弟に」

「本気……なのですか？」

テオは思わず立ち上がると、伯爵の方へと向き直り、よろけるように二歩三歩と進んだ。

「そう思っていたから、お前も機工審査官の申し出を受けたのであろう？」

テオは力が抜けたように跪くと、伯爵に向かって頭を垂れた。

あのテオが、自らである。

そしてレオンもまた、姿勢を正すと胸に手を当てて腰を折った。

「あなたは……私たちの想像を遥かに超えた名君です」

「まだ若造だ。さて、では、かつての機工審査官、アクス・ハンケを除いた残りの二人、エリック・シュレーダーとノア・エーバースドルフの行方を追わねばなるまいな」

「はい」

伯爵の言葉を待ち構えていたわけではなかったであろうが、そこに思いもかけぬ報せが入った。

「失礼致します」

そう言って衛兵長が審議堂に足を踏み入れると、彼は早足でマンスフェルト将軍の脇に跪いた。そして小声で何かを囁くと、マンスフェルト将軍は椅子から転げ落ちそうになるほどに驚いた様子を見せた。

「どうした、将軍？」

伯爵が涼しい声で尋ねると、将軍はどう答えたものか考えた挙句に、今しがた聞かされた通りに伯爵に告げた。

「今ですな、丁度今なのですが……新たな永久機関審査の要請が入ったそうでございます」

「いや、しかしながら将軍閣下！　その件について我々はたった今、審査の一切を留保する方向で話を進めることに決めたばかりではありませんか」

退役大佐のブレナーは、まるで論外だとでも言うように、抗議の声を上げた。

「無論、無論そうなのだ。我々はその方向で調整していくつもりなのだから」

「でしたら、永久機関の審査自体が一時停止したことを告げて、その申請者を門前払いにすればいいだけのことではないですか」

「ただ、その申請者の名がな……」

「我々が知っている名なのか？」

伯爵が首を傾げながら将軍に問い質した。それに対して、やはり将軍は答えづらそうにしていたが、やがて「左様でございます」と返した。

「ほう。では、その名だけでも、まずは聞こうではないか」

「それがですな……その男はこう名乗ったそうなのです」

「勿体ぶるな」

「はい……その男は自らを……エリック・シュレーダーと名乗ったというのです」

これにはさすがに、アルベール兄弟も言葉を失って、互いの顔を見つめ合った。

伯爵の指示の下、エリック・シュレーダーを名乗る長身の男は衛兵に連れられて、四人の永久機関審査官が着席して待ち構えていた審議堂へと入って来た。その背筋は右に傾いており、死人のように青白い肌、プラチナブロンドに近い白銀の長髪、灰色の眼球、どこかこの世の者ならざる雰囲気を漂わせているこの男を、そう、読者は既にご存知である。

この男はダニエル・デュボア司祭に、アンリ・デュボアという偽名で面会した、あの男であった。

この日もエリック・シュレーダーは深緑の貫頭衣を着て、腰を革のベルトで締めていた。やはり朱色のマントを首に一周半巻いて左肩から垂らしている。この、かつて永久機関審査官の主席として私に有罪判決を下したシュレーダーの年齢は、レオンやテオと親子くらいに離れており、つまりは私と変わらないくらいだった。

緋色の小箱を大事そうに脇に抱えた彼の姿を目にするなり、レオンとテオの脳裏には、処刑の日の記憶が一気に燃え上がった。どうにか気持ちを落ち着けようと、両者とも懸命に努めたが、嵐の中の船のように、その精神は酷く翻弄された。テオは自分の手首に噛みつき、落ち着かない様子で膝をがくがくと揺らしていた。その一方でレオンは怒りの感情をどうにかその内部に押し留めてはいたが、周囲の気温が上がったのが肌感覚で捉えられるほどに灼熱は漏れ出ていた。

シュレーダーは、明らかに感情の指針を狂わされたレオンやテオには目もくれず、伯爵の座っていた席から十数歩という位置まで来ると、ぴんと背筋を伸ばして恭しく頭を下げた。彼としては背筋を伸ばしているつもりなのだろうが、海風を受け続けて湾曲した針葉樹の幹のように、その体はやはり右に傾いたままであった。

「久しぶりだな、エリック・シュレーダー」伯爵が目を細めて口を開いた。

「閣下、随分とご立派になられましたね」シュレーダーは再び頭を下げた。

そこでもう耐え切れなくなったという様子で、テオが思わず立ち上がった。

だが、かと言って何をすべきか分からない様子で、何も口にせず、ただ奥歯を嚙みしめていることしか彼にはできなかった。

「テオ、座れ」レオンが諫めた。

「兄さん」

「いいから座るんだ」レオンはテオをたしなめることで、自分の感情を抑えようとしていた。

それが通じたのか、テオはこれ以上シュレーダーの姿を目にせぬよう、目を逸らして腰を落とした。

「お取り込み中でしたでしょうか？」

そう聞きながら、シュレーダーは全く悪びれていなかった。

「ああ、そうだな」

実に堂々とした振る舞いで、伯爵が答えた。

「先日もドンブレソンの村でも大変なことが起きたばかりですしね」

「あんた、どうしてそれを知っているんだ」

サティが不快感を露わにしながら問い尋ねた。

「私も永久機関とは縁の深い人生を送って参りました。大抵のことは存じております」

シュレーダーは長机に着く面々に向けて、順に視線を送っていった。

彼らは何故かそれを正面から受け止める気になれず、ゴルゴン三姉妹がその場所にいるかのように、皆視線を外した。

「きっと今頃、ここに皆さん、お集まりじゃないかと、それに永久機関の審査そのものが終わってしまうのではないかと、そう心配しまして、おっとり刀で馳せ参じた次第でございます」

「よくもまあ、抜け抜けと！」

レオンは床を睨み付けたまま、遂に怒声を漏らしてしまった。漏らして、そして酷く自分を責めた。

「おや、それは一体どういうことでしょうか？」

「あんたが、ヴァプラと通じていると、考えているんだ」

レオンの代わりにサティが口を開いた。

「ヴァプラ？　はて？」

「イザーク・アルベールの技術を剽窃して永久機関の詐欺を働いている一団だ。あんたが関わっているか、もしくはその首魁であると、少なくとも私は考えている」

「私が？」

「かつて機工審査官だったあんたは、イザーク・アルベールに永久機関詐称の濡れ衣を着せ、神に対する詐欺罪、つまり瀆神罪に問うて火刑に処したな？」

「技術の剽窃云々は身に覚えのない話ではありますが、瀆神の罪で火刑に処すことを採決し、その実行を先代の領主に進言したことは間違いありません」

「剽窃に身に覚えがないだって！」テオが遂に声を荒らげた。

「剽窃とは酷い言われようですね。私はそもそも建築家であり、機工にも通じた身。そうした事柄についてアルベール氏と意見を交わしたことはありますよ。言わば、私とイザーク・アルベール氏とは友人なのですから」

「嘘をつくな！」我慢できずに、テオが立ち上がった。

「嘘などついていません。私は彼と交流がありましたし、技術についても同様に彼と交流がありました。その中で、私が彼に教えて頂いた技術も少なからずありますが、まさかそのことを剽窃と言っておられるのでしょうか？　だとしたら、それは心外ですね」

「嘘をつくな！」

テオが感情に翻弄され、同じ言葉を繰り返した。エリック・シュレーダーの言い分は、テオの耳には全く入って来なかった。

「確かに、私は嘘つきには違いありませんけどね」

そう言って、にたぁと笑った顔がまたテオと、そしてレオンやサティ、果てはブレナーの気分まで酷く害した。

「お前は友人と自分で言っておきながら、それでいてイザーク・アルベール氏を火刑に処すように裁決を下したというのか？」伯爵が聞いた。

「ええ」

「よくそんな真似ができたものだな」

「そうでしょうか？　審議の結果がそうであれば、いくら友人でも関係ありませんよ。個人的な感情が先行して裁定を変えてしまうのならば、我々が重んじる審議にも、法にも、何の存在価値もないじゃないですか。法律家ならそう考えると思いますがね、クレーベ・サティさん、あなたはいかがです？」

サティはそう聞かれて顔を歪ませた。

「そうあっては……ならんだろうな」サティの鋭い猫の目が曇ったように見えた。

「当然です。感情で審判を下すことの愚を、法律家であればよく心得ておいでのはず」

「法は権力にも、そして人の情にも左右されるべきではない……」

苦渋に顔を歪ませて、サティは答えた。

「素晴らしいお答えです。ご友人の前でそうお答えになるあなたは、法律家として信頼できます」

サティはそれでも何とか一矢報いようと、勝ち誇った顔で淡々と語るシュレーダーに尚も食い下がった。

「ドンブレソン村の一件では、機工審査官テオ・アルベールの調査により、彼の父イザーク氏の技術が流用されていることが分かった。あんたはそのことに何の問題もないと言えるのか？」

「勿論です。まず第一に、先にも申しましたが、ドンブレソン村の事件と、私との間には何の関係もありません。関係があるという前提でお話がしたいのであれば、まずはそれを証明することが先になるはずです。第二に、イザーク・アルベール氏の技術が流用されたという主張には何ら証拠がありません。彼の技術は特許でも取っていたのでしょうか？そうでないなら、むしろそこで使用されていた技術がイザーク・アルベール氏独自のものであると当たり前のように主張するテオ・アルベールさんの方に問題が生じます。下手をすると、お父上同様に、テオ・アルベールさんの方に詐欺の嫌疑を掛けられてもおかしくないのでは？」

「俺の家族を侮辱するな！」レオンが獅子の咆哮を上げた。

「いや、いいんだ、兄さん」テオが下唇を噛み締めながら答えた。「そこは確かに、この男の言っていることが正しい」

レオンは大きく息を吸って、続く言葉を呑み込んだ。

「賢明なご子息だ。イザーク・アルベール氏も喜んでおいででしょう」

「その辺にしておくのだ、エリック・シュレーダー」

間に入ったのは、デアフリンガー伯爵だった。

シュレーダーは薄ら笑いを伯爵に向けると、話を続けた。

「そして第三に……全く身に覚えのない話ではありますが、譲歩に譲歩を重ねてお答えしましょう。ドンブレソン村の永久機関とやらですが、もし仮に私がアルベール氏の技術を剽窃していたとして、更にはその技術を用いて機工を組み上げたとして、私に何の責がありますか？　私がそれを永久機関と詐称したわけでもありませんし、それを利用して詐欺を働いたわけでもありません。違いますか？」

シュレーダーのもの静かな主張の後に、重苦しい沈黙がその場に圧し掛かって来た。

誰もそれに対して反論する者はなかった。

その空気をたっぷりと堪能してから、シュレーダーは再び口を開いた。

「そう言えば……かつて私と機工審査官を務めていたアクス・ハンケ、彼は今どこで、何をしているのでしょうね？」

「死んだよ」サティが吐き捨てるように言った。

「何ということだ」シュレーダーの言葉に死者を悼む感情が映り込むことはなかった。

「知っていたんじゃないのか？」

「さてね。彼こそ、イザーク氏の処刑に私心が混ざっていたのでは？」

ハンケ参事の死の現場に立ち会った、レオン、テオ、サティの三人は黙り込んだ。確かに、彼は死の間際に己の罪を告白していたからであった。

「彼一人に罪を被せるつもりか」テオがシュレーダーを睨み付けた。

「私は合理的な判断に基づいて結論を下したまでです。他の二人がどういう根拠に基づいて判断を下したか、そこに己の打算が入っていなかったかどうか、それは私の知るところではありません。尤も、ハンケ氏がお亡くなりになったのであれば、それを彼に確かめる術など永遠に失われてしまったのでしょうけど」

「では……では、もう一人の審査官、次席のノア・エーバースドルフは？　その人はどういう判断を下した？」テオがまだ喰いついた。

「だから、それを私に聞いてどうするのです？　私の言葉に、真実を見ようとしない、あなたの曇った眼差しでは、私が何を言おうと無駄でしょう？」

「彼は今どこに？」

「さあ。私が知りたいくらいですよ」

レオンがふと顔を上げて、その眼差しをシュレーダーに向けた。そして信じられないものを見る目付きで、彼のことをまじまじと見つめた。

「おい……まさか、お前……」

レオンが発した小さな疑義の言葉の切れ端は、別の声にかき消された。

「神の……」

急に聞こえてきた掠れた、低い声の主を、一同は探した。

最初はまるで分からなかったが、やがて言葉が続いて、声の主が判別できた。

「神性を徒《いたずら》に愚弄する……永久機関なるものは……神を冒瀆するものだ……」

ギョーム・マルケル司祭だった。

皆が「何を今更」という言葉を呑み込んでいる間も、マルケル司祭の言葉は続いた。

「永遠を標榜するのであれば、それは神に唾する行為、バベルの瀆神だ。お前にその自覚はあるのか？」

シュレーダーが弱々しい老人を労わるように笑みを浮かべて答えた。

「勿論ですよ、司祭。ですが私の永久機関は神の永遠性を卑しめるものではなく、むしろその偉大さを証するものです。人が種を蒔き、苗を育て、実った作物を収穫する、それと同じように、神の恵みに浴するものなのです。あなたや司教区の方々が、永久機関の正当性を擁護するために常々口にしてきた主張通りですよ」

「それが悪魔の業でないと、どう証明するのだ！」

老司祭の反応は、彼と同席する人々を驚かせた。

どちらかと言うと、これまで永久機関を名乗る作品と製作者に対する彼の態度は概ね好意的か、もしくは積極的に認めていこうとする傾向が強かったのである。しかし今回、このシュレーダーに対してはやたらと難癖を付けているように思われた。

「善き木は善き実を結び、悪しき木は悪しき実を結ぶもの。それを判断するのが、永久機関審査官の席に名を連ねられるあなたの、司祭としての務めなのでは？」

「だったら——」

「尤も！」続くマルケルの言葉を、シュレーダーは遮った。「私の技術が農村の生活を豊かにし、それによって司教区や領主が潤い、教皇猊下が喜ばれるのであれば、司祭個人がどう判断しようと、答えは明確かと思われますが？」

マルケル司祭が遂に沈黙した。

それを満足そうに見つめると、シュレーダーは抱えていた小箱を前に突き出して伯爵に尋ねた。

「若く聡明なる我らが伯爵閣下、これ以上の議論は無駄かと。私は教会側においても、公国側においても、一切の規範に反することなくこの場に参上しました。お約束通りに、私の永久機関の審査を始めて頂けないでしょうか？」

詰め寄られた伯爵は仰け反りこそしたが、シュレーダーの言い分に理があることを認めざるを得ないと考えていた。まず彼は脇に座していたマンスフェルト将軍に聞いた。

「将軍、お前はどう思う？」

「反論の余地は、もうないかと」

「そうだな。では、永久機関審査官各位、異論は？」

誰も、何も答えられなかった。

「ないようだな。では全員揃っているのであれば、このまま始めることにする。では、エリック・シュレーダー、宣誓を」

「どう宣誓すれば？」

「司祭」

「あ……はい」

伯爵に呼ばれたマルケル司祭が慌てて立ち上がると、麻の鞄の中から福音書を取り出してそれを左手に持ってシュレーダーの方へと向き直った。

「汝の左手を神の御言葉に添えよ」

シュレーダーは小箱を一度長机の上に置くと、左手をその福音書の上に乗せた。

「右手を挙げよ」

マルケルが右手を肘の辺りまで持ち上げると、右の掌を相手に向けた。シュレーダーもそれに倣う。

「復唱せよ」

「昔はこんな儀式、ありませんでしたがね」

「復唱せよ！」

「ええ……分かりました」

「父と子と、聖霊との御名において、私エリック・シュレーダーは」

「父と子と、聖霊との御名において、私エリック・シュレーダーは」

「これより語る言葉について、一切の嘘偽りなく」

「これより語る言葉について、一切の嘘偽りなく」

「また父なる神の栄光を毀損することもなく」

「また父なる神の栄光を毀損することもなく」

「問われた事柄については沈黙することも、偽証することもせず」

「証人たちの前で真実を語ることを、この身命を賭して誓います」

マルケル司祭は不本意そうな大きな溜息をつきながら、右手を地面に叩き付けるように脱力させた。対するシュレーダーは背筋が横に曲がっているものの、全く堂々とした振舞いを見せた。

「では、こちらを」

シュレーダーは長机の上に置かれた小箱の蓋を開けた。小箱の内側は、綿の詰め物がされたクッションで全ての面が覆われていた。そしてその中に納められていたのは、洋梨に似たガラス容器だった。しかしそのガラス容器は洋梨よりも中央がかなりくびれており、上下の球体はやや大きさが異なっていた。言うなれば下の球体が女の拳大の大きさで、上の方が子供の拳大の大きさだった。その容器は透明なので、中に薄緑色の液体が入っているのが見えた。

「それが永久機関だって？」サティが驚いた表情で目を見開いた。

「ええ。言わば、私がご説明しようとしている機構の、試作品であり、雛型とも呼ぶべき機工であります」

シュレーダーはそう話しながら、それを組み立てていった。

組み立てるとは言っても、それは実に単純な作りをしていた。中央で盛り土や、木製の土台を組んで、その上に長い板を乗せる、あのシーソーというものと構成は似ている。まずシュレーダーは机の上に土台となる器具を置いた。その器具の上部は半円状にくり抜かれていて、そこにガラス器の中央のくびれを乗せた。ぶらぶらとガラス器は揺れていたが、一応はバランスが取れているようで、斜めに、宙に浮いた状態を保っていた。

次にシュレーダーは綿をきつく束ねた円錐状の物を取り出した。それは人差し指の第二関節ほどまでの長さしかないものだったが、それをガラス器の小さい方の球、つまり洋梨の上部分に、仮面を被せるように括り付けた。

「まるで鳥の嘴のようだ」

マンスフェルト将軍が子供のような感想を口にして、それに伯爵も「そうだな、上の球が鳥の頭に、そして下の球が体に見える」と同意した。

「言い得て妙ですな。この鳥は水を飲みます。飲み続けるのです」

シュレーダーがそう言いながら、机上に置かれた伯爵のグラスに目を付けた。

「伯爵、そのグラスには水が？」

「ああ、そうだ」

「お借りしてもよろしいでしょうか？」

「いいだろう」

「感謝致します」

シュレーダーは胸に手を当てて頭を下げると、そのグラスを手にして、鳥のような形状となったガラスの容器の前に置いた。そして鳥の頭を押し下げて、その嘴の先端をグラスの水に浸した。

「機工審査官テオ・アルベール殿」

「何？」テオは不快感と好奇心の狭間にあって、声色が濁っていた。

「毛管現象をご存知ですか？」

「繊維が水を吸い上げる現象だ。幾つかの永久機関で、すでに試みられている」

「さすがでございます。この嘴部分ではまさにその毛管現象が起きております。そしてこの手を放しますと……」

シュレーダーが手を放すと、そのガラス器は本当にシーソーのように左右に揺れ始めた。

それだけならば誰も何とも思わないのだが、その動きが全く衰える様子を見せないのである。

「水を飲み続けているのか？」

「左様にございます」

伯爵の問いに、シュレーダーが笑みを浮かべた。マンスフェルト将軍も、それにブレナー退役大佐も、その目を奪われつつあった。

「中の液体は何だ？」サティが聞いた。

「エーテルです」

「エーテル？　エーテルとは何だ？」

「この世界に満ちている……と言われている、無色透明な……何かだよ」

答えたのはテオだった。

「どういうことだ？」サティは問いを重ねた。

「波ってあるでしょ？」

「波……波とは、あの水面に広がる……あの波のことか？」

「そう、その波。波ってのはそもそも、水に動きが伝わっていくものだ。つまり波動だ。光も波動であるとするならば、光が伝わるためには、世界には何かが満ちていなければならないことになるんだ。水が波の媒質であるように、世界には光の媒質が満ちているはずだと考えられているんだ」

「光が波だって？」

「例えばさ、波紋が広がった先に船が浮いているとするでしょ、波紋はどうなる？」

「そりゃ、途切れる」

「それが光でいうところの影に該当するんだよ」

「しかしテオ、波は途切れても船の裏側に回り込むじゃないか」

「そう、回折だね。光でもそれと同じ現象が起きているんだ。例えば、影。影にも濃い部分と薄い部分があるでしょう？　光が対象にぶつかって回折しているからだ。光が、小さい粒状のものであったら、確かにそんなことは起きないはずなんだ」

「言われてみると、確かにそうか」

「だが、シュレーダー！」テオが表情を険しくさせた。「エーテルは液状ではありえない」

「ええ、私もそう思っておりました。ですが、酒に含まれる、謎の気体がそうではないかと、私は思い当たるようになりまして」

「謎の気体だって？」

「そうです。酒を飲んで心地良くなる成分と申しましょうか、あれは液体に先駆けて蒸発していくのです。水が蒸発するほどの熱を加えなくてもです」

「リケファケレのことか」

「液状であればそう呼んでも差し支えないでしょう」

「気化したものがエーテルであると？」

「それはあくまでも私の考えに過ぎませんし、それを証明することはまた、一つの生涯を賭すほどの時間と労力が必要になるでしょうから、私の仕事だとは考えておりません。ただし、リキュールをスプーンで掬《すく》い、下から炎で熱すると湯気が立ちますが、その湯気はその先の視界を歪めます。つまり光が空中で屈折しているということなのではないでしょうか」

「リケファケレがエーテルと同一のものかについては、それはこの場では断言できない。けれど、では、その液体は？」

「蒸散しないように密閉された容器でリキュールを熱し、取り出した気体を冷やして液状化させたものです」

「凄い技術だ……」

「それだけでも、十分な価値がありますとも。アラビア世界にも前例がありますし、イザーク・アルベール氏も独自の技術を考案しております」

「父上が……」

「この液体は常温でも気化します。このガラス器の中の上へと移動し、残された下の液体部分は相対的に軽くなる。しかし上のガラス球の表面は嘴部分の毛管現象によって水が吸い上げられているので下のガラス球よりも温度は低くなっています。その為、気化したリケファケレはここで再び液化し、球面を伝って下のガラス球へと落ちていく。こうして常に重心に変化が起きるのです。またガラス器が、非平衡輪のように不安定な重心に設定してあるので、その循環が続くのを促すのです」

コツ……コツ……コツ……と、ゆっくりした動きで、シュレーダーの水飲み鳥は、グラスの縁を叩きつけていた。

これまでと違い、出来合いのものではなく、眼前で汲み上げられたこの機工に、皆しばし言葉を忘れて見入っていた。

「この機工自体に……詐術はなさそうだな……テオ、お前の考えは？」

サティが乾いた唇を舐めて、ようやく口を開いた。

「確かに……」テオもようやくといった具合で言葉を発した。「確かに、ガラス器内部のリケファケレは蒸散することはない。強いて言うならば、このグラスの水だ。この水は永遠ではない」

「それを言ってしまっては、全ての永久機関なんてものは完全に存在する可能性を失いますぞ」シュレーダーが冗談めかして言った。「いかなる機工でも、部品単位で言えばいつかは必ず壊れます。ありとあらゆる物質的存在が有限である以上、それらは取り換えざるを得ないのですからな」

「その通りだ……全くその通りなのだ」

テオはいつしか怒りも憎しみも忘れ、身を乗り出してシュレーダーの水飲み鳥を食い入るように見つめていた。

レオンはその眼差しを見て、急激に過去の記憶が蘇って来るのを感じた。私の作業場に入り浸り、集められた機工をいじり、書を読み、私の作った機工を食い入るように見つめていた可愛い弟、テオがそこにいた。

レオン自身は機工に何の興味も湧かなかった。時間が許せば剣を振るっていた。

だがテオは違った。

本当はこういう男なのだ、そうレオンは思った。

テオは人の作った機工を審査するような人間ではなく、自分自身が機工を作っていたいのだ。己の夢があって、そのために寝食を忘れて没頭してしまう。憎しみや復讐に生きるのはテオの生き方ではない。

そんな下らないことは、この兄に全て任せればいいのだ。

その手を血に汚すことも、罪に塗れることも、人から憎まれることも、神に断罪されることも、全ては長兄である自分の役目なのだ。

それをどう伝えればいい？

この不出来な兄の想いは、この賢い弟に、どうしたら届くというのだろうか？

レオンはその時、そう考えていた。

ああ、レオン、お前という男はどれほどの愚か者なのだ。

私たち夫婦がお前を愛していなかったとでも考えているのか？

お前を、兄弟たちの捨て駒だとでも考えていると思うのか？

反対に弟たちが、お前を愛していないとでも考えているのか？

尤も――レオンが自分の気持ちが伝わらぬことを思い悩んでいたように、私もまた、同じ思いに悩まされるのだ。

だから、いつかお前に再び会えた時には、必ず言葉に出して伝えようと私は心に誓ったのだ。

レオン、父はお前を心より愛していると。

万感の揺籃《ようらん》に落ち込んだレオンの視線の先で、テオが恥ずかしそうに口を開いた。

「つまり……熱なんだ……そう言いたいんだろ?」

「いかにも」

父の仇に問うことを、テオはひどく恥じている様子だった。

「熱が運動と等価として機能しているんだ。直進、並進、回転、それにモーメント……運動の変換はこれまでも試みてきたけど、熱をそこに組み込むことなんて考えたこともなかった……でも実際には永久機関の循環は基本的な運動量を1とするならば、必ず1以上になるように力が生成されなければならないはずだ。そうでなければ、摩擦や移動によって力は減算していくはずじゃないか」

「無論その通りです。いかなる機工も摩擦からは逃れられません。しかし、実は摩擦とは変換なのです。手と手を擦り合わせれば熱を帯びるように、運動が熱に変換されている状態が摩擦なのです」

「その摩擦熱も循環可能だと?」

「やりようによります。ご覧のように、実際に熱を運動に利用できているのですから。更に私がヴァランガンに作った永久機関では、気温や引力を利用しています」

何気なく発せられたシュレーダーの言葉に、一同は驚愕した。

「ヴァランガンに作った永久機関だと？」

サティが声を裏返しながら聞き返した。

「そうですよ」

「じゃあ……じゃあ、それは？」

「このガラス容器ですか？　だから先にも言いましたよね。これは試作品であり、雛型とも呼ぶべき機工でありますと」

「それを見せよ！」テオは興奮のあまりに立ち上がって叫んだ。

「無論……」今度はシュレーダーが狼狽える番だった。「無論……そのつもりですが」

「いつだ！」

「この週明けには……そちらはまだ完成していないのです。とにかくまずは、これをお見せすることで永久機関が可能であることを皆様にご納得頂く必要がありましたので。ドンブレソンの一件で、永久機関審査の機会が失われてしまっては、私も困りますので」

「来週だな！」

「お約束致します」

「お前のペテンを必ず暴いてやるぞ、悪党め！」

テオはそう叫んだが、誰がどう見ても期待に胸を膨らませた少年が、そこにいた。

9　堕罪を招く修道士

　レオン・アルベールがヴァランガンの屋敷に足を踏み入れるのは実に二年ぶりのことであった。レオンは方々を飛び回ってはいたが、実際のところ、もう異端審問制度そのものが過去のものになりつつあるのが現状であった。スペイン領となる地域だけがその旧弊を辛うじて残しており、そして新大陸ではその悪弊が根強く残っていた。新大陸についてはそもそもが侵略的な進出をしていたので、その蛮行に拍車を掛けていた面も多分にあった。進歩的な視点から見れば、新大陸は十字軍同様に、我々の野蛮性の発露の犠牲となった地域でもあったのである。無論、我々の植民地政策はまだ止まることを知らないし、我々の欲望は神の名の下に正当化されている。

　しかし賢いレオンがその現状を見抜けないはずもなかった。彼は正直に言えば最早、復讐の為以外には異端審問官の職務を続ける理由がなくなっていた。そしてまた、人の心の機微に疎いテオであっても、そんな兄の心情に気付かずにいることはできなかった。

「レオン様！　よくぞお戻りになりました！」

屋敷に入るなり、女中たちが仕事を放って玄関へと集まってきた。イレーヌ以下、五人のアルベール家の女中は黄色い歓声を上げてはしゃぎ、我先にとレオンの荷物や外套を奪うように預かっていった。

レオンがその外見から女性の歓待を受けることは珍しいことではなかった。

「皆、達者だったか？」

「ええ！　レオン様もお変わりなく、何よりです。もう、今後はこちらに？」

「いや、当面の宿は城下町にとってあり、そちらに逗留している。今回はテオに付き合っただけだ」

「でしたらもう、こちらでお過ごし下されば良いではないですか！　今の家長はレオン様なのですから」

若い女中のクララが頬を紅潮させているのが目に見えて分かった。

「しかし俺がいると困ることもあろう」

レオンはクララと、傍にいた若い女中のマリーの腰のくびれを両手で無造作に引き寄せた。あっと小さい、色気のある悲鳴を出しながら二人は蕩けるような表情をレオンに向けた。

「いい香りだ」二人の首筋に、レオンは鋭利な鼻先を走らせた。

「いえ、そんな……」

「こんなにも愛らしい雌の臭いを撒き散らす子猫が周りにいたのでは、俺の雄が滾るな。俺もお前たちも寝不足になってしまうぞ」

レオンが低い声で女中の耳元に囁き、二人は明らかに狼狽しつつも、興奮しているのが傍から見ても分かった。

「兄さん」

テオが呆れた声を出し、そしてもう一人、苦言を呈する者がその場に現れた。

「仮にも司祭職にある者が、肉欲に溺れた発言をするとは何事です！　この背教者が！」

我が妻、クロエが容赦のない罵声を浴びせ、レオンは慌てて両手を放した。

「ああ、ご機嫌麗しゅう。相変わらず美しいですな、母上は」

「恥を知りなさい！」

「勿論です。悪さは人にばれぬように為すのが楽しいのですから」

「レオン！」

「冗談ですよ、母上……」

「主は全てをお見通しですよ」

「分かっております……」

クロエはレオンを叱りつけそれから両腕を開いた。

レオンも同様に両腕を開くと二人は抱擁と接吻を交わした。

「危険な目には遭わなかった？」

「遭いました。ですがいつでも主が守って下さりました。正しい行いを常日頃から心掛けているお陰でございましょう」

「主の寛容に、いつまでも甘えることのないように」

「久しぶりだというのに、母上はお厳しい」

「それが私の愛ですよ。あなたはまた新大陸へ？」

「正直に申しまして、もう今の異端審問官はうんざりでございます」

「この屋敷に戻ってらっしゃいな。テオ一人では不安なのよ」

「ちょっと、母上！　それはどういう意味ですか！」テオが抗議の声を上げた。

「だってあなた、農地の管理や経営なんて向いてないでしょう？　そんなことはレオンに任せればいいのよ。兄弟で向き、不向きはあるのだから。あ、兄弟と言えば！　これ、また来ていたわ！」

レオンから身を離したクロエは上衣にしまっていた一通の手紙を取り出した。

「またモン・ラシーヌ修道院からですか？」

テオが聞くと、「そうなのよ」とクロエが答えた。

「どうした、リュカのことで何かあったのか？」

レオンが手紙を受け取って、そこに目を走らせた。

「修道院では手に負えないから、リュカを自宅で引き取れないかって」

クロエが困惑した表情で答えた。

「修道院が理由もなく修道士を追い出すなんて話は聞いたことがない！　一体リュカの何が悪いって言うんだ！」

「リュカは何も悪くない、とは思うんだけど……本人は修道生活を続けることを望んでいるわけだし……」

「馬鹿げている」手にしたレオンは手紙をもう片方の手で叩き付けた。「ベネディクト会がそんな不寛容なわけがあるか！　俺が修道士になろうってんじゃないんだぞ！」

「そういう自覚はちゃんとあるんだね」

テオが小さい声で横槍を入れると、レオンは即座に返した。

「喧しいぞ、テオ」

「でもレオン、実際に……その修道会からは堕落の種になりかねないと、そう言われてしまっているから」クロエは泣きそうな顔で訴えた。

「ふざけやがって！　こうなったら、モン・ラシーヌのヤツらの金の流れを追って、少しでもおかしな点があれば、そこを突いて聖庁に告発してやる！　その上で所領、財産を全て没収して、所属する修道士はリュカ以外、全員火あぶりにしてやる！」

「兄さん、落ち着いて」テオが口を挟んだ。

「落ち着いているぞ、俺は落ち着いている。だから綿密に計画を練ってだな……」

「大事なことはリュカのこれからだ」

「だから！」

「僕はね、リュカはこっちで引き取った方がいいと思う」

「それがリュカの本意なのか？」

「本気で修道を考えているなら、別にモン・ラシーヌじゃなくてもいいじゃないか。ヴァランガンの北には、シトー会の修道院もある」

「暇さえあれば鍬《くわ》を振るって地面を掘り返しているような連中だぞ！　そんな所でリュカがやっていけるか」

「それもこれも、本人が決めることでしょ？　第一、大昔の修道士は隠修士として人知れず身を隠して修行をしたんだ。まだ修道院なんてなかった時代だ」

「リュカが一人、砂漠に身を隠す生活を送るってことか？」

「それこそ、本人が望むのであれば」

「お前は本当に愚かな男だな！　そんなことになったら、お前！」

「そんなことになったら？」

「そんなことになったら……とっても寂しいだろうが！」

「それにとても心配よ」クロエもレオンに同意した。

「だったら、まずはリュカに話を聞くべきなんじゃない？　本人の意思を確認するべきだ」

テオの正論に、二人は反論する気概を削がれた。

「まあ……仕方ない、今回ばかりは不肖の弟の意見を尊重してやろう」

「そうね……テオのそういう、何て言うのかしら？　そう、賢明な判断を下すところは私に似たのね」

レオンもクロエも、取り敢えずはテオのその考えに賛同することにした。

そこから再びアルベール家は賑わいを見せた。

何だかんだ言っても、レオンの帰宅は、女中たちのみならず、テオもクロエも喜ばせたようだった。夕餉の食卓でも、おどけるレオンに対してテオが唇を尖らせ、クロエや女中たちを笑わせるのであった。

歓談を終え、テオとレオンが二人で作業場に入った。

テオがいつものようにランタンに明かりを灯す。暗闇の中に、頼りない光が揺れた。

「変わらないな、ここは。まるで父上が生きておられた時のようだ」

レオンが壁際の、私の作った数々の機工を眺めながら、感慨深げに言った。

「あのさ――」

「なあ――」

二人が同時に口を開き、同時に口を噤んだ。静寂が波紋のように広がった。

「お前から言えよ」

「いいよ、兄さんから言いなよ」

「いや、俺は兄だ。俺がお前の言うことを聞くわけにはいかない」

「何だよ、その理屈は」

「お前から言えよ」

「ああ……うん。あのさ、もうこの家に戻ったら？　異端審問官なんて辞めてさ」

「俺に指図か？」

「そんなんじゃない。でも、本当は兄さん自身がそれを望んでいるんじゃないの？」

「言いたいことはそれだけか？」

「それだけじゃないけれど、一番言いたかったことはそれだった。兄さんの方は？」

「奇遇だな。俺も同じことをお前に言おうと思っていた」

「つまり……機工審査官のこと？」

「そうだ。お前は王立アカデミーで機工の研究をしていたわけだろう？」

「うん」

「それが何だ。伯爵の犬みたいな仕事に就きやがって」

「だったら兄さんは教皇猊下の犬だね」

レオンはそう言われると、自嘲を浮かべながら私の作った歯車を指先で転がした。

「そうだな……もうそんな時代じゃない。俺もお前も、進むべきだ」

「兄さんが辞めるなら、僕も辞めるよ」

「俺は正直、今回の件が全てだと思っている」

「ねえ、正直に教えてよ。ノイエンブルク公国の永久機関審査官に、異端の疑いのある者がいるって密告、それって、兄さん自身が仕掛けたことだろう？」

「その根拠は？」レオンはテオに背を向けると、また別の機工に手を伸ばした。

「父上を罠に嵌めた者を見つけだして復讐する、そのために武力さえも自由に振るえる権力を握る必要があった。それが兄さんの、長年の目的だったんだ。そんな折に、僕が機工審査官の任を引き受けたことを知った。ノイエンブルクでの異端疑義となれば、故国の者こそ土地鑑があって適任だ。自分に声が掛かると考えたか、もしくは自薦することができるだけの立場にいた兄さんは作戦を実行した。そして今回の任務に至ったんだ」

「お前こそどうなんだ。機工審査官は父上に濡れ衣を着せて処刑にまで追い込んだ、憎い役職のはずだ。どうして引き受けた？」

「僕は……結局、兄さんと同じだよ」

「俺も……そうだな、お前と同じだよ」

二人の声が横に並んだ。

そして二人は破顔して笑い合った。

寂しい、乾いた笑いが、無駄に広い作業場に響いた。

静かな夜だった。

ひとしきり笑い終えると、レオンはテオの方を振り向いた。

「お前には才能がある。父上によく似てな」

「父上には敵わない」

「今はまだ、な」

「珍しいね。僕を励ましてくれてるの？」

「さあな。時にお前、エリック・シュレーダーをどう思う？」

「許せないよ」

「あいつの言う永久機関は本物だと思うか？」

「実際に見てみないとね」

「ヴァランガン北部の、奴の言う永久機関が建設されている場所は、さっきも言ったが、シトー会のヴァランガン修道院領の辺りだ。もう六百年以上前に、あの近辺はシトー会修道士が開墾することで拓けた土地だ。さすがに俺たちだって自由に出入りできる場所ではない。ただ俺が調べた限り、あの界隈は軋轢《あつれき》が多い土地だと聞く。修道院と工業組合や地元の農民の小競り合いがここしばらく絶えないそうだ」

「争いはどこでも止まないもんだね」

「その通りだ」

「永久機関、覗きに行けないかな？」

「それは難しいだろうな。何しろビエンヌ司教区のヨゼフ・ヴェスタープ司教ですら、あの場所を通ることを激しく拒絶され、迂回を強いられたという話があるくらいだからな」

「いや、むしろ、あの欲深い司教だから、何かやらかしたんじゃないの？」

「それはある。大いにあり得る。しかしそれを考えると、エリック・シュレーダーは、余程土地の人間と上手くやっているようだ。一体、どんなからくりがあることやら」

「とにかく、迂闊に近付くことは身を危険に晒すってことか」

「家族が死ぬのはもう勘弁して欲しい。俺は父上の処刑で、その地獄を嫌という程思い知らされたんだ。それが嫌だから俺は――」

「異端審問官なんて望みもしない職務に？」

「お前には関係のない話だ。だが、俺が『黒い審問官』である限り、そう簡単にアルベール家の人間にちょっかいを出せる奴もいまい」

「確かに。あの悪名高い『黒い審問官』の家族ならね」テオは微笑を浮かべた。「でも兄さんは少し勘違いしているようだけど、家族を失いたくないって僕らの気持ちの中には、当然、兄さん自身だって含まれているんだよ。だからさ、あまり無茶はしないでよ」

「お前こそな」

「でも、もしまた家族が――」

テオは言いかけて、天井を見上げて続く言葉を呑み込んだ。

「そうだな、それは俺の夢でもある。もしまた家族が五人揃ったら――」

レオンもそう言いかけて口を噤んだ。

そんなことは望むべくもない、レオンがそう言わなかったのは、彼もテオと同じ思いだったからだった。

レオンが実家に戻って三日経った昼過ぎ、彼の友人のクレーベ・サティが屋敷を訪れた。その手にはドンブレソンの小屋の傍でテオが発見した、ねじ巻き式の栓が握られていた。

「よう、クレーベ！　今日はどうした！」

レオンは屋敷にいる間は、ずっと剣の稽古をしてばかりいた。筋骨隆々な上半身を日の下に晒し、汗ばみ光り輝く雄姿を女中たちが食い入るように見つめていた。

屋敷の前庭で剣を振るっていたレオンが、馬に乗って駆け付けたサティに声を掛けた。

「お前は相変わらず剣の修練か。精が出るな」

「俺にはこれしかないのだ」

「お前は司祭じゃなかったか？」

「そんなことは忘れた」

「テオはいるか？　この栓のことで分かったことがある。お前も同席するといい」

「テオは作業場だ。俺も行こう」

前庭から正面玄関に続く細道を旧友の二人が歩いていくと、まさに玄関を開いたところで、女中頭のイレーヌを連れた我が妻クロエとばったりと出くわした。

「あら、あなた、クレーベ！　クレーベ・サティね！」

クロエが思わず声を上げ、それに対してサティは丁重に頭を垂れた。

「お久しぶりです、マダム・アルベール」

「本当に久しぶりね。前に会ったのは――」

クロエの言葉を引き取って、イレーヌが先んじて答えた。

「ご主人様の事件が起こるより前だったので、十六年前でございましょう」

「イレーヌ、覚えていてくれたんだね」

サティが嬉しそうに微笑みかけると、イレーヌもまた目を細め、皺だらけの顔をくしゃくしゃにして笑い返した。

「勿論でございます、サティ様」

「違うわ、イレーヌ。クレーベが最後にこの屋敷に足を踏み入れたのは十七年前よ」

「よく覚えておいでで」

サティが亜麻色の髪をかき上げて気取ったように答える姿を、しかしながらクロエは冷ややかな目で見つめていた。まずいな、サティはきっとあのことを忘れている。

「あら、あなたの方はすっかり忘れてしまったのね？　私は昨日のことのように覚えていますけどね」

「それは光栄です」

サティ、ダメだ！　思い出せ！

「だって忘れられるわけないじゃない。あの日、レオンとあなたははしゃぎ回って、ねぇ？」

「あ！」

先に思い出したのはレオンか！　レオン、何とかサティに気付かせてやってくれ！

「あの日々のことは全て素敵な思い出です」

何を気取っているんだ、サティ！　へらへら笑っている場合じゃないぞ、お前！

「ええ、本当に素敵な思い出……本当に……昨日のことのよう」

「思い出とはそういうものです」

おいおい！　おいおいおい！　クロエの目をよく見ろ！　笑っていないぞ、サティ！

「なあ、クレーベ……お前、本当に何も覚えていないのか？」

レオンが焦った声でサティを引き寄せた。が、サティは相変わらずだった。

「どうしたんだ、レオン？　そんなに焦った顔して」

「お前……あの日、あれ……割っただろ？」

「割った？　何を？」

「私が大事にしていた、シノワズリの花瓶、あなたが割りました」

クロエの両目が、がっと見開かれた。怖い。

「え？　ああ、そんなこともあったかも知れませんね。でも十七年も前の話ですし、あの頃の俺たちはまだ十二かそこらの若造でしたしね」

「クレーベ、言いましたよね？　私は昨日のことのように覚えていると。それはつまり、今現在、私は昨日のことのように腹を立てているということです」

憤怒に駆られたクロエはずんずんと進んで行き、サティの眼前に立ちはだかった。

これにはさすがのサティも狼狽えて後退した。言わんこっちゃない。

「あの……勿論、あの日のことを忘れたことなんてありませんよ……」

「見え透いた嘘を！」

その剣幕にクレーベは顔を青褪めさせながら弁解した。

「いえ……懺悔を、その、夜な夜な──」

「黙らっしゃい！」銃で額を撃ち抜かれたような表情で、サティは立ち竦んだ。「そりゃ、十二歳の若造が犯した過ちならば、私だってアルベール家の婦人ですからね、穏便に済ませてやりたいと思っていましたよ！　それなのにあなたときたら謝りもせず、連絡も梨のつぶて、温厚で知られる私だっていい加減、我慢ならなくなりますよ！　お分かり？」

温厚とは程遠い怒声をサティに浴びせ、クロエは腕を組んだ。

「その……本当に申し訳なく思っております……」

そうだ、とにかく大人しく頭を下げて嵐が過ぎ去るのを待つんだ。その内何とかなる！

「何ですって？」

あ、いや、心からの誠意をみせるんだぞ、サティ。

「勿論、あの、その、補償を――」

「そういう問題じゃないでしょう」

「いえ、マダム、私もあの頃とは違いますので……誠意を形にして、ですね」

「形ですって？　形とは何です？」

「はい、職人組合の伝手で、あれにも劣らない立派な東洋の陶磁器をですね、一つご用意させて頂ければと――」

「一つ？」

「とは言わず、二つ」

「十七年前の過失の補償が、ただそれだけで済むと？」

「勿論、マダムが失った一つを補填し、その上でですね、私の謝意を示すために更に二つご用意させて頂く所存で……」

「まあ、楽しみだわ！」花が綻ぶように、クロエが笑顔を見せた。「イレーヌ、大きな陶磁器を飾っておける場所を用意して頂戴ね」

「あ、はい……畏《かしこ》まりました、奥様……」

イレーヌ苦笑いを浮かべて答えた。

一方のサティは虚脱した状態で、もう一度クロエに頭を下げた。

気の毒だとは思うがな、この件に関してはお前が悪いぞ、サティ。

こうしてクロエがご機嫌な足取りでイレーヌと共に立ち去った後で、レオンとサティの二人は屋敷の廊下の向こうでにやにやしながら一部始終を見ていたテオに気付いた。

「大散財だね、クレーベ」

「喧しいぞ、テオ。ずっと黙って見ていたのか？」

「うん。だって楽しかったし」

「この家に真っ当な人間はいないのか？」

「アルベール家に何を期待しているの？　いいから、ほら、こっちに」

作業場に三人が揃うと、テオは興奮気味にサティに説明を求めた。

「さあ、クレーベ。どうだった？」

「ああ……まあ、そうだな。テオ、まずはお前の予想通り、この技術はヴェネツィアで特許を取っていた」

作業台に置かれた、直径1フィートのねじ巻き栓を叩きながら、テオが何度も頷いた。

「やっぱりそうか！ じゃあ、この『SI』という刻印は？」

「そう、本題はそれだ。俺は昨日まで、どこにいたと思う？」

「どこ？」

「フィレンツェだよ」

「そうか、メディチ家か！」レオンの方が答えた。

「そうだ。ヴェネツィアとイングランドは特許先進国だ。それによって両者とも大いに栄えたし、技術も大いに発展した。ことヴェネツィアに関してはフィレンツェのメディチ家が後ろ盾となって、その制度を支えているわけで、その特許の審査もフィレンツェが担っている。そこでこの特許の登録目録を調べて、この技術の特許申請者を調べたわけだ。だってそうだろう？ これは明らかに蒸気機関用に作られた技術だ。違うか、テオ？」

「そうだよ。水を通すにはがばがばだし、強度もまるで足りない。大まかな蒸気の流れを管理する時には抜群の性能を発揮するけれどね」

「だから、この特許申請をした人間が重要になるわけだ。何しろ、蒸気を利用した機工はまだ一般的と言える状態ではないのだから。一体そいつはどういう目的でこれを作り、そして何の為に特許を取ったのか？」

「さすがだよ、サティ！　全くその通りだ」テオが快哉を叫んだ。

「そして分かったのが、この人物だ。この人物は自分が特許を取得した製品には必ず『SI』の刻印を施すことを義務付けたようなんだ」

「その理由も全く見えてこないな」

「本人に聞いてみたらどうだ？」

サティが一枚の紙切れを差し出した。

そこにはただ「ジークフリート　プラハ　フラウヴィア20　11B」とだけ記されていた。

「ジークフリート？　これが名前？」

「それが本名かどうかなんてわからないが、とにかくこの特許申請者はジークフリートと名乗っていたってわけだ」

「随分と御大層な名前だな」レオンが鼻で笑った。

「じゃあ、こっちが住所か。それにしてもわざわざ製品に刻印を義務付ける人間が、ヴァプラと関係していたとは考えづらいな」

「少なくとも、ヴァプラの連中が蒸気機関を悪用するにはこの栓が必要になる。見よう見真似で作れる代物じゃないだろ、これは？」

「これはさすがに無理だね。これだけしっかりとした部品となると、専用の鋳型が必要になる。ヴァプラが望むと望まざると、蒸気機関を使用するにはジークフリートの技術が必須であったと、そう考えるべきだね」

「そのヴァプラに問い質したいところだが、ああ、そうか。生き残りはもういないのか」

そう言ってサティはレオンをちらりと見やった。

「ん？ どうかしたか？」

「いや、まあ、仕方なかったよな」

「は？ 何だよ、俺を責めてるのか？」

「まさか」

「でも」テオとサティの声が揃った。「全員殺すことはなかった」

「おいおい！ おいおいおい！ あの状況を踏まえた上でその言い草か？」

「大丈夫、クレーベ。僕がプラハに行くよ。行ってこのジークフリートに確かめて来る。でもその前に、モン・ラシーヌ修道院の方も何とかしなくちゃならないね」

そのモン・ラシーヌ修道院では、丁度その頃、一人の助修士が修道院長のエルネスト・

オージェに声を掛けられていた。

モン・ラシーヌは山間に建てられたベネディクト会の修道院であり、ベネディクト会則に従い、一日に八回の聖務日課を行う。山間にあるとは言っても、アルタシュヴァンの城下町からそれほど離れているわけでもなく、かと言って都市の喧騒からは距離を置いている、半都市型修道院であった。大規模ではないが、所領もあり、所領民もいて、実際に農業の経営から酪農の経営まで手を広げていた。大規模な修道院ではそれによって大規模な財を成した例もある。そもそもが節制、禁欲を旨とする生活形態を保持しているので、資産が入って来ても出て行くことがなく、どんどん貯蓄は増えていく。それが修道院を巡る不幸な事件の契機となることも多々あったが、ひっそりと佇むモン・ラシーヌはその規模が小さく、俗世の些末事からは逃れられていた。

だが外界との接触は比較的多く、行商人や職人などがよく出入りしていたし、その点において修道院長は厳しい規制を施行していなかった。

修道院には薬草の知識に長けた三名の施薬係がおり、彼らの管理している薬草や香草を育てる半モルゲン（約１２５０㎡）の菜園があった。施薬係の見習いであり、修練士から助修士になったばかりの若者が、その日も午後の日差しの注がれる菜園で雑草を摘んでいた。

「リュカ、少しいいか？」

大柄で、頭をきれいに剃り上げたオージェがその若者に声を掛けた。

オージェは自身に厳しく、その姿を修道士たちに見せることで内部の規律を保とうと努める男であった。その目論見はこれまで概ね上手くいっていたのだが、二年前に入院した一人の修道士によって、近頃それが狂いそうになっていたのだった。

「はい」

声を掛けられた小柄な助修士が振り返ると、オージェは眩しそうに一瞬目を逸らした。光を受けてズケット（修道帽）の下から伸びる褐色の髪が澄んだ水のように軽やかに跳ねた。小さな顔には、長い睫毛に囲まれた藍色の大きな瞳が輝いており、それがじっとオージェのことを見つめていた。柔らかい線の鼻筋、血色のいい頰、薄い桃色の唇が午後の日差しに映えていた。修道士たちは時折、この唇に吸い寄せられそうになるのであった。

細い首筋の線は、華奢な撫で肩へと下って行き、腰紐で縛られたくびれがやたらと細かった。手も足も細く、白く透き通っており、とても男の体には思われない。

「いかがいたしましたか、院長様」

そう言ってにっこりと微笑む顔を、ミケランジェロの描く天使に譬える者もいた。しかし、誰もはっきりとは口にしなかったが、その本心は、リュカは世にも愛らしい少女そのものであった。

リュカの笑顔に胸が昂ぶるのを堪えながら、オージェは懸命に平静を装いながら言った。

「リュカ、この修道院での生活はどうだ？　辛くはないか？」

「ノンです。全く以てノンでございます、院長様。皆様、このリュカにお優しくして下さいますので、私はとても幸せでございます。この菜園でのお仕事も任せて頂き、多くのことを学びました。毎日が素敵でございます」

「そうか……だがしかし、お前にとって不快なことなどはないのか？　他の修道士の視線だとか、振る舞いだとかで……」

「院長様……」

リュカはそう言ってオージェに寄り添った。これに、オージェは身を引くほど狼狽した。

「私をご心配して下さっているのですね……私は果報者でございます」

「いや、そうではなくてな、皆の躓《つまず》きにならぬかと……」

「私に何か落ち度がございますか？」

「いや、そんなことはないのだが」

「私は主の教えを、私なりに守ろうと努めております。心の中も清浄に保てるように、己に言い聞かせ、聖霊のお導きによって道を踏み外さぬよう、主にお祈りを捧げております。

恐らく主のお力添えの賜物でございましょう、私はこれまで女性を見ても、一度として情欲を抱いたことがないのです」

「そう……そうか。それは素晴らしいことだ」

「はい、院長様」

「だが……しかし、男に対してはどうなのだ？」

「はい、時折、寄り添ってしまいたくなってしまいます。このように」

リュカはオージェの胸元にしがみついた。オージェの理性が狂いそうになった。

「いや、しかしだな……」

「御安心下さいませ。私も男ですので、これは情欲ではございません……ああ、院長様は逞しい体をしておられますね……この厚い胸板に寄り添っていると、私は安心できます。もっと強く、強く、私の体を抱きしめて頂きたくございます」

「私は……気が変になってしまいそうだ」

「え？　院長様、どこかお体の具合でも？」

「いや、そうではなくてな、その香りが……」

「その香りはきっとレモンバームでございましょう。先の聖務日課の前にレモンバームから油を精製する作業をしておりました故……いえ、でも、もしかしたら今しがた手入れをしていたラベンダーかも。私、鼻が良いんですよ」

「いや、そうではなくてだな……私はお前が皆の躓きの石とならぬかが心配でな……」

「私がですか？　どうしてでございますか？」

リュカが潤んだ瞳でオージェを見上げた。

縋る瞳で見上げるリュカの愛らしい様は、己を律することにかけては筋の通ったオージェすら揺らがせた。もし妖艶な魅力を誇る百戦錬磨の美女の誘惑であれば、オージェも容易に跳ね除けることができた。しかしリュカは勝手が違った。リュカには一切の打算がなく、一点の曇りもない。完全な純真であり、完全な無垢であったのだった。

実はリュカは幼い頃に患った高熱の病の為に、睾丸の機能を失ってしまったのである。そのため、男性的な特徴を帯びることなく大人になってしまった。それに加えて、そんなリュカを面白がった行商人が「安眠に効く」薬剤という触れ込みでリュカにある錠剤を売り付けた。それは極東の果て、アジアの南東部で採れる、とある葛属植物の塊根から抽出した成分で作られたものだった。それには女性の身体的特徴を助長させる効能があり、それが睾丸の機能を失ったリュカには非常に強く作用した。面白がった行商人は定期的にヴァランガンに巡って来てはリュカの様子を見に来た。そして彼が修道院に入った際にも、院長の許可を得て、いくつかの薬草類を修道院に納品したついでに、リュカにその錠剤を提供し続けたのであった。全く余計なことをしてくれたものである……と、言いたいところではあるのだが、当人としてはそれを喜んでおり、父としては複雑な心情である。

こうしてリュカは肌のきめ細かさも、艶も、髪の質感も、脂肪のつき方もどんどん女性に近付いていった。そして臀部《でんぶ》や胸すらふくらみを帯びてきたのであった。

そんなリュカが男性だけの修道院にいることは、確かに院長としては悩みの種に違いなかった。リュカが悪いわけではない、もし何かしらの問題が起こるとしたら、それは問題を起こした側にある、当然、オージェはそこを理解していた。しかし躓きの石を可能な限り排除するために、世俗を離れ、女性を遠ざけ、修道生活を送ろうとしている者にとって、リュカの存在はあまりにも刺激が強すぎた。いくらリュカが男性であるからと言っても、その眩しい存在を許容してしまうことは、極論すれば女人禁制を打ち破ることと大差がないのではないかとオージェは悩んでいたのであった。

「無論、お前に落ち度はない。一切ない。それは間違いないのだが」

「あ、そう言えば、院長様。今日はとてもいいお天気なので、カモミールを乾燥させて茶葉にしようと思っていたのです」

「おお……そうか」

それでも、如何にリュカに罪がなかったとしても、やはりその存在は院内に堕罪を呼び込む危険因子となると、彼は考えざるを得なかった。

「私に落ち度があれば、何でもおっしゃって下さい。私、努めて、いけないところを直していきます。それに私、命じて頂ければ、どんなことでも致します」

「どんなことでも……」

「はい、お命じ下さい。どんなことでも致します。私は、誰かの喜びの為にご奉仕したいのです。それが私自身の喜びですので」

そう言うと、リュカは笑顔でオージェの傍から離れた。

「あ」

オージェが声を掛ける間もなく、リュカは蝶が飛び去って行くように駆けて行ってしまった。

それが修道士リュカ・アルベールという男……いや、人物だった。

10　ヴァランガンの永久機関

鬱屈した感情がこの世界を形作っている。

少なくともその時のテオにはそう感じられた。

外界を拒絶する意図があまりにも明白であった。

ヴァランガン修道院の所領は広大な針葉樹の森のど真ん中に、虫食い穴のように広がっており、その所領と外界を繋ぐ道は北と南に一本ずつあるだけだった。

ヴァランガンで育ったテオですら、このシトー派修道会の所領にはこれまで足を踏み入れたことはなかった。司教区として管轄しているはずのヨゼフ・ヴェスタープですら迂回を強いられる土地、そこに今テオは生まれて初めて足を踏み入れた。

道の左右を挟む雲を衝くほどに聳《そび》えた針葉樹林の大木が、断崖のように延々と続く。

時折鹿が駆け抜けて行く獣道同然の道を、永久機関審査官たちは馬で進んでいた。

先頭を行くのは元機工審査官エリック・シュレーダーで、彼は付き添いとして二人の男を連れていた。両者共に屈強で、なめし皮の胸当てと腰巻を身に着け、加えて幅の広い長剣を携えていた。

「私たちから決して離れないようにお願いしますよ。命が惜しいのならば」

審査官一行を迎えに来たシュレーダーは最初にこう前置きしてから、アルタシュヴァン城下町から出立した。

今回の審査に向かうのは審査官四人全員であった。

機工審査官テオ・アルベール、法律家クレーベ・サティ、司祭ギョーム・マルケル、退役大佐ニコラス・ブレナー、その全てが緊張の面持ちで未知の領域へと足を踏み入れた。

テオが永久機関の信憑性の高さを人に対して認めたのは初めてのことであったし、ヴァランガン修道院の所領に足を踏み入れるのも、皆初めてのことであった。

まだ昼前ではあったが、圧し掛かって来る曇天と左右から迫ってくる針葉樹の林が辺りを暗くしていた。

「どうしてこんな場所に永久機関を？」

先頭を行くシュレーダーに追い付いて、テオが聞いた。

「要請を受けたからですよ」

「要請？　誰からの？」

「修道院領の、領民の長からです。フーゴーという初老の男で、実に真面目な方ですよ」

その名が出た瞬間、決して小さいとは言えない大きさの舌打ちが背後から聞こえて来た。テオが振り返ると、シュレーダーに付き従っていた二人の男の内の一人が顔を背けていた。もう一人の方は決まりの悪そうな苦笑を浮かべているだけだった。

「何か問題でもあるの？」

「後ろの二人は修道会の衛兵なのですが……この地では、修道院と所領民とギルドが互いに反目しているんですよ」

「ああ、そう言えば兄さんがそんなことを言っていたな。でも馬鹿みたいだ。誰も、何の得もしないじゃない」

「まさしくその通りです。ただ、それなりの事情というものもございまして」

「事情って？」

「修道院領の発展の為に尽力した、二人の人物の死です。一人は当時まだ司祭であった現司教ヨゼフ・ヴェスタープと対立し、彼との諍いの果てに命を落とされたユリス・マーロウ司祭です」

「まさかヴェスタープ司教が殺したわけじゃないよね？」

「いいえ、殺害されたわけではありません。心臓に病気を抱えておられたので、直接の原因はそちらです。しかしながら、そこに至るまでの経緯は本当に酷いものでした。ヴェスタープ様はユリス・マーロウ司祭に異端者の烙印を押し、誹謗中傷の限りを尽くしてあの方を失脚させようとしたのです。いくら抗弁したところで、悪い噂を垂れ流すことは簡単ですから、まるで追い付きません。ギルドを脅迫して金を巻き上げただの、悪魔と契約して神に侮辱の言葉を吐き捨てただの、幼い少年や少女を拉致して淫らな行いに耽っているだのいずれもおぞましいものばかりで……次第にそれまでずっとマーロウ司祭を慕っていた信徒たちですら、彼と距離を置くようになってしまいました。マーロウ司祭の心労たるや、計り知れませんでした」

「何という卑劣漢だ……恥知らずめ！」

サティが怒りに声を震わせた。

「全くだ。それにしても、どうしてそんなことになっちゃったの？」

「ヴァランガン修道院領のほぼ半分に当たる耕作地を、ビエンヌ司教区の直轄地に編入させようとしたのです。所領はそもそもシトー会の修道士が六百年以上もかけて開墾し、発展させた土地なのです。ヴェスタープ司教は上納を増やして、聖庁で己の覚えをよくしてもらいたい一心で、この地の人々の反対を押し切って自分の計画を進めようとしたのです」

「よくそんな人が司教になんてなれるもんだね」

「世の常ですよ」

「今は？」

「今はヴェスタープ様もこの地を簒奪《さんだつ》することを諦めたようです」

「よく、あんな欲深い司教が手を引いたよね」

「マーロウ司祭のお陰です。彼は生前に文書を残しておいたのです。この地に手を出せば、マーロウ司祭が死に際に残した呪詛の言葉によって、ヴェスタープ様に必ず災いが降りかかるであろうと。そして関係者には、自分が死んだら、死体をヴェスタープ様から隠すように命じていたようです」

「何のために？」

「生きているかも知れない、そして常に復讐の機会を窺っているのかも知れない……そんな恐怖を彼に与えたかったのでしょう。まあ、私の知っている範囲では、その効果は中々……てきめんのようですよ」

シュレーダーは皮肉をたっぷりと込めて嘲笑った。

「で、もう一人は？」

「あなたのお父上です」

軽く発せられたシュレーダーの言葉に、テオの体には霜が降りるほどの冷気が襲い掛かった。傍で話を聞いていたサティの表情すら凍りついた。

「だって……それはあんたが殺したからでしょ……」

テオはやや時間を置いて、それだけ、ようやく口にした。

対するシュレーダーは、世間話でもするように平然と受け答えしていた。

「私はただ己の職責に応じた働きを為したまでです」

「なら、僕があんたに同じことしても問題はないね？」

「元より、その覚悟ですよ。そうでなければわざわざ審査を申請しませんでしたし、司祭の前での宣誓も致しませんでした」

「覚悟はできているってことだね？」

地鳴りのような雷鳴が頭上で唸り声を上げていた。

「私が詐欺をしているとでも？」

「お前は父上の技術を奪った」

「いいえ、譲渡されたのです」

「誰が信じるか！　お前が、お前こそがヴァプラの首領なんだろう！」

「これだけははっきり申し上げておきますよ。そんな妄言には何の効力もありません。もし復讐を……まあ、復讐なんて言われても身に覚えはございませんが……それでも、どうしても為し遂げたいというのであれば、誰も反駁できないような、完全な証明を提出するべきです。私の機工が詐術であることを証明するか、もしくは私がそのヴァプラと関わりのある人間だということを証明するか……私は既に否認しました。後は、あなた次第です」

テオがエリック・シュレーダーに調子を狂わされるのは、この両者の思考が似通っていたためであった。生まれも育ちもまるで共通点のない二人の理屈屋は、そのことにまるで自覚がなかった。

「見破ってみせる、必ず」

「ですから、あの水飲み鳥をお見せしましたよね？　あれに反駁の余地が？」

「それは……別の話だろう」

「何故、わざわざあれをあなた方に……いえ、あなたに見せたのか？　その理由は主に二つです。一つは熱をサイクルに組み込んだ永久機関の可能性を提示すること、そしてもう一つは、リケファケレの特質をこれ以上ないほどに分かり易くあなたに提示すること。私のヴァランガンの永久機関は、原理的にはその二つの特質を組み込んだものなのです。あの水飲み鳥について、あなたは永久機関の可能性について言及しました。だとすれば、あなたが、私の機工を、永久機関であると認めることは避けられないでしょう」

テオの顔面が青ざめたのは、天候のためだけではなかった。

「機工審査官をあなたが引き受けられたのは、どうせ永久機関なんてできるわけがない、そう考えていたからじゃないのですか？　あなたがご自身やお父上以外の作った機工を、永久機関だなどと認めることは決してない、そう信じていたからじゃないのですか？」

テオは何も答えられずにいた。無理もない。

テオが黙り込み、それきりシュレーダーも口を閉ざし、他に誰も口を開く者がいないまま、やがて森が開けて大規模な集落が顔を覗かせた。

殺伐とした空気が吹き抜けて、テオたちは思わず目を細めた。

まだ秋の涼しさが訪れるには早かったが、何やら白々しい空気が立ちこめていた。

遥か先の森の縁に尖塔が数本建っているのが見え、そこに修道院があることが分かる。

そこから開墾された大規模な三圃制の畑がきれいに区分けされながら広がっていく。ざっと見回すと、小麦、大麦、燕麦、空豆、人参、それに亜麻などが栽培されているのが見える。休耕地が所領民の共同の放牧地とされており、十数頭の牛が呑気に草を食みながら尻尾を振っていた。そして南側から見て右手、つまり集落の東の隅には牧羊が数十頭、独特の複数の柵によって囲われている。

村の造りは列村で、中央に大通りが通じていて、それが所領の南と北の門を貫いている。対して村のほぼ中央を東西に流れるセイヨン川の幅広の支流が、所領を横に仕切っていた。その清流沿いでは農民の女たちがレフォール（西洋わさび）の手入れをしている。鼻をつくレフォールの鮮烈な香りに混じって、彼女たちの幾人かが漂わせる、リンゴのような甘酸っぱい香りも流れてくる。既に高く上った陽が厚い雲に閉ざされていたこともあって、早朝のような清廉な空気が川の流れに運ばれていく。

活気がないわけではないのだが、人の声よりも川の流れ、動物たちの鳴き声、水車の軋む音、そうした生活音の方がより耳に届く。

このヴァランガン修道院領は他の一般的な半都市型の集落と比べて、石造りの建造物が極端に少なかった。この列村では全体的に民家をはじめとする倉庫などの小屋も木造が目立ち、南東に密集する、恐らく職人たちの集まっているであろう区画ですら、木造のものが多かった。

シュレーダーを先頭に列村の中央通りを北に進んで行くと、外で農作業していた者も、クローブやセージ、ビルベリーやアロエなどの農産物を馬車に積みつけて移動中だった商売人も、一様に不信感を隠さない視線をテオたちの方へと向けた。彼らは皆質素な生活を送っているようで、清貧の空気が村全体に漂っているように感じられた。

村の門の脇に控えていた二人の衛兵が近寄ってきて、シュレーダーの連れてきた二人と挨拶を交わした。

「この人たちが、例の？」

「そうだ。危険はない」

「修道院で許可を取った行商人であるわけでなし、シュレーダーさんが関わっていなければ、本来は通すことも許されないのだが」

「それは俺たちも同意見だが……今回は仕方がない」

「申し訳ないな」

シュレーダーは横からそう口を挟んだが、衛兵たちは頷きながらも、どこかよそよそしさを残したまま道を開けた。

「それにしても、広大な所領だ」

サティが感心したように言った。

「お話しした通り、これがシトー会の偉業の一つなのです。彼らは森を切り拓きながら道を通し、川を中心に開墾を始め、そしてここまでの村を作り上げたのです。それでもここよりもっと広大な修道院領だってあるのです。例えばサン・ジェルマン・デ・プレ修道院領、そこでは水車の数だけで七十以上あるそうですから」

「そんなにか！」

「ええ。でも、ここも大した規模を誇っています。回転斜板付きのペルシア式水車、俗に言う『ド・ラ・フェの水車』が十基あり、それを利用した灌漑設備もあります。これらは全て、イザーク・アルベール氏の功績です。彼の技術的な協力があって、ここは更に豊かになったのです」

「開拓が始まってから六百年か……あまりにも遠大で、気が遠くなるな」

「歴代のシトー会修道士は、清貧を保ち、祈りと労働に生涯を捧げてきました。そしてここまでの規模の村を作り上げたのです。そこに横槍を入れる者が、しかもそれが司教とは名ばかりの俗物であれば、それに対する彼らの反発はいかほどのものか、察しはつくかというもの」

「なるほど……そりゃあ、この村にヴェスタープ司教が近付くことすら拒むわけだ」

ブレナーがマルケル司祭を横目に捉えつつ、何度も頷いた。

「君たち、口を慎みたまえ」

マルケル司祭が不機嫌そうに言ったが、その語勢は弱かった。

ここは彼にとって、敵地のど真ん中であり、司教の名は何の後ろ盾にもならないどころか、ここの住民全ての反感を買いかねなかったのである。

「あちらに」

シュレーダーは一行を率いて中央通りを更に進んだ。

所領民の視線が、戦場で飛び交う矢のように一行に降り注いだ。

警戒心、不信感、そして敵意。

時に罵声も飛んだ。

「背教者の使いめ！」

「あいつらは守銭奴だ！」

「帰れ！」

大きな怪我をしたのか、左腕を包帯で巻いた農民が一際大きな声を上げた。

テオたちは極力彼らを刺激しないように、努めて無表情のまま進み続けた。その一方で、
職人らしき一団が近付いてきて、こう言ったのである。

「よくおいでなすった！」

驚いてテオたちがそちらを向くと、彼らは笑顔を向けていた。

「あなた方は機工審査をなさる方々だね？」

「そうだよ」

「おお！　機工のことが分かっている者なら安心だよ！　農民たちは、それが分かっちゃ

いないんだ！」

それを聞いた農民たちは腹を立て、両者は言い争いを始めた。

「何だと！　あんなものは子供騙しだ！　あれで今日の飯が食えるかってんだ」

「機工は農業を助ける！　水車だって機工の一つだ！」

「水車はいいが、永久機関は絶対に許さねぇ！　昔、ここに来た男は火刑に処された詐欺師だった！」

「あの人は素晴らしい水車を設置して下さった！」

「でも結局は詐欺師として火あぶりにあったじゃないか！　俺たちも、知らぬ間に、その詐欺に加担させられていたに違いねぇんだ！」

「どうして彼を信じられない！」

「正しいお人が、教会から火刑になんて処されるわけがねえ！」

「そうとは限らない！」

「ああ？　神様を悪く言うのなら、容赦しねぇぞ！」

両者の言い争いは止まることを知らなかった。

テオがその対応に苦慮していると、シュレーダーは笑いながら言った。

「いつものことです」

「もう十年以上。お互いに依存する相手や対象が違うし、それぞれの中ですら、一枚岩になれない。信念がみなばらばらなのです」

「そうなの？」

シュレーダーが更に進み、テオたちは両者の言い争いが遠ざかるのを感じながら彼に続いて進み続けた。やがて所領の中央で川を越えるための、杉で組まれた頑強で大きな橋を渡った。テオが下を見ると、川の流れは意外と速く、小魚たちが流れに逆らって泳いでいるのが見えた。その先では確かにペルシア式水車が滑らかに回転して、大量に水を水路に供給していた。それを見て、テオはやるせない気持ちになり、深々と溜息をついた。

中央通りが北側の出入り口に近付いたところで、シュレーダーは大通りを外れて、東の支道へと進んで行った。すると間もなく、農民たちの炭焼き小屋が立ち並ぶ一隅に、何の変哲もない、場違いな小型のサイロが建っていた。

「これです」

「え？」

何の前触れもなくそれが現れたので、テオは拍子抜けした。

その建物は真新しい木組みの穀物庫といったところで、縦長の立方体だったが、高さは二階建ての民家と変わらなかった。しかし、中からは確かにガッコン、ガッコンという機械の作動音が絶え間なく聞こえて来る。

「何か、あの水飲み鳥から想像していたものとかなり違っていた」

テオが素直な感想を漏らすと、シュレーダーは笑って「こちらに」と一行を建物の中へと導き入れた。扉を開くと中は倉庫のように殺風景な木組みの内装となっていた。木の匂いが充満し、建てられて間もないことが分かった。六人が入るといっぱいになってしまう広さの一階から、また木組みの階段を上って二階に上がる。そこもまた殺風景だったが、何よりも目を引いたのは部屋の中央で回転していた大きな木製の歯車だった。その歯車は、入り口とは反対側の壁の向こうから伸びてきた金属製の駆動軸と連結しており、駆動軸は人の腕のように器用な動きで車輪を回転させていた。その力強い動きに一同は瞠目した。

「直径は3フィート（約90センチ）、歯は三十以上ありそうだね」

テオが呟くと、シュレーダーは頷いて答えた。

「その通りです。3フィート三十二歯の木製歯車です」

「歯車は駆動軸の反対側の木組みで固定されていて……そうか、手前側は駆動軸と連結しているから、片側でしか軸を受けられないのか。固定台の軸受には油が？」

「ええ。勿論、潤滑油は消耗品ではありますが、それは審査の対象外であることはお認めになられますね？」

「言うまでもないことだよ。それで、この大きな歯車が、その下にある……こっちの小さい歯車と嚙み合って回しているのか」

「そうです。こちらは1フィート（約30センチ）十六歯となっており、両者の比率は2対1となっています。てこの原理からすると、この二つの歯車の組み合わせによって元の力は弱まりますが、回転速度は速くなるのです」

シュレーダーの説明通り、その大きな歯車は一際小さい歯車と嚙み合って回転を伝えており、小さい方の歯車は更に速く回転していた。そしてこの小さな歯車の軸受は両側にあり、そこだけ見ると前にヨッヘン・ポラックが持ち込んだ偽永久機関の車輪の回転台に似ていた。しかし特徴として大きな二つの違いがあった。

そこはテオがこれから解説する。

「この長い軸の片側はものすごく伸びて、この建物の外にまで突き出ている……ということは、この回転軸がこの建物を永久機関とした場合に、仕事をさせる駆動源となるということなんだね？」

「ええ」

「じゃあ、この軸受が金属製となっている理由は？　かなり熱を帯びている……」そう言って考え込むと、テオはすぐに何かに気付いて声を上げた。「そうか、熱か！」

「さすがですね。そこは鋼《はがね》です。炭素と鉄の合金で造られています。そこに鋼を使用したのは、回転によって摩擦熱を生じさせるためです。そして生じた熱はこの軸受の下から伸びる木製の筒によってこの永久機関の駆動部に伝えられているんです」

「木製の筒？」

「軸受と一体化しているため、表面的には見えません」

「その筒の中身は？」

「銅線です。色々試してみましたが、比較的安価で手に入る金属の中では、銅が最も熱伝導率が高かったのです」

「その駆動部はどこに？」

「建物の反対側です。皆さん、一度外に出て頂けますか？」

「ちょっと待て！」

テオが鋭くシュレーダーの指示を制した。

「いかがされました？」

「これは実際に永久機関の詐欺を暴いた過去の記録にあったんだけど、そのインチキが歯車の摩耗から暴かれたことがあったんだ。嚙み合う二つの歯車が駆動している場合、どちらの歯車が本当の駆動源なのか、ちゃんと観察すれば見抜けるんだ。回転する先の歯が摩耗している歯車が本当の駆動源で、後ろ側が摩耗している方が受動側だ」

テオが疑惑の色を露わにして、回転を続ける歯車に顔を近付けた。

そしてしばらくしてから壁側から伸びてくる駆動軸を見上げた。

「どうだ？」サティが訊いた。

「この……力関係に、矛盾はないな……」

「テオ・アルベール機工審査官。私もかつて機工審査官であったことをお忘れなきよう」

シュレーダーが余裕の笑みを浮かべ、テオは渋々立ち上がった。

「分かった。駆動部を見てみよう」

「では、建物の反対側へ」

シュレーダーの案内で、一行は外に出た。外に出て、改めて二階部分の壁を見上げると、車軸が突き出ているのが見えた。

「さっきの小さい歯車から伸びている駆動軸だな」テオが呟いた。

シュレーダーは建物の、先程の扉とは反対側へと回り込むと梯子を指し示した。

「かなり大きい装置ですので、こちら側は吹き抜け構造の小部屋となっています。機工の点検や部品交換の必要性を踏まえますと、高い位置に出入り口が必要となるのです。この梯子の上の扉を開けて、中の様子を実際にご覧下さい」

シュレーダーが最初に梯子を上って、木製の扉を開けると、すぐに降りてテオに上るよう促した。テオは好奇心に駆られて梯子を駆け上がると、扉内部から噴き出てきた熱気に一旦は顔を背けたものの、内部の機工を見て思わず「ほう！」と感嘆の声を漏らした。

内部は人が入れない程狭く、その一階と二階の狭間の辺りに金属製の大きな桶が固定されていて、そこには熱を帯びた灰色の液体が満たされていた。

「この液体は何だ？」

「水銀でございます」

「水銀だと！」

テオは驚きのあまり梯子からひっくり返りそうになった。

「水銀は熱によって体積を変えます。実は、先程の車軸の固定部から伸びてきた銅線はこの水銀の器に繋がって熱を伝えているのです」

「確かに熱気が立ちこめているが……だが、一方で水銀は冷めやすくもある」

「だからこそ、なのです。水銀の容器に底だけが浸かっている金属製の樽がありますね？」

「ああ、ある」

シュレーダーの言う通り、醸造用の樽くらいの大きさの金属製の樽が、その底部を水銀に浸していた。

「その中にはこの間の水飲み鳥同様、エーテル液が満たされております。水銀が熱を持ち、体積を増し、その樽を温め、そして熱はエーテルへと移動し、エーテルは膨張します。このエーテルにも周囲の熱を奪うという特質があるのをご存知ですか？　エーテル、つまりリケファケレの揮発性の高さに起因しているのですが」

「つまり、酒全般の特質だということだな？」

「さすがです。熱せられた水銀によって、エーテルの熱が一時的に上昇し、膨張します。そして膨張したエーテルは周囲の熱を奪い、それによって水銀の熱が下がり、嵩《かさ》を下げてエーテルの樽から離れるのです」

「樽の中でエーテルはどう機能する？」

「膨張したエーテルは、樽の内部でエーテルを密閉させている弁を上へと押し上げます。押し上げられた弁は直進運動として……樽の上部から駆動軸が伸びているのが見えますか？」

シュレーダーの言う通り、宙で固定されていたエーテルの樽の上部からは真上に駆動軸が伸びていた。それが上下に反復する動きを見せている。その駆動軸の先端部では真横に一本、そして斜めに一本の軸が連結して、動きの向きが横に反復するように変換されてい

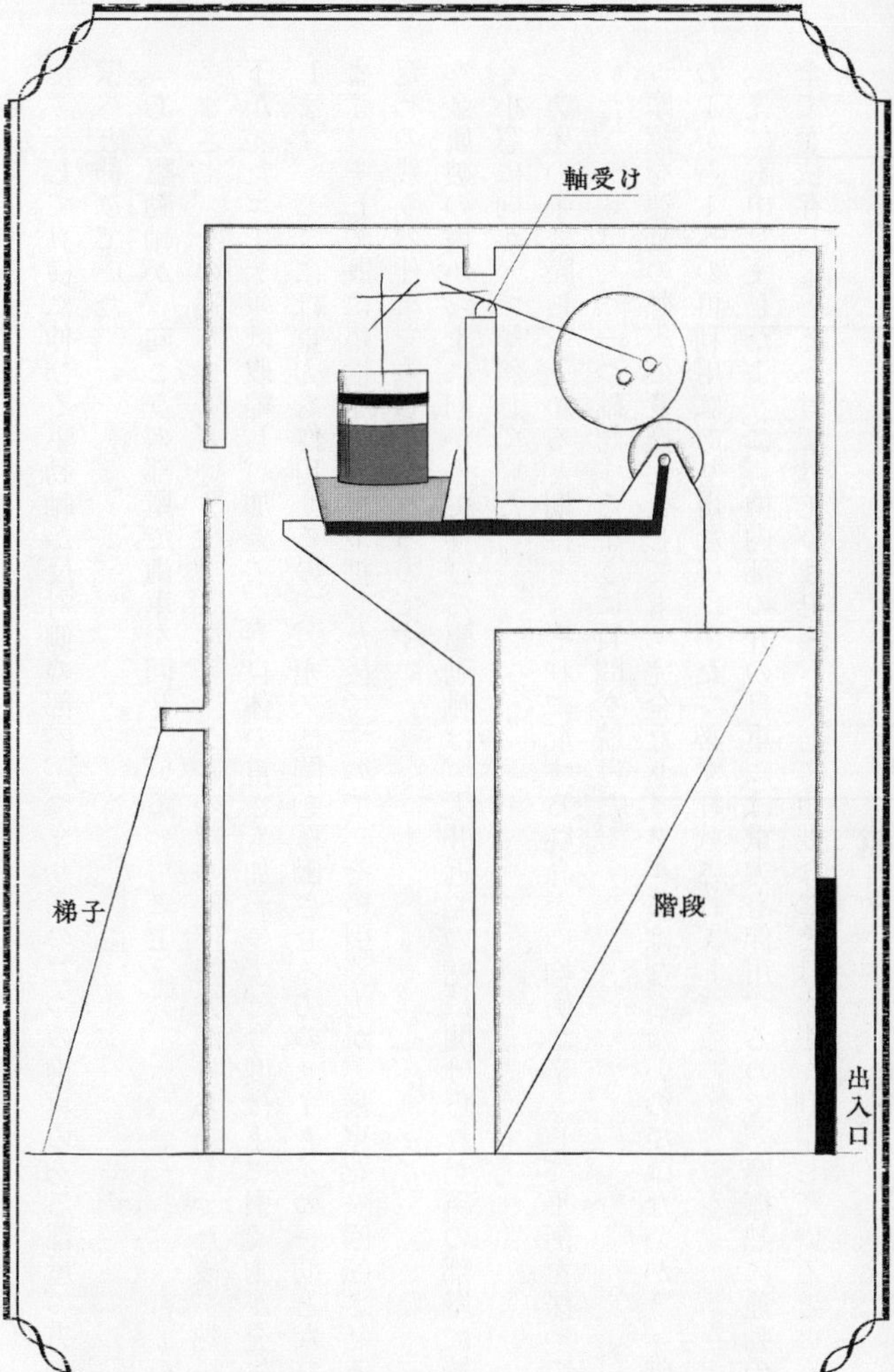
軸受け
梯子
階段
出入口

た。そして真横に伸びる駆動軸が反対側の部屋、つまりあの二つの歯車のある部屋の方の壁へと伸びていた。

「あの駆動軸が、向こうの部屋で歯車を回しているってこと？」

「まさに、その通りでございます。このエーテルの樽の内部で弁が持ち上がった後、熱が下がったエーテルは収縮し、加えて、弁自体の重さも加わって、今度は下に引く力が発生します。ここには重力も作用するので、永久機関を稼働させる力のサイクルの一助となります。そして既に車輪を半分以上押した後ですので、その引く力が、歯車を一回転させるための残りの仕事を為してくれるのです」

金属製の樽から上に向かって伸びる駆動軸は、天井近くの壁に開けられた隣の部屋に続く小窓に向かって傾斜していた。

テオの中で膨らみ上がると期待と、それに反する疑念との均衡が辛うじて平衡を保っていた。テオは一つ一つ確認するように質問を続けた。

「摩擦を運動の熱への変換だとしても、完全なサイクルにはならないのではないか？　熱の1から1への再利用はあり得ないはずだ。必ず軽減されてしまう」

「先にも申しましたように、樽内部の弁の自重には重力も作用するので、摩擦熱に運動の全てを依存しているわけではありません。そして重要なことは水銀を利用しているということです。水銀は大きな寒暖差がなくとも膨張と収縮を繰り返してくれます。実際に、ある技術者は、水銀を利用して、温度を客観的な数字で表現する温度計なるものの試作をしたのです。それがあれば、人間の体の温度だって、分かるようになる」

「そんな使い方が……」

「その時々の状況によって、高い稼働を見せる時と、低い稼働に陥ってしまうこともありますが、基本的にはこれは動きを止めることがありません。これが私の永久機関です」

シュレーダーが言い切った後も、テオはしばらくその稼働部を眺め続けていた。

いい加減に痺れを切らしたサティが彼を梯子から引き剝がしたが、テオは興奮冷めやらぬ顔で視線をあちらこちらに泳がせていた。

「何が永久機関だ、馬鹿野郎め！」

そこにまた、農民たちがやって来た。

「こんなもん、ただの詐欺だ！　俺たちがぶっ壊してやる！」

「止めろ！」テオが思わず叫んだ。

「ああ？」

「これは……本物かも知れない……本物の永久機関かも知れない……」

「馬鹿なこと言うんじゃねぇ！」

「いや、でも、本物だったら、みんなの生活は格段に豊かになる……」

「その手には乗らねぇぞ！　こんなもんを、俺たちの小屋の傍に造りやがって！　俺たちの生活をよくするためだって？　おためごかしを言うんじゃねぇ！　どうせ金が目当てなんだろ！　意地汚ねぇ奴らめ、こんなもん、ぶっ壊してやらぁ！」

「違う！　これに手を出すな！」

テオが農民に食ってかかりそうになり、サティがそれを押し止めた。

「落ち着け、テオ」

「でも！」

「ここは余所の土地だ。俺たちは俺たちの仕事をするだけだ」

テオは苦渋に満ちた表情を浮かべると大人しく引き下がった。

「これでいいだろう、お前らも引くんだ。これ以上騒ぎを大きくするようなら、私は法律家として、反乱勢力の鎮圧を伯爵に進言する」

サティが睨み付け、農民たちもまた引き下がった。

「さて如何ですか？　機工審査官殿」

シュレーダーが勝ち誇った笑みを浮かべた。

テオはその間も必死に考えていた。

これは本当に本物なのか？

また蒸気を利用した機工なのではないのか？

だがドンブレソンの偽永久機関を稼働させていた時に響いていた逆止弁の音はしないし、そもそもこの地の農民たちの妨害をかい潜って、地下に仕掛けを講じるのは余りにも無理がある。

何より、あの水飲み鳥と理屈は似通っている。

何も見落としはないか？

しかし、いくら自問しても答えは見つからなかった。

「エリック・シュレーダーさん」

そこに二人の男性が姿を現した。

「ああ、フーゴーさん、それにラーベ修道院長まで」

シュレーダーが頭を下げた先にいたのは、いかにも好々爺然とした村長のフーゴーと、ヴァランガン修道院の礎石と呼ばれている、ハンス・ラーベだった。

「村民たちの非礼、誠申し訳なく思います。代表して、お詫びさせて頂きます」

フーゴーが深々と頭を下げ、それに倣って、他の農民たちも仕方なく頭を下げた。

「いえ、完全にご理解頂くのには時間がかかることも承知しています」

「あなたは話が分かる方だから、まだいいが、他の者はまた別」

埃まみれの修道服に身を包んだ老人、ハンス・ラーベは岩石のような顔を更に固くさせて、テオたち一行を睨み付けた。

「いえ、彼らは……」

「ヴェスタープの息の掛かった者がいるな……」

マルケル司祭は惚《とぼ》けて見せたが、傍から見ていて悲しくなるほど白々しかった。

「お引き取り下さい」

ラーベ修道院長が言い切った。

修道院長の体からは微かに渋みと苦みの入り混じった香りが漂っており、それが彼の気難しさを示しているようにも感じられた。テオたちに理解を示すフーゴーが、仄かな甘い香りを漂わせているのとは対照的であった。

「いや、しかしまだ――」

シュレーダーが言葉を続けようとしたが、ラーベは有無を言わせず繰り返した。

「お引き取り下さい」

テオたちは顔を見合わせてから、溜息をついて同意した。

「分かりました」

そう言って馬に跨ろうとする面々を見て、焦ったようにシュレーダーが聞いた。

「お待ち下さい！　審査の結果はいつ！」

少し間を開けてから、テオが珍しく強張った顔で答えた。

「十日以内に最終審査の日程を、郵便で通達する。最終的な裁決を下す際には修道院長だろうと、文句は言わせない。その時に、この地で、全ての決着をつけよう」

それだけ言い残すと、四人の永久機関審査官は馬を走らせて所領を出て行った。


その頃、モン・ラシーヌ修道院に来客があった。

修道院長エルネスト・オージェは、来客者の名を聞いて、ほっとした気持ちと同時に込み上げてきた寂寥感に押し潰されそうになった自分に気付いた。神にその罪を懺悔した後に、その来客を伴って菜園に向かった。

「リュカ！」

「はい、リュカはこちらに」

オージェの野太い呼び掛けに、鈴の音のような愛らしい返事をしてリュカが姿を現した。

と同時に、嬉しそうな、悲鳴にも似た歓声を上げた。

「お兄様！　レオンお兄様！」

「よう、リュカ。いい子にしてたか？」

「はい。私はいい子にしておりました」

「ようし、こっちにおいで」

レオンはリュカの頭を撫で回し、そして鼻と鼻をつけて囁いた。

「今日もお前は愛らしいな」

「ああ、レオンお兄様にそんなことを囁かれては、私、心臓がどうにかなってしまいそうです」

「困った子だな。お前は本当は悪い子なんじゃないか？」

「そんなこと……ございませぬ……ただ、お兄様が……きっと罪なのです……」

「ほう……俺が、どう罪だと言うのだ？」

レオンはごつごつした指先で、リュカの柔らかい首筋を愛撫した。

「そういう……ああ、あの……お兄様の……」

その様子を苛立ちながら見ていたオージェが大きな咳払いをした。

「ああ、修道院長、ご案内ありがとうございました」

「リュカをお引き取り頂けるのですかな？」

「え？　そうなのですか？」リュカが目を丸くさせた。

「そういうことになるな」レオンが言い放った。

「え、でも……私は……」

「お前にはお前にとっての相応しい居場所があるから、それでいいのだ。それより、お前はこの兄の言うことが聞けぬと言うのか？」

「いいえ、そんなことは決して……」

「よし、じゃあ、早速荷物をまとめろ」

レオンはすっくと立ち上がると、オージェに手を差し出した。

「今まで、不出来な弟を御指導頂きまして、感謝しております」

「いいえ、リュカはいい子でしたよ。少なくともあなたよりは」

そう言ってオージェがレオンの差し出した手を握り返すと、レオンは渾身の力をその手に込めた。その痛みに、オージェが顔を歪ませた。

「いっ……何を……！」

「最後に、リュカにお使いを頼んでやって頂けませんか？」

「お使い？」

「そうです。内容は何でもいい。懇親の郵便を送るでもいい、ヴァランガンのシトー派修道会に使いにやって頂きたい。最後に」

「最後に？」

「そう、最後に」

「わ……分かりました……」

「厄介払いができてよかったな」

そう吐き捨ててから、レオンは手を放した。

11　魔都プラハのジークフリート

ヴァランガンの屋敷にその三兄弟が揃うのは、実に二年ぶりであった。

クロエは一段と愛らしさを増したリュカにべったりで、女性ものの服を着せてみたり、髪を梳かしてみたりと大忙しであった。これには女中たちも盛り上がり、あれを着せてみてはどうか、こういうのを買ってみてはどうかと騒ぎ始めた。リュカはずっと恥ずかしそうな表情で頬を赤らめており、それがまたその愛らしさを引き立てるのであった。

修道院ではずっと被っていたズケットの下の頭頂部分は剃り上げられていたので、クロエはそれを嘆きながらも、帽子もとっかえひっかえ被せて楽しんでいた。

応接室で女たちがリュカを取り巻いている姿を、遠目に見ながらレオンとテオは腕を組んで話し合っていた。

「で、兄さんはリュカをどうするつもりなの？」

「子も為せぬ身であるし、そうであれば逆に自由にさせられるではないか」

「どういうこと？」

「とりあえず、婚姻のことは考えなくていい」

「そりゃそうだろうけど、ずっとリュカを一人きりに？」

「最悪の場合には、俺が最期まで面倒を見てやるさ」

「兄さんが？　それはそれでまずい」

「だが嫁にやれる相手がいると思うか？」

「リュカにはリュカなりに幸せになってもらいたい」

「俺だってそうだ」

「男子修道院では、やっぱり駄目そうだった？」

「男子でも、女子でも駄目だ。リュカは何と言うか……多くの偶然が一致して出来上がった奇跡の天使だ。だから、しっかりと誰かが守ってやらなきゃならない」

「リュカを守る人がいれば、それで解決なわけ？」

「あ？　何が言いたい？」

「守ってくれる人がいることは大事だ。でも実際に、母上は父上を失った」

「だから俺たちがいるだろう？」

「そうじゃないよ。僕が言いたいのはそういうことじゃない。誰の運命だって、先のことなんか分からないじゃないか。僕らだって例外じゃない。だからリュカはリュカで生きていける強さと術を身に付けるべきなんじゃないかって、僕はそう思うんだ」

「簡単に言うが、誰だってそれができれば苦労はしない。だから俺はリュカを修道院に入れることを提案したんだ。信仰の篤いリュカだって、そのことは喜んでいただろう？」

「でも、それって結局、厄介払いだったんじゃないの？」

「俺が？　リュカを？　厄介払いにしたって？」

「違うの？」

レオンは返す言葉に詰まると、顎鬚を撫で付けながら視線を彷徨わせていた。

「……そうなのか？」

「さあね。ただ僕はそのことで兄さんを責めているわけじゃないし、兄さんに責めがあるとしたら、僕だって同罪だって思っているよ」

「どうした、やけに殊勝な物言いだな」

「でも先送りにした問題を、今度こそ、何とかしなきゃいけない」

「ちょっと！　あなたたち見なさいよ！」

二人が話しているところに、クロエが鼻息を荒くしながら迫って来た。

「どうしたんです？」

「リュカがもう！　本当にどこに出しても恥ずかしくないお姫様だわ！　ああ、私に似すぎてしまったのね！　私は何て罪なのかしら！」

「そうですね……そう言えば、母上はまた出掛けるようなことをおっしゃっていませんでしたか？」

テオが話を逸らすように聞いた。

「出掛けますとも！　ああ、せっかく兄弟が三人揃ったと言うのに……でも、まだしばらくは三人ともここに留まるのでしょう？」

「ええ、安心してお出かけ下さい」

「安心なんかできるものですか！　あなたたち三人が揃って……それにクレーベ！　クレーベ・サティ！　この四人が揃って、昔からろくなことなんてありゃしなかったんですから！　やだ、思い出したら何だか安心できなくなってきたわ！」

「どちらに行かれるのです？」レオンが聞いた。

「そんなこと……あなたが知らなくてもいいわよ！　ああ、リュカ！　私の愛らしいリュカ！　今夜はあなたと一緒に寝たかったけれど……本当に無粋な長男ね！　どうして今日連れ帰って来るのかしら！」

両肩を出した桜色のドレスを着せられたリュカを優しく引き寄せ、クロエはその顔を撫で回しながら言った。

「お母様、私はどこにも消えませんよ。お母様こそご無事で」

「ああ、何て素敵な笑顔！　ミケランジェロに見せてやりたいわ！　これが天使のお手本ですってね！　ああ、あなたを抱きしめさせて！　うん……ああ、何ていい香り……これはミントの香りね」

「ミントの根っこは他の植物の根が生えている場所まで侵食して枯らしてしまうので、私、あまり好きではありませんの」

「そうね、あなたにはそういうのは似合わないかも知れないわ」

「お母様こそ素敵な香り。エーデルワイスですね」

「そうよ、よく分かったわね、リュカ。他の二人は花を飾っても、香水を振りまいても何も気付かない唐変木なんですから！」

　レオンとテオは目を合わせて肩を竦めた。

「僕ら以外の、一体どこの男なら気付くって言うんです？」

　テオが挑発的に言うと、クロエの表情はたちどころに曇った。

「テオ、あなた何が言いたいわけ？」

「僕ら三人が揃ったというのに、それでも会いに行く男というのは、母上にとってどれほど大事な存在なのですか？」

「そんなの、あなたに関係ないでしょう！」

レオンがテオに聞くと、テオは「ああ、そうだよ」と憤然と答えた。

「なら仕方あるまい」

「仕方ないだって？」

「そりゃ、そうだろう。母上だって一人身では寂しかろう」

「その通りよ、レオン！」クロエが叫んだ。

「じゃあ、兄さんは母上が他の男とどうかなったっていいって言うの？」

「いいとは言ってない。仕方ないと、そう言っただけだ」

「レオンはちゃんと分かっているわね。テオ、あなたは分かってないみたいだけど」

「だってそうだろう！　母上は父上のことを、もう何とも思ってないわけ？　死んだから、それでお終いって、そういうことなわけ？」

「侮辱しないで！」

クロエが目を真っ赤にさせながら、テオに向かって喉を枯らすほどに吠えた。

そのあまりの剣幕に、誰もが言葉を失った。

沈黙が続く中、鼻をすする音が聞こえてきた。

クロエだった。

「テオ、言い過ぎだ」

レオンがテオの肩を叩き、優しくたしなめた。

「だって……」

「お前が父上を敬愛していたことは俺もよく分かっている。でもお前だけが痛みを背負ったわけではない。処刑の日のあの光景によって、ここにいる誰もが心に深手を負ったのだ。だが……いや、だからこそ、今の母上の気持ちを蔑ろにすることなど、誰にもできないんじゃないか？」

悲しげな表情を浮かべたリュカがハンカチを持ってクロエの元に駆けより、それを差し出した。クロエはそれを受け取ると、リュカの頬に口づけた。

「ありがとね、リュカ」

「いいえ、お母様」

「兄さんの夢は……」テオが口を開き、掠れた声で言った。「もう叶わないんだろ？」

「あ？」

「また家族が揃ったらって……無理な話だろ？」

「……そうだな」

「だったらいいの？　一度諦めたら、その後は家族がどんだけ散り散りになっても、仕方ないって言えるの？」

「テオ、お前の夢は何だ？」

「僕は父さんみたいに……」

「永久機関か？」

「でもそれは原理的に無理なんだ。無理なはずなんだよ」

「ならもう、どうでもいいのか？　それで夢はきれいさっぱりなかったことになるのか？」

「それは……」

「諦めじゃない。でもこの先の人生がより良くなるなら、その方がいい。俺はそう思っている。少なくとも母上の心情を慮《おもんぱか》ればな」

「僕は……それでも嫌だよ」

「テオ……」

クロエはそれきり黙り込むと、しばらくして息子たちに背を向けた。

その後、クロエはテオと言葉を交わすこともなく、夕方間際になって、イレーヌとクララを付き従えて出掛けていった。

三人の兄弟はアルベール家の使用人が用意した晩御飯を、久しぶりに三人だけで食した。その最中、テオとレオンはこれまでに起きたことをリュカに話して聞かせていた。リュカは大きな目を、更に大きく見開き、彼らの冒険譚を夢中になって聞いていた。

「それでな、リュカ。お前にはシトー会のヴァランガン修道院領に行ってもらいたいのだ」

レオンがそう言うと、リュカは嬉しそうに返事をした。

「ええ、勿論です。お役に立てるのでしたら喜んで」

「テオ、あそこは一筋縄じゃ行かなかったろ？」

レオンがそう言って、テオは素直に感心した。

「正直、攻めあぐねていたから助かるよ。一見、完璧な永久機関だったからさ。でも何か違うんだ。上手く言葉にできないけれど、違和感があったんだ」

「ほう。その正体は何だったんだろうな」

「まだ分からない。しっかりと調査する時間も、吟味する時間も足りなかった」

「時間が？　どうしてだ？」

「修道院長に追い出されたんだ」

「どうして機工審査官を追い出す必要があった？」

「兄さんが言っていた通りだったよ。あそこでは皆が反目し合っていて、互いに牽制し合っているんだ。ちょっとしたきっかけですぐに口論が始まるしね」

「そうか」

「兄さん、僕は明日、プラハに発つよ」

「俺は例のブリガンディーヌについて調べてくる」

「どこに？」

「ビエンヌだ」

「司教区の本拠地？　でもどうして？」

「何となくだが……形が見えてきた気がするのだ」

「形？」

「そう、お前のさっきの言葉じゃないが、上手く言葉にできないんだが、何となく一連の出来事の全容が見えてきた気がする。もしエリック・シュレーダーの言うことが――」

「シュレーダーの言うことが？」

テオの反応があまりにも鋭かったので、レオンは思わず口を噤んだ。

エリック・シュレーダーの言うことが仮に全て正しかったとしたら……レオンは、本当はそう言いかけていたのだが、弟の心情を慮ったが故に、口にするのを断念した。

「……あいつが何を言うにせよ、その背後にある悪意を野放しにはできんからな」

「背後にある悪意？」

「ブリガンディーヌはそこらのチンピラとはわけが違う。だとしたら、あそこまでの騎士団を自由に使役できる人間はおのずと限られてくるはずだ。少なくとも、それはエリック・シュレーダーではない。奴には無理だ」

「なるほど……確かにそうだね。分かった、頼むよ」

「あの、テオお兄様……」

そこでリュカがもじもじしながらテオに尋ねてきた。

「どうしたの、リュカ？」

「私も、テオお兄様と一緒にプラハに行ってみたいのですが……」

「プラハに？」

「はい」

「ああ、それがいいな、テオ。連れて行ってやれ」レオンがリュカに同意した。

「え」

「リュカはこの二年、外界に触れていなかったからな、知見を広めるいい機会だ。それに俺の方の調査は血の臭いがするからな」

「それは本当なの？」

「ああ。だから、こちらはむしろ一人の方がいい」

「なるほどね。よし、リュカは僕と一緒に来て」

「よろしいのですか？」

「ああ、構わないよ。ただ、服装は僕と同じようなものにするんだ。もう修道士じゃないからね。シャツと、ズボンとマントと。いいね？」

「はい、ありがとうございます！」

こうして三人の話はまとまった。

三人は翌朝早く、早速行動を起こしたのであった。


その地の印象というものは、初めて訪れた時に決定づけられると言っても過言ではない。

テオとリュカにとって、プラハは小雨の降りしきる、夕暮れの街となったのである。

彼らは馬車を降り、馭者をプラハの郊外に留まらせ、歩いて街の中へと入っていった。

それにしても、プラハの美観を一言で説明する言葉など存在するのだろうか。

もし敢えて、と強いられるのであれば、プラハは森羅万象と言ってもよかった。

どこの街にも、この景観は世に誇れる、といった場所が少なくとも一つくらいはあるだろうが、プラハは前後左右、どこまで行ってもそんな場所しかないのである。

プラハには世界一の城、プラハ城がある。堂々と左右に伸びるその威容は、緻密に設計された大胆な構図で見る者を圧倒する。街並みもそれに劣らぬ美しさを保持しながら広がって行き、無数の直線で構成された外観には、人智を超えた設計者の存在すら想起させるものがある。そしてそれらの屋根にはプラハならではの朱色があしらわれ、街に統一感を生み出し、景観を引き締めているのである。

またプラハには世にも美しい清流、ヴルタヴァ川が優雅に流れている。水鳥が遊び、魚が跳ねる。その水面に映り込むプラハの街並みが、その理路整然とした様子を倍加して映えさせる。

更にプラハは尖塔の街と称されることもあり、街の背景には常に天を衝く、細身の尖塔が何本も視界に入る。昼の間はそれらの尖塔に凝らされた意匠の精密さに舌を巻き、夕暮れには紫に染まる雲間に林立する塔の至極色に胸を打たれる。窓に明かりが灯って夜景が感傷を誘う頃に晩鐘が鳴り響き、感涙する者も数知れない。

ゴシックの粋を結集した聖ヴィート大聖堂は大地にどっしりと身構え、この地が永遠にプラハであることを宣言するような堂々たる、そして絢爛《けんらん》たる佇まいを見せている。内部のステンドグラスの美しさは時を経るごとに千変万化し、低い日差しの時に伸びる色彩の多様性は見ていて飽きることがない。

中でもテオの目を奪ったのは、大広場に聳える天文時計だった。この時計にはからくり仕掛けがあり、毎時丁度になると、キリストの十二使徒を模《かたど》った人形が出てきて踊るのである。機工としてはそれほど複雑ではなかったが、機工と、美術的価値と、人を喜ばせようとする動機のそれぞれの要素が分かちがたく結びついており、それがテオの心を強く惹き付けた。

「何て愛らしいのでしょう!」

踊る人形を見て、リュカが興奮した声を上げた。

「ああ、よくできているね、リュカ。父上もああいったカラクリを作れたんだよ」

「機工は素晴らしいものです。人の暮らしを助け、そしてこうして人の心を楽しくもしてくれるのですから」

「その通りだ、リュカ」

「だから……お父様やテオお兄様の愛する機工というものが、私は、人を欺く道具であっては欲しくありません」

そう言って微笑みを向けたリュカの表情は、雲間に差し込む日差しのような神々しさを帯びていた。

「リュカ……ありがとう」

遠くから路上でバイオリンを奏でる音楽家のおどけた旋律が聞こえてきた。

暮れゆく陽の光が、二人の旅人の影を石畳に伸ばした。

小雨の中を逍遥《しょうよう》しながら、テオとリュカは結局ジークフリートの住まいを見つけられず、一晩の宿を取ることにした。民家同然の小部屋を間貸ししている宿ではあったが、そんな店ですら、プラハは建物の意匠にこだわりが見られた。一辺の狂いもなく設計された煉瓦造りの建物で、横の線と縦の線がぶつかった場所には必ず飾りがあった。唐草模様の時もあれば、もっと抽象的な、幾何学的な紋様の時もある。

「素敵な街ですね」

寝室に入り、リュカが微笑んだ。

「ああ、そうだね。いつか母上が言っていたんだけど、確かに一日二日ではこの街を堪能し尽くすことはできないな」

「私は恐ろしい伝説について聞いておりましたので」

「僕も魔都だって、聞いていたよ。錬金術師に占星術師、呪術師、そんな連中が世界中から集まって来る、魔術師の都プラハ、とね」

「私はゴーレムの伝説を聞かされていました。動く泥人形の話です。幼い頃にその話を聞いて、夜に寝付けなくなったことを思い出しました」

「そんな話もあったね！ でも実際は、ケプラーやブラーエのような凄い天文学者もここで活躍しているんだ。そう考えると、僕もわくわくしてくるよ。本当なら、ここにしばらく滞在して、色々な書を探してみたり、僕の知らない機工を見てみたいんだけど……今は、すべきことがあるしね」

「ええ、明日こそジークフリートさんを見つけられるといいですね」

「そうだね。今夜はそろそろ寝てしまおう。リキュールを飲むかい？」

「いえ、私は葡萄酒以外は、その……」

「ああ、そうだね。じゃあ、お休み」

「お休みなさいませ」

翌日も、朝から雨が降り続いていた。

二人はジークフリートの住所について宿の主人に聞いてはみたものの、明確な回答を得られなかった。

時は無情に過ぎて行き、やがて昼を過ぎ、そしてまた夕暮れ近くになった。

　そこでようやく、地元に詳しい資産家の馭者から有力な話を聞くことに二人は成功したのだった。「フラウヴィア20　11B」というのは、川沿いの半地下の居住地だということが分かったのである。そこからはとんとん拍子に場所の特定が進んだ。

　そしてついに「11B」という文字が記され、塗料が剝がれかかった木製の扉の前に辿り着くと、テオは意を決して扉を打ち鳴らした。

　返事はなかった。

　更にもう一度。

　やはり返事はない。

　リュカと目を見合わせて、もう一度――というところで、扉が無造作に開かれた。

「何だ」

　掠れ声で答えて、白髪を長く伸ばし、髭も長く伸ばした老人がテオたちの前に姿を現した。体のあちらこちらを包帯で巻いていて、古びた亜麻布の貫頭衣を着ている。

「ノイエンブルク公国から来ました、永久機関審査官のテオ・アルベールと申します。そしてこちらが弟のリュカです」

「何の用だ？」

「あなたがジークフリートさんですね」

「そうだ。だから何の用だ」

「あなたが特許を取った機工について、お話を伺いたくて」

テオはその間も、住まいをじろじろと見回していた。

「入れ」

あっさりと中へ導かれたのが、よほど意外だったのか、二人ともすぐには入らない。

「あ、はい」

手狭な部屋には無数の機工作品が並べてあり、きょろきょろと不思議そうに辺りを見回すリュカと対照的に、テオは目を輝かせてそれらを観察していた。鉱油で灯るランタンが天井からぶら下げられ、それが微かに揺れていた。

「これなのですが」テオはドンブレソンで入手したねじ巻き栓を、作業机の上に置いた。

「友人の法律家がヴェネツィアまで行って、この栓の詳細を調べました。この製品はヴェネツィアで特許を取っており、そこに登記されていた情報からここに辿り着いたのです」

「私が特許を取った物に間違いない。作成する際には、必ず『SI』の刻印を入れることが条件だったからな」

「この部品の使用目的は？」

「蒸気の進路を切り替えるためのものだ」

テオはいきなり求めていた答えが返ってきて、目を白黒とさせていた。

「あなたはイザーク・アルベールという人をご存知ですか？」

「無論だ。お前こそイザーク・アルベールとどういう関係なのだ？」

「私たちは息子です」

「イザーク・アルベールの息子が永久機関審査官とはな」

「ご存知なのですか？　何か親交が？」

「ない」

「あなたも蒸気機関を？」

「そうだ」

「イザーク・アルベールと技術の交換を？」

「していない」

「ただご自身が取り扱っているだけ、そういうことですか？」

「何か問題があるか？」

「大変聞きづらいのですけど……例えば、技術の盗用とか――」

「そんなことあり得るか。大体、自分の頭に一つの答えが浮かんだとして、だったら、それが世界で唯一の答えか？　他に思いついた者はいないと断言できるか？」

「いえ、それは……」

「忘れるな、若造。お前が思いついた技術は、もう既に、世界のどこかで考えついた者がいるかも知れない。だから特許が大事なんだ。だから実用化が大事なんだ」

「はい、それは分かります」

「いいか？　この栓は私が考えたものだ」

「そうでしょうね、特許を取得したぐらいですから。それにしても分からないのは、鋳型なしには作ることができない、これほどのものをわざわざ作って特許を取った理由です。ほとんどの人はこれの用途すら思いつかないはずです。これは大いに赤字を出したのでは？」

「そうだな。だが、将来的には分からん」

「なるほど、将来への投資だと……ただ僕としては、他の目論見があるのではないかと思えてならないのですが」

「ほう？」

「蒸気の力を利用する機工を作るためには、必ずこれを使う必要に迫られますね？」

「必ずというわけではない。だがこれを組み込めば、気流を一時的に止めることができる」

「そりゃ、必ずというわけではないけれど、これを水蒸気の管に設置しないわけにもいかないでしょう。普通に考えて。言わば、これは気流のクラッチなんだから」

「いい表現だ」

「つまり、このねじ巻き栓を購入した人物は、蒸気機関を利用しようとしているはず」

「それで？」

「あなたは特許を取得したことで、このねじ巻き栓を買った人物を販売者から辿ることができる。しかも容易に。そうは思いませんか？」

「ほう、思いもしなかったな」

テオが疑わしい視線を向けた。

「あなたはこのねじ巻き栓を購入した人物を、既に特定しているのではないですか？」

「そんな人物がいたとして、何だと言うのだ？」

「そんな人物がいたら大きな問題だと思いませんか？　少なくとも機工に携わる身としてはね。だってその人物は、世間的には知られていない蒸気機関について知識と技術を持っているということなんですから。蒸気機関を世のため、人のために使うわけではないとするならば……僕には悪しき目的の為に使うように思えてならないんですがね」

「グスタフ・マイスリンガー」

「え？」

「グスタフ・マイスリンガーとかいう男がこのねじ巻き栓を購入したと、フランクフルトのギルドから報告を受けた。今から四ヵ月と少し前だ」

「他には？」

「他には何の報告も受けていない」

「だったら、そいつだ！」テオは興奮して立ち上がった。

リュカは意味を分かっていない様子だったが、嬉しそうな兄の姿を見て、自分も嬉しそうにしていた。

「何者ですか？　そいつは？」

「私も詳細までは聞いていないが、ビエンヌ司教座の使いだと、そう名乗っていたそうだ」

「どういう繋がりなんだ？　いや、待てよ？　ビエンヌ司教座の使いということは、ヨゼフ・ヴェスタープ司教の使い？　だが、彼は永久機関計画を立ち上げた張本人じゃないか……だとしたらヨゼフ・ヴェスタープは――」

「若造。その名も、その疑惑も、軽々しく口にするものではない。奴らはその気になれば、いつでも、誰でも消すことができる力を持っているのだ」

「でも！」

「あの男が過去に何をして、どうして今の地位を得たのか、知らんわけではあるまい」

「知らないわけがない！」

「ならば物事は慎重に進めるべきだ。お前にも守りたい家族があるのだろう？」

「そりゃ……そうだけど……」

「それで、永久機関審査官として、お前は何を調べている？」

「この栓を使った機工じゃないんだけど、僕は今、大掛かりな永久機関の審査をしている最中なんだ。水銀と熱を利用した機工で……でも、何かがおかしいと思うのに、どこがおかしいのかが分からない」

「図に描けるか？」

「うん」

「描いて見せろ」

「分かった」

テオは渡された羽ペンと墨で、紙にヴァランガンの永久機関の横断面図を描き出した。

「こんな感じ……だったと思うんだけど、何がおかしいんだろう？」

「私に聞くな。それで、これを描くのは初めてだろう？　自分で描いてみて、何か気付くことはないか？」

「えっと……」

テオは悩み込んだが、答えは中々出てこない様子だった。

「水銀を使った永久機関は既にある」

「え！」

「ただし、それが永久機関と呼べるかどうかについては、議論の余地は大いに残る。簡単に言ってしまえば、水銀を細長い管に入れるのだ。そして温度が上がると、水銀は管を上昇していき、上から被せている蓋を上に押し上げる。その動きがぜんまいを巻くのだ。気温は必ず上下するから、そのぜんまいのねじ巻きは永遠に繰り返される。ただねじを一定以上巻いてしまうと、ぜんまい自体が壊れてしまうので、その際のクラッチ機能、つまりある程度ぜんまいが巻かれている状態にある時には、水銀の蓋の上昇運動から、ぜんまいを切り離す仕掛けが必要になり、これがこの機工の肝であった。この仕掛けで動く時計は二十年前からずっと動き続けているのだ」

「今でも？」

「今でもだ。ただ水銀と熱を使った仕掛けは力が弱く、動かせても時計のような精密仕掛けくらいだ。それに、温度の変化が永続することが、その永久機関として動き続けることの条件だと考えた時、私としては何か違う気がしてしまうのだ。これを永久機関と呼んでしまうのは、私たちの見た夢を、私たち自身が否定している気分になって実につまらない」

「そうなんだ！　それなんだよ！」

「故に、永久機関とは機工の問題ではなく、定義の問題なのだ。そう考えれば、永久機関なんてあると言えばあるし、ないと言えばないのだ」

「でも僕は！」

「あ？」

「僕は父さんに憧れたんだ！」

「どうした、急に？」

「作ってみたかったんだ！　そんなものを」

「だが今はお前、逆の立場なんだろう？　永久機関は存在しないことを、しない理由を、し得ないことを、他の誰にでもない、自分自身に言い張ってやがるんだ。無理だと知りながら、どうにも諦めきれない。でも諦めざるを得ない。そしてその諦めに他人を付き合わせるために、詐欺師と一緒に、お前と同じように夢見る人を断罪するんだ。それが永久機関審査官の仕事なんだろう？」

「違う！」

「いや、違わないね」

「あんたに何が分かる！」

「分かるかよ！」

「僕だって、好きで機工審査官なんかやってるわけじゃないんだ！　もっと機工の研究をしていたいんだよ！　たとえ永久機関ができなくたって、人々の生活の役に立つ物が副産物として生み出されることはあるんだ！　かつて父さんがそうしたように！」

「だったらそれをやればいいだろう！」

「だから無理なんだよ！　兄さんはやりたくもない異端審問官をやっている！　それは父さんを処刑に追い込んだ本当の人間を調べるためだ！」

「そんなのは個人の勝手じゃないか！　お前がそれに付き合う必要がどこにある！」

「あんたに何が分かるんだ！　兄さんは俺の大事な兄さんなんだ！　あんな人でも！　手を血に染めようが、人から疎まれようが！」

「その兄が、お前の今の職務を喜んでいると思うか！」

「知らないよ！　でもそうでもしなきゃ僕は！」テオは唇を震わせた。

「自分の選んだ道を、一々人のせいにするんじゃねぇ！」

「だって仕方ないだろう！　どうせ永久機関なんて無理なんだよ！　あんただってそう思っているだろ！　あんただって永久機関を諦めたんじゃないのかよ！」

「お前なんかと一緒にするな、小僧！」

「じゃあ、あんた、今できているのかよ？　どこかにあるのかよ！　永久機関がさ！　ねぇよ！　どこにもねぇよ！」

「ほら見ろ！　やっぱり無理なんじゃないか！　結局不可能なんだよ！　そんなものに時間をかけるだけ無駄なんだ！」

テオは己の絶望をぶちまけるように叫んだ。

「だったらよ、お前！　今日不可能だからって、それが明日の挑戦を諦める理由になるのかよ！」

テオは絶句して黙り込んだ。

いつの間にか、テオは両目からぼろぼろと涙を零していた。

静まり返った小部屋に、テオが鼻をすする音だけが聞こえた。

一方でリュカは、黙って微笑んでいるだけだった。不思議な子だ。

「お前よ、『どうせ』とか『だって』とか、口にするのは止めろよな」

「だって……」

そう言いかけて、テオは笑った。

「泣いて、吐き出して、少しはすっきりしたか？」

「どうかな……」

「でよ、何かがおかしいと思う、お前の違和感はどこから始まったんだ？」

「それは……きっと、そうだ。最初から引っ掛かっていたのはエーテルとリケファケレの同一性……いや、違う、そこじゃない。それ以前にエーテルの存在を自明とすることに対する違和感、そこからだったんだ。つまり、光は波動だと断ずることができるのか？　そこなんだ。ニュートンが主張するように、光の照射や反射の振る舞いは、まるで粒子のそれだ。光が本当に波動ならば、複数の光源による相互の干渉がもっと容易に観察されるはずだと僕は思うんだ。逆に光が波動でないならエーテルの存在は前提から覆される可能性がある。そうなるとリケファケレのはたらきについてだって再考が必要になる」

「なるほどな。それだけか？　この図を見て、他に気付いたことはないのか？」

「えっと……あれ、待てよ？」テオは自らが描いた機工の横断面図を凝視した。「そう言えば僕は、駆動軸の動きを両側から同時に確認していない……いや、建物の構造上できなかった。そうだ、エリック・シュレーダーはもともと建築家だったはずだ……だとすると、まさか……」

「煮詰まった時には客観的に対象を見直すことが大事だ」

「ああ……ああ、そうか！　ジークフリート！　どうもありがとう！」

「何もした覚えはない」

「また来ても？」

慌てた様子でテオは図面を握り、少し照れ臭そうに聞いた。

「必ず来い」

テオがばたばたと身支度を整えながら部屋を出て行こうとするのとは対照的に、リュカは嬉しそうに鼻をくんくんと鳴らしながら言った。

「素敵な香り」

12　グスタフ・マイスリンガーという男

プラハからの帰途についた翌々日、ヴァランガンの屋敷に戻るなり、テオは作業場に飛び込んで行き、図面を描き始めた。

「何か摑んだのですか、テオお兄様」

「ああ、リュカ、すまない、お使いを頼まれてくれないか？」

「ええ、お兄様のお役に立てるのでしたら喜んで」

「助かるよ。城下町のクレーベの事務所に行って、水銀を1から2リーブラ用立ててもらうよう、クレーベに頼んできて欲しいんだ」

「私が行って、すぐに分かるでしょうか？」

「商人ギルドの建物が密集した区画、覚えているかい？　フェリクス通りに沿った」

「ああ、それならばきっと」

「一人女中を連れていくといいよ。支払いのお金は僕が今用意するから」

リュカはすぐに行動を起こし、テオが驚くほど早く真鍮の箱に入れられた水銀を持ち帰って来た。まだ日暮れ前だった。

「早かったね、リュカ！」

年若い女中のマリーと共に帰宅したリュカは淡い紅色のシャツと深緑のタイツ、そして赤いマントを羽織っていた。それに紺色の大きなつばの羽根つき帽子を被っており、それが男装の令嬢を思わせる雰囲気を醸し出していた。リュカはもう、どれほど男らしい服装を着せようとも、かえってそれが女性的魅力を目立たせてしまう容貌となっていた。

「ええ、何となく懐かしい香りがしたので、ここだろうと、すぐに分かりました」

「懐かしい香りって……それで分かったの？　驚いたな。それでクレーベは何だって？」

「最初は私が誰か、よく分からない様子で目をぱちぱちさせておりました。でもようやくアルベール家の者だと分かると、とても親切にして下さいました」

「確かにクレーベがここに出入りしていたのは随分と昔で、リュカはまだ幼かった」

「でも不思議なことに、サティ様は私のことを『レオンの妹君』と呼んでいました」

「あれ……おかしいな、結局覚えてなかったのかな、リュカのこと……」

「よく分からないのですが、素敵なレディの頼みであれば、お安い御用だと、すぐに組合の方に口利きして下さいました。後で改めて、こちらにも挨拶をしに来たいと」

「は？　挨拶？」

「ええ、お兄様方に」

「クレーベが？」

「はい。私が独身なのか、ですとか、想い人はいないのか、などなど聞かれましたので、いずれもノンでございますとお答えしましたところ、私との今後のことで色々とご家族とお話ししたいと」

「あちゃあ……それは想定の範囲外だったたな。でもまあ、いいや。じゃあ、リュカ、僕はしばらくこの水銀で色々と実験してみたいから、少し集中させてもらうよ。本当にクレーベが来たら教えて」

「分かりました」

その後、サティは陽が暮れかけた頃に、本当にアルベール邸に姿を見せた。ラベンダーのブーケを手にしたサティは、出迎えたリュカを見るなり、仰々しく頭を下げた。

「今日という日の到来を、万物の創造主に感謝せずにはいられません、マドモアゼル」

「まあ、素敵なラベンダー！」

「いえ、こんなものはあなたの愛らしさの引き立て役に過ぎません。北の果てにあるという水晶と氷の大宮殿ですら、あなたの指先の爪ほどの価値もございません」

「ありがとうございます、サティ様」サティからブーケを受け取ったリュカは嬉しそうに目を細めた。「でも、私、マドモアゼルではなく、ムシューなのですよ」

「おやおや、冗談すらも愛らしい」

気取った仕草で、サティは亜麻色の長髪をかき上げた。

「あ、本当に来たんだ」そこにテオが姿を見せた。

「よう、テオ……お兄様」

「お兄様？」

「こんな愛らしい妹君がいたならいたで、どうして隠していた？　それにお前たちは三兄弟じゃなかったか？　三男はどうした？　俺の記憶違いか？」

「ああ……やっぱり勘違いしてるな。いいかい、クレーべ。この子は紛れもなくアルベール家の三男のリュカ・アルベールだ」

「おやおや、お兄様の冗談すら愛ら……て今、何て？」

「だから、ここにいるリュカは僕たちの弟だ」

「この子が弟のリュカ？」

「そういうこと」

サティが目を見開いて、テオとリュカの顔を見比べた。

そして首を捻って少し考えてから答えた。

「どうしてそういうことを早く言わない？」

「いや、言う機会なかったし。まあ、そういうわけだから、君が考えているような出会いではなかったってこと」

「何故だ？」

「え？　何故って……」

「そこは大した問題じゃない。俺はリュカが男でも女でも構わない。問題は俺たち家族の間に隠し事があったってことだ」

「俺たち家族？　は？　僕たちが？」

「そりゃ、そうなるだろう、当然」

「あ……そう？　そうなるの？」

そうなるのか？

「リュカ姫、あなたの瞳は鳩のように美しい」サティはリュカに微笑みかけた。

「あら、ヘブライ聖書の雅歌でございますね」

「あの聖句を本当に口説き文句に使う人を見たのは初めてだ」

「それで、どうだ、テオお兄様。水銀は役に立ったか？」

「そう、元はその話だったね。非常に役に立ったよ。やはりおかしいんだ。ちょっと来て」

テオはリュカとサティを引き連れて薄暗くなった作業場に足を踏み入れた。目盛りのついた銅製の容器に入った水銀を指差し、テオがサティに説明した。

「確かに水銀は温度によってその体積を変えるんだけど、その膨張率は思っていた程ではなかったんだ。むしろ水の方が膨張率としては大きかった。尤も、熱し過ぎれば水は蒸気になるから、そこは水銀とは大きく違うし、熱の下がり方も水銀の方が早い。だからヴァランガンの永久機関の稼働の原動力として、エーテル液はともかく、水銀は不向きであることは間違いないんだ」

「なら、もうエリック・シュレーダーの詐欺は決まったようなもんだな！」

「いや、まだ駄目だ。駆動軸から歯車の回転の動きと熱の発生、そこまでに矛盾は一切なかった。つまりあれが詐欺だったとしても、その動力源がまだ不明なんだ」

「全く目星も付かないのか？」

「恐らくは蒸気のはずなんだけど、ただ通気弁の形跡がない。音もしなかったし、そもそも蒸気を通す管を地中に通す作業には、どうしても村人たちの協力は不可欠となる。それに蒸気の発生源となり得る唯一の存在である竈小屋は農民たちのものだった。あの反目し合う彼らがシュレーダーの作為に協力するはずがないんだ」

「確かにその通りだな」

「だから参っているんだ。もう少し調べてみなくちゃならない。それで、僕とリュカはヴァランガンのシトー会修道院に向かうことになっているんだけど、その時にもう少し手掛かりを集めたいと思っている」

「あんな場所、大丈夫なのか？」

「ベネディクト会修道院長の挨拶状があるから、それを口実に行くよう、兄さんが手配した。その時にはシュレーダーもいないから、もう少し精査できるかも知れない。それでクレーベ、もう一つ、頼まれてくれないか？」

「お兄様の頼みなら」

「何か、気持ち悪いな」

「何を言っている。俺たちは家族も同然だ」

「まあ……いいや。それでさ、ビエンヌに潜伏している兄さんに手紙を届けてもらいたいんだ。グスタフ・マイスリンガーという男が、ヴァプラと、そして、大きい声じゃ言えないけど、ヨゼフ・ヴェスタープ司教を繋いでいる」

「本当なのか！」

「ああ。だからそれを早めに兄さんには伝えておきたい。それから、ヴァランガンの永久機関の審査の日程についても。これを口実に、この日はヴェスタープ司教もヴァランガン修道院領に来るつもりらしいよ」

「いよいよか」

「あの……クレーベ様」その時、リュカが控えめな声でサティに近付いた。「私もレオンお兄様に手紙を送りたいのですが」

「勿論ですよ、あなたのお申し付けであれば何なりと」

サティはすぐに跪いて、リュカの手を取った。

まあ、クロエがどう思うかはともかく、この男は案外いい男なのかも知れん。

「リュカは何について書くの？」

テオが何気なく訊くと、リュカは改まった表情で答えた。

「テオお兄様には後でちゃんとご説明致します。これは私たちアルベール家にとって、極めて重要な秘密ですので」

北東から南西にかけて細長く伸びるヌーシャテル湖の、その北東にも同じ向きで伸びる細長いビエンヌ湖が横たわっている。その北岸がビエンヌという地名となり、そこにビエンヌ司教区の本山である聖アタナシオス聖堂がある。

ビエンヌは湖岸の街ということだけあって、アルタシュヴァンの城下町と似た雰囲気の街ではあるが、アルタシュヴァンほどの高低差はない。なだらかに続く平地に、色彩豊かな壁の建物が立ち並び、それが湖岸をも彩る。そうして緩やかに広がっていく街の北側に中規模の初期ゴシック様式の聖アタナシオス聖堂が建っている。左右に細長い二つの尖塔と、中央には低く、大きめの鐘楼。大きな丸窓が正面上部にあり、縦長のステンドグラスの窓が幾つも並んでいる。その美しさは否定しようもないが、それが当代随一かと言われれば、それほどのものではなかった。例えばプラハの聖ヴィート大聖堂などと比べてしまえば、相当に見劣りしてしまうのである。

この悪し様に言ってしまえば平均的な聖堂の主は、この聖堂に対して不満を抱いていた。

その主、つまりビエンヌ司教区を統括する現司教ヨゼフ・ヴェスタープであるが、彼は常々、自分にはもっと相応しい立場と居場所があるはずなのだと周囲に漏らしていた。これを向上心と捉えれば、確かに彼は己の道を切り拓いた勇者と呼べたのかも知れない。しかし彼が踏み台にしてきた人の数を思えば、そもそもこの聖堂に籍を置くことすらおこがましいというのが、彼との付き合いが二十年を越える司祭ダニエル・デュボアの正直な感想だった。

相変わらず忙しそうに、ヴェスタープは痩せこけた体をぶんぶんと振り回すようにあちらこちらを駆け回っていた。ヴェスタープが動くたびに、あのやたらと艶のある黒髪が美しく舞うのだが、それがデュボアを余計に苛立たせた。

「デュボア！　デュボアはいるか！」

これはもう、ヴェスタープの口癖と断言して差し支えなかった。

「はい、こちらにいますよ」

返事をして執務室に向かうデュボアはそれでも、急ぐことはせずにゆっくりと廊下を歩く。実際、ヴェスタープの用命で、彼が急ぐに値するほどの仕事はほぼなかった。そもそもヴェスタープは人には言えない類の大事な仕事は秘密裏にとっとと進めてしまう。そして本当に重要な祭儀に関わること、司教区の運営に関わることは既にデュボアが先回りして終わらせているので、残る仕事は必然的にどうでもいいものだけとなっているのである。

「おお、デュボア！　来てくれたのだな！」

執務室から飛び出してきた司教が廊下にデュボアを見つけて駆け寄って来た。

「何です？」

面倒臭さを隠すのも面倒臭くなったデュボアが聞くと、こともあろうにヴェスタープはその脇を素通りした。

「後でまた呼ぶ！」

そう言い残してヴェスタープは走り去っていった。

「はあ？」

そしてあの黒髪が軽やかに跳ねているのを見て、さすがにデュボアは歯軋りをするのを抑えられなかった。

「無花果の木と共に枯れるがいい！」

思わず呪詛の言葉を口にして、そしてすぐに懺悔した。

そこに急に向きを変えたヴェスタープが戻って来た。今のを聞かれていたとしたら、面倒だな、そう考えたデュボアにヴェスタープが詰め寄った。

「聖庁から客人が来るのだ、その準備を！」

「は？　いきなりでございますな」

「二十人分の滞在と接待の準備を！」

「二十人分ですって？　一体どこのどなた方が来るっていうんです」

「だから言ったであろう、聖庁からの使いの方々だ。とにかく準備をすぐに！」

「いつまでにです？」

「三日後だ」

「呆れましたな……そんな大事なご用命がありながら、よく私の横を素通りしようとなさったものです」

「では頼んだぞ」

ヴェスタープはデュボアの皮肉など意にも介さずにまた踵を返すと、廊下を駆け抜けていった。こういう時に、この俗物の司教の足は鹿のように軽やかに動くのである。困ったのはいきなりそんな大掛かりな仕事を任されたデュボアの方である。

「相変わらず、せわしないお方ですなぁ」

聞き慣れない声に振り返ると、そこには貴族風のシャツとタイツ、そしてマントを羽織った白髪の男が薄ら笑いを浮かべて立っていた。服の色は黒を基調としていたが、やたらと金の鎖やら、眼鏡やら、ボタンやら、刺繍が目立った。

「失礼ですが、あなたは？」

「名乗るほどの者じゃありませんよ」

「そうですか。では」

デュボアが興味なさそうに背を向けると、彼の気を引こうと、男は大きな声を出した。

「グスタフ！　マイスリンガーとでも……名乗っておきましょうか」

デュボアがちらっと振り返ると、マイスリンガーは腕を組み、壁に背を預け、気取って視線を下に落としつつも、ちらちらとデュボアの反応を窺っていた。

「……なるほど、あの男の言っていた通りになったわけか。それで、何か御用ですか？」

「いえ、あなたこそ。私に聞きたいことがあるのでは？　そう、例えば私がここにいる理由ですとか」

「司教の客人でしょう？　では、私は色々と忙しいので、失礼致します」

「まさか、あなた！　エリック・シュレーダーと接触などなさっていないでしょうね？」

マイスリンガーは細長く伸びた口髭を指先でいじりながら、デュボアの元へとにじり寄って来た。

「見ず知らずのあなたにお答えする義務はありませんな」

嘘は付けないが、エリック・シュレーダーの頼みを無碍にはできないと、デュボアは考えていた。

「お気を付けなさい。彼はとんでもない悪党ですよ」

「そうですか」

「それに知っているんですよ……彼が機工審査官時代に関わった、あらゆることの、裏側ですとか」

「抽象的で、よく分かりませんが」

「だから！　もう！　何だろうな！」

「何でしょうね」

「とにかく、お気を付けなさいな！」

「それはそうと、あなた、騎士身分の方でしょうか？」

「いいえ」

「でしたら、聖堂内での帯刀は、この私が認めませんよ」

マイスリンガーはぎょっとした顔でデュボアの顔を見つめた。

「何の話でしょうか？」

「あなたが短刀を忍ばせていることくらい、私が見抜けないとでも思ったのですか？」

「え……」

「それに、昼前にあなたが聖堂前広場で会っていた数人のお仲間たち、彼らも随分と厄介な得物を隠し持っていたようですが」

「見ていたのですか！」

「偶々《たまたま》ですよ。でもね、信仰の礎たるこの聖堂と、ここに救いを求めに来る教区の信徒を分け隔てなく迎え、命を懸けて守るのが私の使命なのです。その為に聖庁より叙階され、今の立場にいるのです。私は農民のように汗水垂らして働かず、商売人のように方々を駆けずり回って、幾つも靴をすり減らして物を売ったり買ったりすることもありませんし、騎士のように故国を守るために血を流すこともありません。その私が主の教えに従って隣人のために尽くすとは、つまりそういうことなのですよ」

「だから……何だって言うんですか！」

「私を見くびるな」

小さく、冷たく、ダニエル・デュボアは言い放った。

マイスリンガーに背を向け立ち去る小柄なその背中に、背の高いマイスリンガーの方が圧倒されていた。


聖アタナシオス聖堂の近くの酒場「三匹の子豚亭」で一人ビールを飲んでいた男に、旅人風の男が声を掛けたのは、デュボアがマイスリンガーと邂逅した日の夕暮れであった。

「ここ、座ってもよろしいでしょうか？」

「いや……困るな」

「古い友人の頼みでもか？」

テーブルに一人陣取って飲んでいた男が顔を上げると、そこには旧友のクレーベ・サティが立っていた。その顔を見て、喜びと驚きがない交ぜになった表情を浮かべて、レオン

・アルベールが声を張った。
「おい、クレーベ！　どうした！」

「お使いだよ。法律家で、公国の永久機関審査官の、この俺を使い走りにしやがった」

「テオがか？」

「いいや、二人共だ」サティが二通の手紙を懐から取り出した。

「二人共、アルベール家の人間としての自覚ができてきたようだ」

「兄に似て来たということか？」

そこでサティもビールを頼み、二人は乾杯した。

労働者たちが次から次に入って来ては酒を注文する店内は、活況を呈していた。

「で、お前はここで何をしているんだ？」

「ずっと聖堂を見張っていた。そして一人、目星を付けた男がいる。聖堂に割と自由に出入りをしていて、数人の仲間を使役している。名前は微かにしか聞き取れていないんだが、恐らくはグス――」

「グスタフ・マイスリンガー」サティがそう言いながら、一通の手紙を差し出した。「お前に似て身勝手で、口達者な弟の方からだ」

手紙を受け取ってそれに素早く目を通すと、レオンは深く頷いた。

「そういうことか……」

「期限は三日後だ」

「三日後？」

「そうだ。場所は当然だが、ヴァランガン修道院の所領だ」

「そこで永久機関の最終審議が行われるわけだな？」

「そうだ。そしてもし、エリック・シュレーダーの永久機関が偽物だった場合、彼はその場で火刑に処される」

「随分と性急だな」

「エリック・シュレーダーの名を耳にした、ヨゼフ・ヴェスタープ司教の指示らしい」

「何を焦っているんだか」

「さあな」

「だが、どうやら、俺の考えた絵図は的を射ていたようだな」

「しかしどう転んでも面白くないな。テオが失敗して、エリック・シュレーダーの思い通りになるのも胸くそ悪いが、かと言って、何を考えているにせよ、あの司教の思い通りになるのも御免だ」

「全く同意するが、相手が悪い。それで、テオの様子はどうだった？」

「幾つかの問題は乗り越えたようだが……まだ頭を抱えている」

「機工の問題であいつがそこまで追い込まれるなんてな……テオはどうする気なんだ？

このままだと、確かにクレーベ、お前の言う通り、結末はどう転んでも最悪だ」

「そうだな……俺もテオの力になってやりたいところだが、ここまで来ると、もう使い走りくらいしか協力できることがなくてな……ああ、そうそう。これがもう一人の、お前とは似ても似つかない、満月の夜に、月光の雫が零れ落ちたアイリスの咲き誇る花畑に、神の祝福の息吹が吹き込まれて生を受けた、奇跡の天使リュカ・アルベールからの手紙だよ」

「お前……どうした？」

「何が？」

「その気色の悪い詩だよ。鱗のない魚でも食って呪われたか？」

「何とでも言え」

「何にせよ、お前がリュカを大事に想ってくれるなら、悪い気はしないが」

レオンはサティからリュカの手紙を受け取った。

その手紙には蠟で封が施されていた。

「どうしたことかね、わざわざ封をするなんて」

「余程重要な内容なんじゃないか？」

「どうだか」

レオンは嬉しそうにリュカの手紙を開いた。

その内容はたった一行。

それを読んだ瞬間にレオンの顔から一切の表情が消えた。

その内容を理解するのに、レオンはそれを十回以上読み返さなければならなかった。

それでもまだ俄かに信じられない内容だった。

「嘘だろ……」

ようやくそれだけ言って、レオンはサティに手紙を見せた。

サティの反応もまた、並々ならないものであった。

そしてサティも一言だけ口にした。

「奇跡の天使が……俺たちの救世主だったのか……」

13 ヴァランガン修道院の老師

エリック・シュレーダーの付き添いなしにヴァランガン修道院の所領に入るのは非常な困難を伴っていた。リュカがベネディクト会修道院を退院する直前に、モン・ラシーヌの修道院長エルネスト・オージェに一筆取らせたレオンの機転に、テオは感謝する他なかった。そういうところは私によく似たのだな。無論、ヴァランガン修道院とモン・ラシーヌ修道院の親交はほぼないのだが、互いの修道院長の信書を蔑ろにすることなどできるはずがないのである。

テオはリュカと共に馬に乗って前に来た道を辿り、再び針葉樹林の絶壁を通ってヴァランガン修道院領へと辿り着いた。

修道服を着たリュカは門番の衛兵に用件を告げ、そして信書を封する蠟に押された印を見せた。衛兵は焦った様子で素早くやり取りをすると、とにかく修道院側に伺いを立てようと二人を門の中へと通した。以前に来た時と比べて、雰囲気が何か違う気がして、テオは何度も辺りを見回した。緊張した空気は以前と同じだった。だが今日は、以前に感じられた白々しさがあまり感じられなかったのである。それは天気のせいだったのかも知れなかったが、そのことが妙にテオの気持ちに引っ掛かった。

「またお前か」

見覚えのある農民たちが数人、テオとリュカの元へと近寄って来た。

シュレーダーが共にいない今、彼らと下手に関わらない方がいい、そう考えたテオはそのまま無視して通り過ぎようとしたが、一方でリュカは馬の歩みを止めてしまった。

「火傷を負われたのですか？　具合はいかがです？」

左手に包帯を巻いていた農民に、心配そうな声色でリュカが尋ねた。

「あ？　ああ、まあ……」

「それでアロエの葉肉を塗布されておられるのですね。とても適切な処置だと思います」

リュカの言葉に、包帯を巻いていた農民が驚いた顔をして見せた。

「え？　どうしてそれを？」

「アロエベラの香りがしたので」

「あんた、分かるのか？」

「はい。私、鼻がとても利くんです。あちらの川沿いでレフォールの栽培をしている女性の方々はカモミール……恐らく一年草のカモミールのお茶を飲んでらっしゃいますね。リンゴに似た香りが漂っていました。カモミールには鎮静効果や腹痛改善などの多くの効能がある上、生理痛の緩和にも効果があります。香りも素敵なので女性に人気なんですよ」

「ほう……驚いたな」

包帯を巻いていた農民は怒りの感情をどこかに置き忘れてしまったような顔になった。

「お大事になさって下さいね」

緊張が高まるかと思いきや、リュカの声掛けで場の空気が一気に緩和したのでテオは面食らった。馬を再び進ませたリュカに、感心したテオが訊いた。

「リュカ、いつの間にそんなに？」

「はい？　何がです？」

「いや、その知識だよ」

「モン・ラシーヌ修道院では施薬係を務めていたので、その時に色々学ばせて頂いたからかも知れませんね。多くの香りを学びましたし、薬草の効能も学ぶことができました」

「すごいな……僕と同じ光景を見ているはずなのに、リュカには僕よりも多くのことが見えているようだ」

「それほどでもありません。ほら、テオお兄様、あちらのギルドの建物ではブルーマロウのお茶を淹れている香りがしていますし、こちらに歩いてらっしゃる職人の方はレフォールの、鼻にツンと抜ける辛みが豚肉の匂いと混じってしてきます」

「僕には全く分からないよ」

「私には興味深い植物ばかりです。あ、ほら、東の端の羊の柵の……お兄様、見えます？」

「ああ」

「あれはフユボダイジュに寄生したヤドリギです。薬用として重宝されるんですよ」

「へえ……」

そう言いながらテオの視線は羊の柵へと向けられていた。羊飼いの少年が南側の囲いから北側の囲いへと羊を追い立てているのが見えた。そしてテオの目を一際強く引いたのは、羊が通る道の形状だった。アルファベットのYの字に似た形状となっており、二カ所から流入してきた羊の群れはその合流地点で混雑していた。そこでは羊たちの足取りは遅くなっていた。

「ねえ、リュカ。あの柵の通路は、どうしてあんな形をしているんだろう」

「お兄様に分からないことは、このリュカにもわかりません。ただ……」

「ただ？」

「大きく広い間口だと、何かのきっかけで向きを変えて元来た囲いへと戻ろうとする羊が現れるんです。修道院領で見たことがあります」

「でもあれならひしめき合っていて、絶対に逆戻りはできない……つまり、合流によって逆流を防いでいるってこと？」

「そうとも言えるかも知れませんね」

ふと、テオの脳裏に得体の知れない稲妻が光を発した。

だが、その時のテオにはまだ、その正体が摑めずにいた。

もう少しだ。テオ、お前は一つずつ、着実に真実に近付いている。

「あまりのんびりしていると日が暮れてしまいますが」

そこでテオたちを修道院へと案内する衛兵が痺れを切らしてテオに声を掛けた。

「ああ、そうだね、ごめん、行こうか」

馬に跨った衛兵は二人を無愛想な石積みの建物へと案内した。その日はよく晴れていて、日差しも柔らかかったが、その陽を浴びて尚、修道院は不機嫌そうな表情を見せているのだった。しかし修道院の脇には、こんもりとした黄色い筒状花の周りに真っ白い花びらが並ぶカモミールが咲き乱れており、それを見たリュカが興奮したようにテオの袖を引いた。

「お兄様、ご覧下さい！　可憐で美しく、そして力強さまで感じられます！」

「中々の壮観だね」

花には興味のないテオの返事はそっけないものだった。

「あちらにはバチラの木が……ああ、ブルーマロウはここの修道院の菜園で栽培されていたのですね」

「うんうん、そうだね」

テオが適当に返事をしていると、初老の修道士が扉の内から姿を現した。

「こちらに」

散々門の前で待たされた挙げ句に通された建物の中は、しんと静まり返っていた。

清貧、貞潔、祈り、労働、信仰に余計なものを一切排そうとする、真摯で凍えるほどの情熱が沈着していた。二人を案内した修道士の表情は固く、修道院長室の戸を叩く時は手が小刻みに震えていた。

「入りなさい」

聞き覚えのある声だった。

数日前に会った、あのハンス・ラーべが、今日も不機嫌な顔で二人を出迎えた。

その修道服はやはり埃まみれで、気難しい岩石のような顔の口元はへの字に結ばれていた。そしてその日も、微かに苦味を伴う無愛想な臭いを漂わせていた。

「下がってよい」

「はい」

修道士が下がり、戸が閉められたことを確認すると、ラーベは深く、重く溜息をついた。

「一体、どういうおつもりです？　永久機関審査官殿は？」

小さな棚が三つと、小さな執務机がある他は何もない殺風景な部屋だった。

ただ蠟の焼けた臭いだけが石壁にこびりついているようで、それがそのままこの部屋の臭いとなっていた。

「今日は、僕はただの付き添いでして」

「君がモン・ラシーヌ修道院からの使いだというのかね？」

ラーベは四角い顔をリュカに向けた。

「はい。エルネスト・オージェ修道院長から親書をお預かりした次第です」

「あちらさんが私たちに用件などないはずだがな」

そう言いながら蠟をナイフで裂き、そして中を検《あらた》めるなり、ラーベは眉をひそめた。

「一体、どういうからくりでこんな手段を講じられたのです？」

「こんな手段？」

「ええ、これはあなたの目的なのでは？」

ラーベは親書をテオに向けた。

「読んでも構わないのですか？」

「私宛てでありながら、私には何の価値もないものだ」

テオがそれを手にすると、そこには数行の空虚な挨拶が続き、そして勿体ぶった文章で色々と書かれていたが、その内容を一言で要約すると「リュカ・アルベールを大修道院長トマス・グルーバーに会わせろ」というものであった。レオンの顔が頭を過ぎり、テオは吹き出しそうになったが、何とか堪えた。

「君たち二人の関係は？」

「兄弟です」

「つまり……二人とも、あのイザーク・アルベールの息子だということか」

「その通りです」

ラーベはまた溜息をついた。

「誤解しないで欲しいのだが」そう前置きして、ラーベが話し始めた。「私も、私たち修道院全体も、君たちを敵だなどと思っていない」

「分かっています」

「ただ、それぞれに、それぞれの思惑があるのも事実なのだ」

「それも……はい、分かっていないわけではありません。ユリス・マーロウ司祭の件についても聞き及んでいます」

「そうか」

「ユリス・マーロウ司祭とは？」リュカが聞いた。

「かつてこの修道院の所領を簒奪しようとしたヴェスタープ司教に抵抗して、この土地を守ろうとした司祭だよ。心臓の病で亡くなったんだ」テオが答えた。

「何とお気の毒なことでしょう」リュカは素早く十字を切った。「それでヤドリギが」

「どういうこと？」テオが不思議そうに聞いた。

「ヤドリギは特に心臓の病に効用があるんです。ユリス・マーロウ司祭の療養の為に所領民の方々が栽培されたのでは？」

「よく分かったな、もう十五年以上も昔の話だが」ラーベが感嘆の声を漏らした。

「ここに住まう方々は皆様、隣人愛に満ちておいでで、とても素敵です」

リュカはそう言って微笑んだが、テオはそれに難色を示した。

「リュカ、修道院から出て来たばかりのお前にはまだ分からないかも知れないけれど、人と人の関わりはそう単純じゃないんだ」

「そう……なのですね……私はまだそういったことに疎いのかも知れませんね」

リュカは戸惑った表情を見せ、ハンス・ラーベ修道院長は表情を隠すようにそっぽを向いた。そしてぽつりと口を開いた。

「正直な胸の内を明かすとだな……あまり困らせないで欲しいのだ。ただ、どういった経緯で書かれたものであれ、先方の信書を蔑ろにするわけにもいくまい。大修道院長の元へと、案内しよう」

そう言ってラーベは立ち上がった。

リュカとテオを案内して、修道院の最奥部のこぢんまりした部屋に辿り着いた。その一帯は不気味なほど真っ暗だった。外界に面した壁がないので、窓がない。明かりも灯っていない。教会と違って、絵画も像もない、この殺風景な建物の要素を凝縮したような区画だった。

ラーベが戸を叩き、「大修道院長様に客人です。お通ししてもよろしいでしょうか？」と尋ねると、中からは小さな声で何やらごにょごにょと返事をするのが聞こえて来た。

「お会いになるそうだ」

「え？　今そう言ってました？」テオが首を捻った。

「恐らくだ」

「え……聞こえなかったけど……」

「いいのだ。入れ」

ラーベが戸をゆっくりと開けると、中は先程の修道院長室と同じような部屋になってい
た。少し違うのは幾つかの書籍が詰まれた棚と、六分儀が置かれていたことだった。

中で書を紐解いていた老人は、髪も髭も全て抜け落ちてしまったような老人で、痩せこ
けた手で本を捲《めく》っていた。その目は色素を失ったように白濁していて、目が見えているの
かどうかすら疑問に思われた。

「この者たちは機工審査官のテオ・アルベールと、その弟でモン・ラシーヌ修道院のリュ
カ・アルベールです。廊下で控えておりますので、何かございましたらお呼び下さい」

ラーベは二人を置き去りにして、自分はそそくさと部屋を出て行ってしまった。

「アルベールの……子供たち……なのだな?」

大修道院長トマス・グルーバーが先に口を開いた。

今にも消えそうな蠟燭の炎のような掠れ声であった。

「はい、そうです」

「用件は……何かね?」

「まず知りたいのは――」

「イザーク・アルベールは、どうして罪人とされたのでしょう?」

テオの言葉を遮って、先にリュカが聞いた。

「ほほう……天使がいるな」

「教えて下さいませ」

「穢れを知らぬ、愛《う》い子だ」

「老師様」

「私は知っていることしか……伝えられん。どう判断するかは……お前たち次第だ」

「それで構いません」

「彼は屋敷に多くの機工を作り……更にはこのヴァランガン修道院領にも多くの機工を設置した。これは紛れもない事実だ」

「ええ」

「所領は栄え……生産物も増した。そして……それ故に、ビエンヌ司教区の司祭に目を付けられた。当時、修道院長だった私は……その司祭と対立した」

「ヨゼフ・ヴェスタープですね？」とテオ。

「そう。そして我々に与して下さったのが……同じくビエンヌの司祭ユリス・マーロウだった」

「でもマーロウ司祭は亡くなった？」

「その通り」

「そしてあなた方は、司祭の死体を隠した？」

「よく知っているな……」

「その死体はどこに？」

「それは答えられない」

「僕はヴェスタープの手の者ではありません」

「勿論……分かっているとも。だが、約束は約束だ。そうでなければ……復活の日に合わせる顔がないではないか」そう言って、グルーバー大院長は渇いた笑い声を喉元に絡めた。

「話を戻そうか……ヴェスタープは自分から仕掛けておいて、喧嘩の落としどころを模索していた。とにかく、何かしら得をせずには終われないと……そう思っていたのだな。欲深く……そして罪深い……そんな時に、当時、横行する詐欺に手を焼いていた……先代の伯爵家の領主が……永久機関審査官なる者たちを任命していた。そして……その中の一人が、出張って来た……その審査官は……その立場を利用すれば、技術などいくらでも盗めると……考えていた」

「卑劣この上ない！」

そうだ。機工に情熱を燃やすテオが怒るのも尤もなのだ。

「その男が……ヴェスタープと組んだのだ……永久機関を完成させたと……イザーク・アルベールが吹聴して回り……資金を集めていると……でっち上げた」

「何てことを！」

「そして証拠を収集すると称して……その屋敷から……技術と研究記録を収奪した……挙げ句に、その一部を、永久機関詐称の証拠として……機工審査に提出したのだ……当然、それは……永久機関などではない……人々の暮らしに役立つ……技術の……機構だった」

「くそ！　恥知らずめ！」

テオが堪らずに叫び、リュカが涙目になって口元を押さえた。

「イザークの技術は奪われ……金に換えられ……そしてイザークは……罪に問われ……火刑に処されたのだ……」

テオは悔しさのあまり、天を仰いで絶叫した。

リュカも涙をぼろぼろと零していた。

「父の墓はここにあるのですか？」テオが目を真っ赤にさせながら訊いた。

「そうだ。マーロウ司祭のことで怯えていたヴェスタープはな……どうしても死体を確認すると……そう主張した。そして棺桶の中のイザークの死体が完全に焼けているのを見て……安心したように、ほくそ笑んだ……」

「外道め！　大修道院長様、その機工審査官はアクス・ハンケという名でしたか？」

「いいや……私の見る限り……ハンケは、その男の腰巾着だったた……」

「では、やはりその機工審査官はエリック・シュレーダーだったのですね？」

「まさか……エリックはずっとイザークの良き理解者だった……イザーク亡き後はな……ずっと……今に至るまで、ここで、イザークに代わって、皆の暮らしのために働いてくれているのだ……見たか？　エリックの背骨は働き過ぎて……右に傾いてしまったのだ……」

テオは焦燥感に駆られた顔で後ずさった。

「そんな！　そんなことって！　じゃあ、彼は一体！　一体何のために！」

「ここの所領民の、反乱を押さえるためだよ……皆の、ヴェスタープ一党に対する憎悪は……もう……止められないのだ。私たちは皆の怒りを鎮めるのに……失敗した。この度の永久機関審査制度の復活にしても……また金儲けが目的なのだが……残念ながら、私たちにはそれを証することができないのだ……それで、所領民は直接手を下すと……」

「いや、憎悪の気持ちは僕も一緒だけど……相手が悪い！　奴らは教皇庁に掛け合えば戦争だって起こせる力を持っているんだ……下手に刺激すると皆殺しにされてしまう！」

「その通りだ……だから、エリックが立ち上がったのだ……永久機関を作り、ヴェスタープを罠に嵌めようと……奴をいい気にさせてから、そして教皇庁にそれを持ち込んだ段階で……インチキの種明かしをして奴を……地獄に突き落とそうと……考えた……」

「でも所領民がその提案に乗ることは考えづらい。現に多くの農民は永久機関そのものに反対していたし、父が処刑されたのは永久機関を詐称して教会を敵に回したためだと考えていたんだ。彼らがエリック・シュレーダーに協力することなどないはずだ」

「本当にそうなのでしょうか、テオお兄様」リュカが小さく声を出した。

「リュカ、何か思うところでもあるの？」

「やはり私は、ここの方々は互いに思いやって生活をしているように思われるのですが」

「何か根拠が？」

「根拠というほどのことではないのですけど……ヤドリギのことが」

「でも、それは昔のことでしょ。ユリス・マーロウ司祭が生きていた頃の話で、今は違う」

「ええ。ですけど他にも。川沿いでレフォールの栽培をしていた女性の方たちが愛飲されておられる一年草のカモミールはこの修道院で栽培されていましたし、ギルドで淹れられていたお茶、ブルーマロウもこちらで栽培されています」

「でも――」

「それだけじゃありません」リュカの語勢は勢いを増すばかりであった。「火傷を負った農民の方に処方されていたアロエベラはヨーロッパでは栽培されていないのです。大半はアフリカから輸入されるので、それを取り扱っているのは商工会ギルドの方々でしょう。本当に反目していたら、それを提供することすら考えづらいと思います」

「いや、しかし――」

「それから、こちらのハンス・ラーベ修道院長はクローブの匂いを漂わせていました。薬用や調味料の他、お口の臭い消しにも使われる香草です。クローブはヨーロッパではなくアジアからもたらされるものです。これもやはりギルドが取り扱っているものです」

リュカはテオに喋らせる隙を与えずに滔々と語り続けた。

「分かったよ、リュカ――」

「それに、商工会の人々は反対に、こちらの農民の方々が栽培していたレフォールを食事に用いておられました。ツンと鼻に抜けるワサビの香りです。つまり三者三様の取り扱い作物は、お互いの生活に欠くべからざるものとして提供され、共有されているのだと、私は感じたのです」

リュカは美術品の価値を説明するように、純真な熱意を込めて語った。

そして語り尽くした後にぽかりと空いた会話の空隙に、グルーバー大院長はぽそりと言葉を落とした。

「慧眼だな」

「私の感じたことをお伝えしたまでです」

「……参ったな、リュカ。お前には本当に驚かされてばかりだ。つまり反目は表面上のことで、実際には彼らは互いに協力しているってこと？」

「私にはそう感じられました。お兄様にとっては非合理的な根拠なのかも知れませんが」

「とんでもない、本当に大したものだ。お前は修道院で多くのことを学んだんだね」テオは嬉しそうにそう言うと、視線を大院長へと向け直した。「ここの所領民は皆、シュレーダーの協力者だった……そういうことだったのですね？　前にここに来た時に、ハンス・ラーベ院長が僕らを早々に追い出したのも、あの機工のことを詳しく調べさせないためだった」

「私の口から……言うべきことではないな」

「今回の件に負い目を感じているあなた方は立場上、積極的には協力できないけれど、消極的には協力する、そういうことなのでは？」

「そこまで分かっているのならば……後は推して量るべし……ではないかね」

「お陰で、シュレーダーの永久機関の謎は大方解けました。リュカが感じ取ったように、所領民同士の反目は我々永久機関審問官を騙すための演技で、本来は協力者同士の関係にあるのだとしたら、大掛かりな仕掛けを施すことだってできたんです。例えば竈小屋で蒸気を発生させて、地下にその蒸気を通す管を埋めるとか」

テオはグルーバーの反応を窺うように、相手の顔を覗き込んだ。

「なるほど……さすがは……イザークの息子といったところか……」

「では、裏切った機工審査官というのは、ノア・エーバースドルフの方なのですね？」

「そうだ」

「よく……分かりましたよ。よく分かった……」

「一つ君に託したいものがある」

グルーバーはよたよたと立ち上がると、小さなチェストの傍まで歩いて行った。

そこで躓いたグルーバーがよろけると、リュカが駆け寄って、その身を支えた。

「おお、すまない」

「いいえ」

「男とは思えぬ愛らしさだ……本当にモン・ラシーヌ修道院の者なのかね？」

「実は、既に退院したのです」

「そうか……仕方がないこともある」

「お座り下さい、取るものがあるなら、私が代わりに」

そう言って、リュカはグルーバーを椅子に座らせた。

「上から二段目の引き出しに、古びた紙切れがないかね……それではなくて……そう、それだ。それをこちらに」

「はい」

リュカがそれを手渡すと、グルーバーは眩しそうにリュカを見上げた。

「お前が男子修道院でやっていくのは……難しかろう」

「私はそうは思いませんでしたけど」

「皆が難儀する。お前の魅力に……邪念を抱く」

「でしたら、私は信仰を続けられないのでしょうか？」

「お前は多くの者に……愛されてきたのだろう？」

「はい、それは自信を持って言えます」

「素晴らしいことだ……ならば、修道院の外に出て……その愛を人々に返してやればいいではないか……お前には……施薬の知識や……植物の効能の知識がある。それは人々にとって……実に有益だ……そうした仕事に就いて……多くの人の……隣人になればいいではないか……それが、主の喜びではないかね？」

「隣人に？」

「そうだ……ガリレオは……自然は第二の聖書だと言ったが……この世界では、我々の考えを超える事象に……度々出くわすことがある……聖書がそれに言及していないからと言って……その不可解な事象を切り捨てるのは……私には……愚かしいことに思える……我々はいつだって……聖書にしても……自然にしても……知解の途上にあるのだ……それを認めなければ……人は傲慢になり……愚かしい過ちを犯すのだよ……」

グルーバーはリュカの手を両手で握りながら訴えかけた。

「心に刻みます、老師」

「ああ。さて、テオ・アルベール。この機構図が、イザーク・アルベールが最後に我々に託したものだ」

テオはそれを受け取って凝視した。

見慣れない機構と、見たことのある機構。

「何だろう……この機構は？　人が入れるほど大きな立方体で……こっちの糸巻車みたいな機構図はヘロンの蒸気機関？　何でこんなもの……」

縦向きの円盤の中心を両側から固定する台。その円盤は水を注ぎ入れられる容器となっていて、円周上には斜めに突き出た小さな管が一つある。この円盤に熱を加えると、熱せられた水が蒸気となり、水蒸気はその管から勢いよく吹き出す。その勢いで円盤は縦回転を繰り返すのである。このヘロンの蒸気機関の仕組みは古代ギリシアに考案されただけあり実に素朴なもので、当然のことながらテオはこれをずっと昔から知っていた。

彼を悩ませたのは、どうしてこの図案とこんな場所で巡り合ったかということだった。

テオはその二つの機構図を眺め、考えを巡らせた。

その考えは長く続いた。

考えに考えて、そしてようやく気付いた時、テオの目から一切の曇りが消え去った。

「エウレカ！」

14　黒い審問官　対　純白の迫撃隊

ビエンヌ司教区の本山、聖アタナシオス聖堂に出入りしていた男グスタフ・マイスリンガーの動向を探っていたレオンは、決定的な機会を摑めずにいた。最終審査が始まる前日までに、奔走してくれた友人クレーベ・サティはアルタシュヴァン城下町へと帰ってしまった。そして、それとほぼ変わらない時期に司教ヨゼフ・ヴェスタープはお供を引き連れて聖堂を出発してしまった。だが不思議なことに、グスタフ・マイスリンガーはまだ動こうとはしていない。もしくは動く気がないのか、レオンの心中に焦りが出て来た。

グスタフ・マイスリンガーが詐欺集団のヴァプラと関係していることを証明し、更にはヨゼフ・ヴェスタープとの現在の癒着が証明できれば、そこから過去に遡って父の濡れ衣すら晴らすこともできるかも知れない、それがレオンの目論見であった。

エリック・シュレーダーとヴァプラが関係しているのか、それともヴァプラとグスタフ・マイスリンガーが関係しているのか、それによって、状況は大きく変わってくる。

とにかく時間がなかった。もう明日にはヴァランガン修道院領で最終審査、場合によっては処刑が行われる。それまでに何とか自分の考えを証するものが彼には必要だった。その日の夕方も彼らは定時連絡をしているのか、聖堂前の広場ではグスタフ・マイスリンガーを中心に柄の悪い連中が屯《たむろ》していた。確実に、武器を持っている。これ以上の遅延は致命的だと、レオンは意を決した。

日が暮れて行き、影が伸びる。

人数はその日もマイスリンガーを含めて十人ほど。

戦闘は何とか避けたいと考えていたが、マイスリンガーが一人きりになるのを、レオンはまだ目にしたことがなかった。

「すみません、ちょっとお尋ねしたいんですがね」

黒いシャツに黒いマント、そして銀の刺繍、それはマイスリンガーの金の趣味と対を為しているようにも思われた。

だがレオンの姿を見るなり、マイスリンガーは警戒心を一気に最高地点まで上げた。

それは紛れもなく、怯えだった。

「黒い審問官！」

「あれ、知ってたんだ」

「アルタシュヴァンの城下町でスカリジェの一党を殺しただろうが!」

「こいつが!」

マイスリンガーの取り巻きが口々に罵声を発し、抜刀した。

「おいおい、こんな場所でやんのかよ」

「頼むぞ、お前ら!」

肝心のマイスリンガーが一目散に聖堂の中へと逃げ込み、レオンは九人の荒くれ者に囲まれてしまった。

「こんなつもりじゃなかったんだ……剣を収めてくれないか?」

「だったらどんなつもりだったんだよ!」

凄んだ声が四方から浴びせられる。

「だから、あいつと平和的な話し合いをだな……」

「そういうのは地獄でサタンと楽しみな!」

早速一人が切り掛かって来た。

その速度からすると、これまでに実際に人を斬った経験があるのは明らかだった。

なので、レオンは容赦しなかった。

抜刀と同時にその首を半分切り裂く。

悲鳴と絶叫の混じり合った断末魔が夕暮れの広場に響き渡った。

「こういうのは極力避けたいんだわ」

そう言いながら、レオンは一人蹴飛ばし、二人蹴飛ばし、聖堂の中へと駆け込んだ。

男たちが追いかけて来るが、日々鍛えているレオンの俊足には全く敵わなかった。

「マイスリンガー！　逃げても無駄だ！」

聖堂の大回廊にレオンの声が反響した。

返り血を浴びたレオンの姿を見て、悲鳴を上げながら参拝客が走って逃げて行く。

走るレオン、それを追う男たち。レオンが道を選ぼうとする度に、一人、二人が追い付く。その度に、レオンは剣戟を重ねなくてはならなかった。

剣を大きく振り回す力自慢がレオンに追い付き、力ずくで襲い掛かる。レオンはそれを避けながら、身を低く、鋭く踏み込む。脇腹を切り裂く。

そこに今度は短剣使いが襲い掛かる。身を引きながらその連撃を交わす。その速度にレオンの顔から余裕が奪われた。

「くそ！　お前らに用はねぇんだ！」

レオンは後退しながら間合いを確保し続けた。それが細い通路を抜けて階段にまで続いた。その間もずっと、短剣使いは一切手を緩めることをしなかった。それにレオンは感心したが、敵は一人ではない。一度大きく剣を振るって短剣の連撃を黙らせる。階段を駆け上がり、上の階で待ち受ける。相手が跳んだ。レオンは剣の刀身で、その身を薙ぎ払うように手摺から下の階へと叩き落とした。

その後ろからまたサーベルを抜いた男が突撃を仕掛けてきた。その速度は短剣使いより更に早い。背後に気配を感じると、別の階段から上がって来た男がこちらに駆けてきた。その手にはモルゲンシュテルン。レオンの顔が青褪めた。サーベル男は既に間合いに入っていた。鋭い突き、それを一度、二度と、避ける。そして背後に不気味な感覚。棍棒で自分の側頭部を殴ろうとしていることが分かった。

レオンは後ろから床に倒れ込むようにして、背中で光沢のある床石の上を滑走しながら棍棒男のまたぐらをくぐり、その際に股間を全力で蹴り上げた。

家禽を絞殺した時のような声が上がり、それと同時に、サーベル男の切っ先が棍棒男の胴体を貫き、振り下ろされた棍棒が逆にサーベル男の顔面を撃ち砕いた。レオンは立ち上がると二階の回廊を駆け抜けた。

「どこだ、マイスリンガー！　もう逃げられねぇぞ！」

遠くで怯えた悲鳴が聞こえた。

レオンは視線を上にあげた。

「三階か……馬鹿な奴め。自分で退路を断ちやがった」

そこに斬り掛かって来た痩身の男をついでに斬り伏せると、レオンはまた走り出した。

俊足で遅れを取ることはないと思っていたレオンだったが、さすがに疲れがその動きを鈍らせた。一党の中でも脚が速い男がレオンに追い付いた。レオンはすぐにその男を斬り捨てようとしたが、男は距離を取った。しかしレオンが走ろうとするとすぐに追い付く。

「時間稼ぎか」

相手は何も答えなかった。剣の腕も立つ上に、判断も的確だった。

少し遅れて仲間二人がそこに駆け込んで来た。

二階の中央回廊にいたレオンは辺りを見回したが、逃げ込めるような狭路《せばじ》はなかった。

三人はレオンを取り囲み、順に剣を振るってきた。

戦争を知っている奴らだと、レオンは理解した。美学や騎士道ではない、敵の弱点を攻め、己の利点を存分に生かす。三人はわざと大ぶりで無軌道な剣筋でレオンを翻弄した。

時折切っ先が上腕を掠める。

血が飛び散る。

自分の血が足元に流れるのを見るのは随分と久しぶりだと思った。

嫌な感覚だった。

汗よりも熱く、ねっとりとした体液が、だらだらと肌を伝って落ちる。

それが不快やら、くすぐったいやらで、苦手だった。

このまま、斬り続けられて、いずれ剣を避け切れなくなるのだろうな……そう考えた。

一瞬だけ、そう考えたのだった。

馬鹿者！　レオン、気を強く持て！

「くそ、俺は何を考えてるんだ！」

そうだ。戦場では死を意識した時に、死が始まるのだ。

生き残る奴は大抵馬鹿なのだ。

自分は死なないと本気で信じている。

勿論、皆そう考えながら死んでいくのだが、それでも生き残る奴に、諦めている奴はいない。そういうもんだろ、レオン。

もし家族五人揃ったら——レオンは気持ちを強く持ち直した。もし家族五人が揃ったら……絵空事でも、テオにそんな夢を語ろうとした自分が先に死を受け入れるわけにはいかないではないか！

俺はアルベール家の長兄なのだぞ！

その自負が、地獄の淵に踵まで落としたレオンに最後の踏ん張りを与えた。

「遅かったじゃないか！　危うく死ぬところだったぞ！」

レオンは来た通路の方に視線を向け、あらん限りの声で叫んだ。

その瞬間、驚いた三人の視線が一瞬レオンから外される。

しかし三人が振り向いた先には誰もいない。

謀られた！　そう気付くまでの時間はほんの一瞬だったが、「疾風の狼」の血を最も濃く受け継いだ我が息子レオン・アルベールには十分過ぎる時間だった。

一番近くにいた男の首を切り裂いて、その剣を奪う。

他の二人がそれに気が付く。

だが既に……レオンの両手に握られた剣は、それぞれの男たちの胸を刺し貫いていた。

三階に辿り着いた時、レオンは肩で息をしていた。足も腕もぱんぱんに腫れ上がっていた。だが間違いなく、そこに目的の男がいることは分かっていた。

「よう……マイスリンガー。そんなに避けるなよ」

その視線の先で、グスタフ・マイスリンガーは司祭のダニエル・デュボアを羽交い絞めにして短剣を握っていた。

「来るな！」

「いや、話をしにきただけだ、俺は」

「……だ、そうですよ」

デュボア司祭はそう言うが早いか、短剣を掴み、身を捩ると、体重を掛けてマイスリンガーを俯せに捻じ伏せた。

「つよ……」

レオンが目を丸くするとデュボアが笑った。

「いえいえ、あなたが来て、この男に隙ができるまでは何もできませんでしたから」

「その男、こちらで預かっていいかな？」

「構いませんよ。ヴェスタープ司教のお友達のようですから、送り届けてやって下さい」

デュボア司祭はマイスリンガーを引っ立てながら立ち上がった。

「今のあいつらもヴァプラだな？」

「いや、知ら――」

「全員死んだ。もうお前は終わりだ」

「本当に？　あいつらを全員……？」

「そうだよ、諦めな。グスタフ・マイスリンガー……じゃないな、本当の名前はノア・エーバースドルフ、だろ？」

「なっ――」

「図星か。俺の予想通りだったな。やはりエリック・シュレーダーは最初から正しいことだけを語っていたわけだ。さて、お前には地獄に行く前に、せいぜい役に立ってもらわなきゃな」

観念したエーバースドルフの身柄を拘束して、レオンは意気揚々と振り返った。

そしてその瞬間に、レオンは固まった。

いつの間にか、そこには二十名にも及ぶ騎士団が廊下を埋め尽くしていた。

全員が白い甲冑に白い覆面をしている。

その手には鈍い光を湛える幅広の長剣が握られている。

長剣の刀身には満身創痍のレオンの、圧倒的な絶望が映し出されていた。

純白の迫撃隊、ブリガンディーヌがそこにいたのである。

15　処刑台にて

うららかな柔らかい日差しの下、ヴァランガンの永久機関の建物を前にして、テオの説明は滑らかだった。

テオは他の三人の永久機関審査官と共にエリック・シュレーダーの永久機関の櫓の前に立ち、審議の最高責任者としてその場に立ち会っていたエドガー・マンスフェルト将軍の面前でこの機工の内実について説明をしていた。一個小隊を引き連れた将軍は、フリッツ・デアフリンガー伯爵の名代として、この件の以降の顚末について全権が委任されていた。

「永久機関を見る前から、僕たちは罠に掛けられていたんだよ。審議堂で見せられたあの水飲み鳥、あれによって、僕らは……いや、僕は熱を利用した永久機関は可能だと、刷り込まれていたんだ。でも実際には、これは全く別物だったんだ。僕らは中にエーテルが満たされているという樽の外観は見ることができても、中は確認できていない。エーテルが揮発性の高いものだという情報も事前に知らされていたしね」

「リケファケレの話だったな」

サティが永久機関の櫓を見上げながら相槌を打った。

「そう。でも実際にはこの機構と水飲み鳥の機構はまるで違う」

そう言って、テオは周囲を見回した。まるで裁判の傍聴席のように人が集まっていた。修道院の者も、農民も、ギルドの者も、この時だけは、この審議の行方を最後まで見届けようという覚悟だった。彼らは皆、焦燥感を必死に隠そうと唇を噛み締めていた。青褪めた顔色の修道僧たちは苦虫を嚙み潰した表情のハンス・ラーベ修道院長と、そして一つ歩みを進めるだけでも全身が震えるほどに衰えたトマス・グルーバー大修道院長を取り囲んで、ことの成り行きを見守っていた。リュカもまた心配そうな表情を浮かべて、そのグルーバー大院長を支えるように脇に控えていた。

彼らを特に怯えさせていたのは、永久機関の櫓からほど近い広場に急ごしらえで用意された処刑場だった。そこには所領でかき集められた薪が積み上げられており、その粗雑な様がむしろ火刑の残忍さを見る者に思い知らせた。そして積み上げられた薪の上には等身大の棺があった。この棺は、エリック・シュレーダーが永久機関の審査を要請したことを知ったヨゼフ・ヴェスタープ司教の指示によってテオが用意したものであった。

「リケファケレとエーテルの同一性について、シュレーダーは何も証明していないし、僕ら自身、何も検証していない。確かにあの水飲み鳥の運動の永続性については信憑性があった。それは認めてもいいけど、それが直ちにこの機関の樽部分の駆動の信憑性を担保することにはならないんだ」

「だが樽の上部から伸びた駆動軸は上下運動を繰り返していたぞ」サティが言った。

「それに反対側の部屋で歯車を回していた駆動軸もだ」テオが頷いた。「でも僕らはその両方の動きを、同時に見ていない。正確に言うと見られない。壁があるから。そうだよね、エリック・シュレーダー」

テオの言葉を聞いても尚、エリック・シュレーダーは腕を組んで笑みを浮かべているだけだった。

それはテオを見下しているわけでもなく、嘲笑っているわけでもなく、まるで教え子の学習成果を見守る師匠の姿だった。

「では、あの駆動軸はどうやって動いていると？」

シュレーダーが訊いた。

「樽が縦に区切られていた理由について考えてみたんだ」

「どんな答えが？」

「歯車のある側と、水銀の桶やエーテルの樽がある側とで分かち、その隙間に本当の動力を忍ばせるためだ」

「本当の動力とは？」

「ドンブレソンの時と同じ、蒸気だ。この櫓の地下に蒸気機関によって上下に稼働する機工が設置されているんだ。垂直方向に伸びる管の内部に弁があって、下からの圧力によってそれが上に持ち上げられる。それが駆動の大元の原動力となる。弁が持ち上げられると、それまで弁があった管の側面に開けられた通気口から水蒸気は管の外へと排出される。それによって弁はまた下がる。排出された水蒸気は建物の隙間を通って屋上へと流れていく。水銀の桶を温めていた暖気の正体はそれだ」

「なるほど」シュレーダーは大きく頷いた。

「原動力の大元となる駆動軸は、壁の隙間を貫いて櫓の最上部まで通っていて、そこで歯車とエーテルの樽と、それぞれに伸びる駆動軸に同時に動きを加えていたんだ。両者が左右対称の動きをしていても、建物の構造上、それを確かめることはできない」

「しかしテオ、その構造だと大元の駆動軸の弁が落ちた時に、水蒸気は押し返されてしまうんじゃないのか？　もし蒸気の逆流が起きたら、それで機工は動かなくなるはずだ」

クレーベ・サティが疑問を呈した。

「その通りだよ、クレーベ」

「だとしたらだ、それを防ぐためにはやはり、ドンブレソンの村の時と同様、逆止弁が仕掛けられた管が必要になるんじゃないのか？　だが逆止弁付きの管を使用すれば、例の、あの音が鳴り響くはずだろ」

「そう。君の言う通りだ。でも今回は、あの時とは違うんだ。使われたのはきっと、こっちの管だ」

テオは私の作業場にあった、分流と合流を繰り返す構造の管の試作品を持ち出した。

「それは？」

「これは父上が作った特殊な通気管なんだ。この構造がどういう意味を持つのか、僕にもずっと謎だったんだけれど、この村の羊の囲いを見て閃《ひらめ》いたんだ。そりゃそうだ、あの囲いを設計したのも父上だったんだから。つまりこの管は、わざと気流を分流させた後に、再び合流させることで逆流を防ぐという構造になっているんだ。要するに、これは逆止弁を必要としない通気管なんだよ」

「そんなものが……」

その通気管の試作をサティが物珍しそうに手に取った。

「だがそんな大規模な通気管の設営なんてエリック・シュレーダー一人の力で為すことなど現実的ではないのではないか？」疑問を呈したのはニコラス・ブレナー元大佐だった。

「一人でなんてとんでもない！」テオが大仰に答えた。「この永久機関の櫓も、地下に通された通気管も、それに互いに反目し合っている演技も、全て含めて所領民全員がシュレーダーの協力者だったとしたら？」

「そんな、まさか……」ブレナーが周囲を見回しながら後ずさった。

「いいや、全てはこの村に協力し、そして亡くなったビエンヌ司祭ユリス・マーロウと、僕たちの父イザーク・アルベールを処刑に追い込んだ現ビエンヌ司教──」

まさにその時、ヨゼフ・ヴェスタープの一行が姿を見せた。

大仰な飾り付けの馬車の四方を囲うように、四騎の騎馬兵が警護していた。

「あいつに復讐するためだ……そうなんだよね？」

「御名答」エリック・シュレーダーは微笑みながら手を打った。

それを契機としたように、所領民たちの間に悲嘆の声が上がった。

悲しみの中に怒りの火が点々と灯り、それは次第に数を増していった。

まさに暴動の種子となり得るざわめきが、波紋のように広がりつつあったのである。

落胆の声を上げる者もいれば、悔しさに暴言を吐き捨てる者もあった。

だがシュレーダーは先手を打って、皆を落ち着かせた。

「静まるんだ。皆の想いは分かるが、これは失敗だった。全ては私の責任だ。責は私一人で負う。絶対に誰も、死ぬことのないように！」

「でも！」一人の農民が声を上げた。

「そうだ、あんた一人で負うべきもんじゃない！」ギルドの者も同意する。

「イザーク・アルベールもあんたも、この村のために懸命に尽くしてくれたじゃないか！」

「あんた一人を死なせるわけにはいかない！」

次々にシュレーダーを擁護しようとする声が上がり、その場は争乱の気配を見せた。マンスフェルト将軍の率いた兵士たちが警戒するように身構え、また、ヴェスタープ司教を護衛する騎士たちも鋭利な槍の切っ先を所領民へと向けた。

「静まれ！」

シュレーダーがあらん限りの声を張って、所領民たちの抗議の声を遮った。

水を打ったように、一時的に静寂が広がった。

「シュレーダーさん……」

「暴動は絶対にいけない。これは私の最後の頼みだ。誰も死なないで欲しい。私の身一つで、この場を収めるのだ。そしてまた、日々の生活に、普通の生活に戻って欲しい。それが、この所領に命を捧げて行った者たちの想いなのだ」

所領民はシュレーダーの言葉の前に立ちつくし、そして絶望し、中には泣き崩れる者もあった。その場を、悲痛な嗚咽が満たした。

「では、機工審査官テオ・アルベール。お前の責務を全うせよ」

マンスフェルト将軍はヴェスタープの姿を認めると、苦渋の表情で、しかし粛々と告げた。

「はい。エリック・シュレーダーの永久機関は以上の根拠により、詐欺と認められました。異議があればこの場で申し出て下さい。なければすぐに、刑の執行に移ります」

目を真っ赤にさせたテオの視線の先には、あの処刑台があった。

腰の高さまで積み上げられた薪の山の上に寝かされた棺が、その餌食の到来を今か今かと待ち構えていた。火刑は本来、教義的には相手の罪を浄化する思いやりとして導入された刑であったが、それが見世物として、そして嗜虐趣味の発露として乱用されるようになって久しかった。だが機工審査における瀆神罪においては、余計な二つを省くために、棺を利用することが定められている。

その処刑場へと連行されるシュレーダーを遠目に見つけたヴェスタープ司教は、馬車から身を乗り出して歓喜の声を上げた。

「おおおおお！　遂に見つけたぞ！　一体どこに隠れていたかと思えば……エリック・シ

ュレーダー！　今日、ここで全て終わりだ！」

その顔を憎々しげに見つめる一同は、しかし一切何もできずにいた。

一矢報いてやりたいと誰もが思っていたが、それはできなかった。

それでもテオだけは、一嚙みせずにはいられなかった。

「ヨゼフ・ヴェスタープ司教！　あんたが我が父イザーク・アルベールを死に追いやったことは明白！　このエリック・シュレーダーから全て聞いたぞ！」

テオが叫んだ。

「知るか、そんな罪人の戯言！　さあ、早くそいつを殺せ！　お前の役目だろうが、下賤な雇われ役人め！」

「そんなことを言っていいのか！　あなたに復讐したいと思っている人間は他にもいるはずだ！　例えばユリス・マーロウ司祭！」

その名前は確かにヴェスタープにとっては泣き所だったようだが、すぐに彼は表情を戻した。それほどに、その時のヴェスタープは上機嫌だった。

「死んだ人間だ！　そしてエリック・シュレーダーも今日死ぬ！」

「あまり死者を見くびらない方がいい」

「喧しい！　さっさと殺せ！　ほれ、誰も言わないのならばこの私が言ってやろう、異議なぁし！」

そう言って司教はげらげらと笑い転げた。

悔しさを滲ませながら、テオが伯爵家の兵士に目で合図すると、彼らは捕縛されたシュレーダーを引っ立てて、その身を処刑場の棺桶に押し込んだ。そして蓋を閉じようとした時、テオが我慢できずに「待て！」と叫び、シュレーダーの寝かされた棺桶の元へと駆け寄って行った。

衆人が慟哭《どうこく》する中、テオもまた涙を浮かべて薪の山を滑り落ちながら上り、そして棺に横たえられたシュレーダーを怒鳴り付けた。

「知っていて、どうして父を救ってくれなかったんだ！」

「私は職務を全うしただけです」

「やりようはあっただろうに！」

「仕方ありませんでした。権力を持った者に逆らうことは死を意味するのです。あなた方家族がお父様の死で救われたことを、せいぜい忘れないことですね」

テオは天を仰いで絶叫し、そしてシュレーダーにしがみついて拳を大きく振るった。一発、二発、そして三発……殴りつけているテオの狂気に満ちた様は、見る者を或いは戦慄させ、或いは同情させた。その姿を、ヴェスタープは愉悦の表情で眺めていた。やがてテオは天を仰いで立ち上がると、静かに蓋を閉めた。
テオが降りた後に、兵士が薪の山を上り、棺を鎖で括り付けた。
「火を放て」
マンスフェルト将軍の指示で機械油を撒かれた薪に火が放り投げられた。
火の勢いはみるみる増して行き、すぐに棺を呑み込んだ。
そのあまりの早さに、見ている者は全身が総毛立つのを禁じ得なかった。
それを確認してから、ギョーム・マルケル司祭はヴェスタープの元へと駆け寄った。
「やりましたな、司教様！」
「あなたのお蔭だ、マルケル師」
二人はもう関係を隠そうともせずに互いを称えあった。
ゴン……
その時、低く、鈍い音が聞こえた。
ゴン……
皆が辺りを見回すが音の正体が摑めない。
ゴン……ゴン……
そして気付く。

それは棺の中から音がしているのだった。
ゴン……ゴン……ゴン……
棺が轟音を立てて燃え盛るにつれ、その音も大きく、速くなっていく。
「中から叩いておる！」
ヴェスタープが奇声を上げた。
ゴン、ゴン、ゴン、ゴン、ゴン……
音は更に速まる。
嘆き悲しんでいた所領民も、今は恐怖に顔を歪めていた。
シュレーダーの今味わっている地獄を、その場にいる人間もまた味わわされていた。
まるで我がことのように、全身が灼熱に焼かれて焦がされる錯覚に陥っていた。
捕縛され、棺桶は鎖で縛られ、決して逃れることはできない密室の中で気管が焼かれ、
呼吸できなくなる苦しみ。
ゴンゴンゴンゴンゴン！
音が狂気を孕んだかのように鳴り響いた。
「あの時と同じだ！」
ヴェスタープが叫び、そして狂ったように笑い始めた。

ゴンゴンゴンゴンゴンゴンゴンゴンゴンゴン！

テオの古い記憶が呼び起こされ、寒気が襲ってきた。

耳を塞ぎ、地に伏し、そして叫んだ。

叫んだ。

その叫びすら、業火は焼き尽くした。

それでもテオは叫んだ。音が途絶えるまで叫び続けた。

そしてやがて……音は止んだ。


木々の緑も、空の青も、そして処刑台の棺も、全て燃やし尽くして、世界は白と黒だけになったような気がした。薪はまだ熾《おき》を孕み、煙を立てていた。

「終わったなぁ」

ヴェスタープはそう言って馬車から降りた。

素晴らしい日だった。長年の悩みから解放された気分だった。

余りの衝撃と絶望に、しばらく呆けていた所領民たちは意識を取り戻すと、再び涙を流し、己の無力さをひたすら思い知らされた時が過ぎたことを知った。シュレーダーの棺桶に近寄ることを兵士たちに阻止されると、行き場を見失って彷徨い始めた亡者のように、彼らは三々五々散って行った。

完全なる勝利を得たヴェスタープは清々しい気持ちで辺りを見回した。

残っていたのは自分の仲間と、そして憐れな伯爵家の家来たちだけだった。

「ああ、そう言えばお前たちもいたのだな」

蔑んだ目でシトー会の修道士たちをヴェスタープは見つめた。

彼らの表情は無機質で、それがまた気に入らなかった。

自分を小馬鹿にして、その所領に入ることすら拒絶していた連中だった。

あの時に大人しく所領を寄越していれば、こんな面倒なことにならなかったものを。

そう思うとまたはらわたが煮えくり返る思いになった。

こいつらもいつか、片付けてやる。

そう思った時、背後に気配を感じた。

振り返ると、そこには馬に乗った騎士の一団がいた。

白い甲冑に、白い覆面を被っている。

「おお……ブリガンディーヌか。よく来てくれた。せっかくまた来てもらったのだが、今回はお前たちの出る幕はなかったようだ」

「それは何よりでございます」

先頭の騎士が口を開いた。

「だが今夜は、私にできる限りの歓待をさせて欲しい」

「何かおめでたいことでもあったのでしょうか？」

「ああ、長年の病から解放された気分だ。お前たちにも存分に贅沢を楽しんでもらおうと思っている」

「それは素晴らしい。それにしても……これは一体、何があったというのです？」

「天に唾する行為をした者を一人、罰したのだ」

「何と……司教に逆らう者がいたとは」

「それも過去の話になった。全ての脅威は取り去った。私に刃向う者など、もうおらぬ」

「そうでしょうなぁ……ところで、こちらに歩いてくる、あの男は何者でしょうか？」

「あの男？」

ヴェスタープの視線の先に一人の男がいた。見覚えのある男だった。ひょろっとした長身の男で、真っ直ぐ立っているその体が横に傾いている。

「あ……あ……あれは！　エリック・シュレーダー？　何故？」

シュレーダーの姿は煤けてはいたが、刑に処される前とほとんど変化がなかった。

「司教……あなたと一緒でなければ……私は地獄に行けませんよ……」

シュレーダーが低い声で言った。

「ばっ……え？　おい、機工審査官！　お前は確かにシュレーダーが棺の中にいるのを見たな？」慌てふためいたヴェスタープがテオに尋ねた。

「見たよ」

テオが不快感を隠さずに答えた。

「では、何故生きている！」

「は？　生きている？　誰が？」

「シュレーダーだ。お前の目の前にいるだろう！」

「シュレーダーが？　何を言っているの？　たった今、火刑に処したばかりでしょ。あんたの指示でさ」

「馬鹿言うな！　お前の目の前を歩いておるぞ！」

「何言ってんの？　サティ、見える？」

「いいや、何も見えないが」

「ブレナーさんは？」

「見えんぞ」

「将軍は？」

「無論、見えんぞ」

「ほら、誰も、何も見えていないって」

「何をたわけたことを！」

「ということは、見えているのは我々だけでは？」

慌てた口調で純白の騎士がそう言った。

「何だと！」

半狂乱になりながらヴェスタープが叫んだ。彼の一行はざわついた。

テオが不思議そうな顔をしながらヴェスタープとの距離を詰めた。

「もしあんたが亡霊に呪われているんなら、とっとと罪の告白をして赦しを求めた方がいいんじゃないの？」

「まさか……これは……これは亡霊なのか？」

狼狽するヴェスタープに向かって一直線に、シュレーダーはふらふらと歩いて近付いていた。

「いけません、司教！　早く罪の告白を！　幸いにも私は司祭の位階にあります。懺悔なら私がお聞きしましょう！　神のご加護が得られるかも知れませぬ」

純白の騎士がヴェスタープへと詰め寄った。

「いや、しかし……」

「剣では敵わぬ相手！　我々では守り切れません！　さあ、早く！」

そこに別の騎士が縄で縛られたノア・エーバースドルフを引いてきた。

「司教、もう駄目です、全て知られています！」

「ノア・エーバースドルフ！　お前まで！」

シュレーダーは右腕を持ち上げ、人差し指で司教を指差した。

「これ以上はまずい！　さあ、はやく懺悔を！」

「わ、分かった！　主よ、私はこの所領を奪おうとしました」

「それから！」

「反対するユリス・マーロウを誹謗中傷しました。死ぬまで追い詰めました！」

「まだあるでしょう！」

「イザーク・アルベールに濡れ衣を着せ、その技術を奪いました！」

「その調子ですぞ！」

「今度は永久機関を募集して、ノア・エーバースドルフに組織させたヴァプラと共謀し、懸賞金を自分の懐に入れる為に詐欺を働かせました！」

「よく告白しなさった！　シトー会修道士の皆さんも、しかとお聞きになりましたね？」

そこにはハンス・ラーベ修道院長も、トマス・グルーバー大修道院長もいた。

彼らは破顔して右手を挙げた。

「主よ！　主よ！　これが真実！　これが我々の勝利！」

騎士は覆面を外した。

それはレオン・アルベールだった。

「みんな、覆面を外していいぞ」

レオンの指示で皆が覆面を外した。皆歴戦の猛者といった顔立ちをしていた。

「兄さん、これは一体！」

驚いた顔でテオとリュカが駆け寄った。

「今度は俺がお前に『歩調を合わせ』てやったぞ。これで貸し借りなしだな」

「それにしたって、この人たちは……」

「こいつらがブリガンディーヌだ。正体はスイス傭兵。教皇が私兵としても使う、ヨーロッパ最強の戦闘集団だ」

「でも、どうして！　敵じゃなかったの？」

「敵さ。今も、昔も」

「なのに……どういうこと？」

「このお方は伝説の……神に祝福されし聖騎士様なのだ」

一人の壮年の騎士が進み出て、テオに説明した。

「兄さんが？」

「私はこの目で見たのだ。あれは南ネーデルラントのストーンケルケでの戦いだった。激戦の最中、竜騎兵に囲まれて、銃で何十発撃たれても弾が全く当たらない、不死身の男の姿を。それこそがこのお方、聖騎士レオン・アルベール様だった」

男は伝説の生き証人であることを誇らしげに語った。

それを聞いてテオは口をあんぐりさせて言った。

「あの話、本当だったんだ」

16　機工審査官テオ・アルベールと永久機関の夢

立って、座って、また立って。

どうにも落ち着かない。

「あなた、落ち着いて下さいな」

クロエが私をたしなめようとするが、これが落ち着いていられるか！

「まだか？」

「まだのようです」

ああ、何という歯痒さだ。

息子たちが、このプラハに来る。

前にテオとリュカが来た時は、ジークフリートとしてだったが、今回は父イザーク・アルベールと名乗れるのだ！　これが落ち着かないでいられるか！

ああ、長い間苦労をかけてすまなかったな、息子たち。

それにエリック。

テオはあの仕掛けで上手くやれただろうか？

棺から人を逃がす横の扉を上手く使って騙せただろうか？

ヘロンの蒸気機関で、中から棺を叩く音を出す仕掛けは大丈夫だっただろうか。

あれは少し速度が行き過ぎる場合があるから、ばれないか心配だ。

でも私の時は二重底で、下にマーロウ司祭の死体を隠していたから、その時に比べれば難度はいくらか低いはずだ。きっと上手くいったはずだ。

思えばあのユリス・マーロウ司祭は大した男だった。本当に人々の隣人となろうと努めていた聖人だっただけに、亡くなられたことが心底悔やまれる。だが今は、私のものとして用意されたヴァランガンの修道院内の墓に埋葬されているそうだから、あの祈りの家の庭で安らかに眠って欲しいものだ。

「あなた！　来たわよ！」

クロエが叫んだ。

私は髭も剃った。髪も切った。服装も整えた。

玄関を開ける。

もう既に、我が息子たちの姿は涙で滲んでいた。

「お父様！」

最初に飛び込んできたのはリュカだった。相変わらず愛らしい容貌をしている心優しい三男は、いつだって私たち家族を笑顔にしてくれる。

「ああ、リュカ！　よく私のことを見抜いたね」

「懐かしい、お父様の部屋のランタンの油の臭いに混じって、お母様がお摘みになったエーデルワイスの香りが残っていたのです。この二つの匂いが混じり合う場所は、それがどこだろうと私の帰る家に相違ありません。とても素敵な香り。優しくて、安心できる香り」

「そうだったか。ノイエンブルクに戻るまで、テオには話さないでくれたのだな？」

「ええ。お父様のことですから、きっと何か理由があると思いましたので」

「父上！」

次に抱擁を求めてきたのは、私によく似て機工好きの次男テオだった。

「テオ。よく成長した！　どうやらエリックと上手くやれたようだな！」

「父上の大仕掛けに驚嘆致しました！　僕も父上のように機工の研究に生きて行きたい！」

「それでいいじゃないか！　王立アカデミーに戻って、存分に研鑽を積むんだ！」

そして遠慮がちに兄弟の背後に身を隠していた、長年の功労者の手を握って引き寄せた。

「エリック、本当に今までありがとう！」

だがエリックは浮かない顔をしていた。

「あなたやご家族の身を守るためとは言え、随分と窮屈な暮らしをあなたにも、それにご家族にも強いてしまいました。永久機関審査官として、あの時に、あなたをお助けできなかったことを考えると、自責の念に、私は――」

「ノンだ！　断じてノンだ！　お前はあの悪党連中から我ら家族だけでなく、ヴァランガン修道院領まで守り抜いたのだ！　その英雄的働きに、私は最大限の敬意と称賛と、感謝の言葉を送りたいのだ！」

「勿体ないお言葉です」

卑屈な笑みを浮かべるエリックを、私は力強く抱擁した。

そして最後にこのひねくれ者だ。

一番大きな図体をしながら、一番泣きじゃくっているこの長男だ。

「レオン、異端審問官になってまで、よくぞ家族を守り抜いてくれたな！」

私より体が大きくなった長男を力いっぱいに抱きしめる。

レオンは、生まれた時のように震えながら泣きじゃくっていた。

「父上……」

「私たちはお前を心から誇り、そして愛している」

「父上が生きていて下さり……私は……私は……」

「馬鹿者！　そんなに泣きじゃくる奴があるか！」

「父上……私には……昔から夢がありました」

「何だ？」

「もし家族が五人揃ったら……」

「揃ったら？」

「皆で食事をしたいと」

「無論だ！　さあ皆、上がれ。エリック、ほら、お前もだ！」

「いえ、私はここで失礼させて頂きたく――」

エリックは身を引き、そしてその場から立ち去ろうとしていた。

「待ちなよ」ぶっきらぼうにテオが言い放った。「僕たちの決着はまだついてないよ」

「え、それは一体……」エリックの足が止まった。

「僕らが前提としていたエーテル説だけど、そもそも僕はね、光の波動説にはまだ疑問を感じているんだ」

「ほう、それは何故です？」エリックが好奇心に駆られてテオに問い返した。

「光が波動であるならば、複数の光源の相互干渉について観察が可能なはずだ」

「勿論、可能ですよ」

「どうやって！」

テオが喜色を隠せずに大きな声を出した。

「同じ種類、同じ強さの光、そしてちょっとした工夫が必要にはなりますがね。干渉縞は観察可能です」エリックが清々しい笑みを見せた。

「ちゃんと説明してよ！　聞きたいことはまだまだ山ほど……ほら、父上もだ！」

テオ……お前、何て目をしてるんだ。

あの頃と全く変わらない、きらきらと眩しい子供の目だ。

「ねえ、兄さん！　兄さんの夢は叶ったんだろ？」

「ああ、そうだな」

「じゃあ、次は僕だ！　僕の番だ！」

「やっぱりお前は永久機関なのか？」レオンが微笑みを浮かべた。

「そんなもの、あり得るかどうかなんて分からない。やっぱり不可能なのかも知れない。でもそれが、明日の挑戦を諦める理由にはならない、そうでしょう、父上！」

「ああ、そうだ！　その通りだ、テオ！　テオ・アルベール！」

さて、私はこれから忙しくなる。
これから息子たちの冒険譚を書物にまとめなくてはならないのだから。
多くの人に会って感謝を伝え、話を聞き、書き綴る。
それにはどれくらいの時間を要するのか、どんな物語になるのか。
それはまだ全く分からない。
分からないが、題名だけはもう決まっている。
「機工審査官テオ・アルベールと永久機関の夢」

了

参考文献

『永久運動の夢』（朝日選書）アーサー・オードヒューム　高田紀代志／中島秀人訳
『マックスウェルの悪魔—確率から物理学へ—』（ブルーバックス）都筑卓司
『古代世界の超技術』（ブルーバックス）志村史夫
『図解雑学　機械のしくみ』（ナツメ社）大矢浩史監修
『中野京子の西洋奇譚』（中公新書ラクレ）中野京子
『絵解き中世のヨーロッパ』（原書房）フランソワ・イシェ　蔵持不三也訳
『異端審問』（講談社現代新書）渡邊昌美
『異端審問』（文庫クセジュ）ギー・テスタス／ジャン・テスタス　安斎和雄訳
『ハーブ＆スパイス事典—世界で使われる256種—』（誠文堂新光社）伊藤進吾／シャンカール・ノグチ監修
『修道院—禁欲と観想の中世』（講談社現代新書）朝倉文市

『修道院にみるヨーロッパの心』（世界史リブレット）朝倉文市
『中世ヨーロッパの農村世界』（世界史リブレット）堀越宏一
『図説　ドイツの歴史』（ふくろうの本）石田勇治編著
『図説　フランスの歴史』（ふくろうの本）佐々木真
『図説　ヨーロッパ服飾史』（ふくろうの本）徳井淑子
『図説　中世ヨーロッパの暮らし』（ふくろうの本）河原温／堀越宏一
『図説　ヨーロッパの祭り』（河出書房新社）谷口幸男／遠藤紀勝
『パリ職業づくし―中世～近代の庶民生活誌―』（論創社）F・クライン＝ルブール著
ポール・ロレンツ監修　北澤真木訳
『ヨーロッパ中世ものづくし　メガネから羅針盤まで』（岩波書店）キアーラ・フルゴーニ　高橋友子訳
『ヨーロッパ歴史地図―タイムズ・アトラス―第2版』（原書房）マーク・アーモンド［ほか］編　樺山紘一監訳

第十三回アガサ・クリスティー賞選評

アガサ・クリスティー賞は、「ミステリの女王」の伝統を現代に受け継ぐ新たな才能の発掘と育成を目的とし、英国アガサ・クリスティー社の公認を受けた世界最初で唯一のミステリ賞です。

二度の選考を経て、二〇二三年八月四日、最終選考会が、鴻巣友季子氏、法月綸太郎氏、ミステリマガジン編集長・清水直樹の三名によって行なわれました。討議の結果、最終候補作五作の中から、葉山博子氏の『時の睡蓮を摘みに』が受賞作に決定しました。

大賞受賞者には正賞としてクリスティーにちなんだ賞牌と副賞一〇〇万円が贈られます。

大　賞

『時の睡蓮を摘みに』葉山博子

優秀賞

『機工審査官テオ・アルベールと永久機関の夢』小塚原旬

最終候補作
『限りなく探偵に近い探偵』江戸川雷兎
『２０７９』菊田将義
『罪の波及』今葷倍正弥

選評　鴻巣友季子

今回は応募数も多く、受賞に関してはけっこう意見が割れ、選考は長引いた。全体のレベルは高い。読んだ順に選評を。

今葷倍正弥『**罪の波及**』は、十五年前の殺人事件の真相を洗い直すミステリで、被害者の娘が過去を調べだしたことから物語が動きだす。子どもへの虐待が関係している。事件は被害者と家族のみならず、加害者と家族の人生をも壊すことを描く文章からは、誠実さが伝わってきたが、善悪の掘り下げにもう少し深みがほしかった。また雑誌社の女性と、年上の男性ライターとの関係性の書き方がいささか古臭いのでは（気に入った女性が泥酔したら「お持ち帰り」するはずだ、などの発言）。

小塚原旬の候補作を読むのは三度目。一回目と二回目の飛躍幅がめざましく、今回も相当の伸長を見せた。**『機工審査官テオ・アルベールと永久機関の夢』**は十八世紀欧州に登場した「永久機関」の審査をめぐる異色ミステリだ。昨年のイエス・キリストの裁判を弁論戦に焦点を当てて描いた作品につづき、歴史ミステリの一分野を独自に開拓するポテンシャルを感じて優秀賞を出した。課題をいうと、昨年同様、プロットがやや起伏に乏しく、シーンを並列した形になっていること。豊富な知識と独自の視点を武器にいっそう腕を磨いてください。こういう作品を世に送りだせて嬉しく思います。

菊田将義**『2079』**は、アジアの一国を舞台にしたサスペンス・ミステリ。「うそをつくと死ぬ」機器を国民が装着させられている管理国家だ。ディストピアものは寓話的な手法が流行っているが、本作はあくまでリアリズムに則っており、そのため細部の粗さがやや目立った。『一九八四年』など見ればわかるとおり、言語の扱いに作品の風刺性の心髄は出る。一つの文言を真と偽に分けることは話者自身にも困難だが、そうした人間の思考と感情と言語の複雑な関係を単純化しすぎた感がある。トリックとしては、母が「刺殺」という語に嘘の意味を教えるくだりで、なぜ嘘をついたのに母は死なずに済んだのかが説明されていないことが、疑問視された。

江戸川雷兎**『限りなく探偵に近い探偵』**は、探偵小説の形態をしたメタ・サイコスリラーというべきか。筆運びも構成もキャラ作りも上手い。凝った遊び心も買いたいが、もっとオーソドックスな題材で勝負した作品も読んでみたい。

大賞の葉山博子『**時の睡蓮を摘みに**』はスケールの大きな歴史ロマンミステリ。一九三六年、主人公は名門女子専門学校の入試に落ち、縁談を蹴る形で父の駐在する仏領インドシナへ旅立つ。男尊女卑の日本では「頭の中を纏足されているみたい」と、猛勉強の末バカロレアを取得しハノイ大学に合格、地理を専攻するという設定からわくわくさせられた。とてつもなく分厚い知識の土台に支えられ、候補作のなかで神殿のように屹立していた。主人公が舟からの視点でハロン湾内や外海をゆく舟を描いている序盤から引き込まれたが、このピクチャレスクな描写力をもっと振るってください。活躍、期待しています。

選評　法月綸太郎

『**時の睡蓮を摘みに**』は第二次世界大戦下の日本軍による仏領インドシナ進駐を背景にした骨太の歴史サスペンスで、クリスティー顔負けの人間観察と、ル・カレやグリーンのような文学的香気に満ちている。植民地における民族間の支配従属関係を見据えた第一部と戦火の中で在外邦人の階級差が露わになる第二部の対比・相乗効果から、物語の焦点がヒロインの選択に絞られていく終盤の展開に静かな興奮を覚えた。候補作中でも別格の出来で、大賞受賞作を選ぶならこれしかないだろう。豊かなディテールと伏線の妙を味わい尽くすには熟読を要するが、「新しい戦前」と言われる今の時代にこそ読まれるべき作品だと思う。

『**機工審査官テオ・アルベールと永久機関の夢**』は近世ヨーロッパが舞台の時代ミステリ。永久機関をダシにしたコンゲーム小説に、工学系ハウダニットと西洋チャンバラを組み合わせた野心作である。作者は三度目の最終候補だが、毎回意表をつく奇抜な設定が持ち味で、一作ごとにストーリーテリングもこなれてきた。今回は語り口に工夫の跡が見えるが、後半やや書き急いだせいかフィニッシュで息切れした感があり、協議の末に次点の優秀賞作品として世に出すのがふさわしい水準と判断した。今後は手癖に流されず、粘り腰の寄せを心がけてほしい。

以下、選に洩れた作品について簡単に。『**罪の波及**』は殺人事件の被害者遺族と加害者家族のその後の軌跡をたどる社会派風人情ミステリ。リーダビリティの高さは五篇中一番だったけれど、話の底がすぐに割れてしまうのが難。雑誌記者ヒロインの成長をスキップして、中年男性の願望充足小説に着地するのも筋が違うのではないか。

『**限りなく探偵に近い探偵**』は技巧的なプロットに完全に騙されたが、犯行の土台となる特殊設定が脆弱すぎて、物語を支えきれていない。特にカルト教団の教義が説明不足で、犯行と動機がトートロジーに陥っているように見える。
『2079』は嘘をつくと即死する国という設定が魅力的で、異邦が舞台の警察小説としても読み応えがある。とはいえ、言語の扱いには疑問が多く、同じ日本語でも社会体制が異なればもっとズレや誤解が生じるはず。そもそも嘘をつけない母親がどうやって虚偽の語意を教えたのか、具体的な説明がないのはミステリとして致命的では。

選評　清水直樹（ミステリマガジン編集長）

第一回から昨年まで選考委員を務めた北上次郎氏が今年一月に逝去された。氏は新人作家の可能性を第一に考え、発想の新しさ、印象に残るシーンが書けているかといった点を重視されていた。そして、「新人作家はとにかく書き続けることが大事だ」と、受賞者にアドバイスされていたことを記しておきたい。

菊田将義『2079』は、嘘をつくと命を失うという架空の国家で起きた殺人事件を、日本の警察から派遣された警察官が捜査する特殊設定ミステリ。日本人警察官と現地の警官たちとのドラマがよく書けていて読ませる。やや類型的だがキャラも立っていて、映像化向きの作品だと思った。私は最高点を付けたが、他の選考委員が指摘した設定上の問題点には完全に同意する。物語を作る力には将来性を感じるので、ぜひ別の題材で再挑戦して欲しい。

葉山博子『**時の睡蓮を摘みに**』は、第二次世界大戦前夜の仏領インドシナを舞台に、歴史の流れに翻弄される日本人女性を主人公にした作品。歴史や政治状況の記述は興味深く読めるし、登場人物の行動にも必然性がある。だが、複雑で膨大な歴史的な記述のなかにストーリーが埋没してしまっている印象は否めず、またミステリとしての評価を考えて最高点は付けられなかった。ただ、これだけのボリュームの作品を構想し書き切る力は相当なものだし、大きな将来性を感じる。大賞受賞に全く異論はない。

小塚原旬が最終選考に残るのは三度目。『**機工審査官テオ・アルベールと永久機関の夢**』は過去の応募作に比べ、物語の構造が練られ読み応えも増している。もともとキャラクターを魅力的に書く力はあり、今回もその長所は際立っていた。一方で、分量と比較してエピソードを盛り込み過ぎな印象があり、個々のパートがやや物足りなく感じた。協議の結果、優秀賞を与えることになった。

今葷倍正弥『**罪の波及**』は社会派ミステリ。被害者家族だけでなく、加害者家族にも焦点が当てられているところが特徴で現代的だと感じた。逆にいうと新味はその点でとどまっており、特徴的な作品を新人賞に選びたいという点から考えると厳しい評価になった。

江戸川雷兎『**限りなく探偵に近い探偵**』は、非常に練られた構成で読む者に驚きを与える作品。ただ、プロット・構成に驚きはあるものの、ストーリー・キャラクターに魅力を感じられず、高い評価を与えられなかった。

本書は第十三回アガサ・クリスティー賞優秀賞受賞作
『機工審査官テオ・アルベールと永久機関の夢』を、
書籍化にあたり加筆修正したものです。

第1回アガサ・クリスティー賞受賞作

黒猫の遊歩あるいは美学講義

森 晶麿

でたらめな地図に隠された意味、喋る壁に隔てられた青年、川に振りかけられた香水……美学を専門とする若き大学教授、通称「黒猫」と、彼の「付き人」を務める大学院生は、美学とエドガー・アラン・ポオの講義を通して日常にひそむ謎を解きあかしてゆく。第1回アガサ・クリスティー賞受賞作。解説／若竹七海

ハヤカワ文庫

黒猫の刹那
あるいは卒論指導

森 晶麿

大学四年生の私は卒論と進路に悩む日日。そんなとき、いつもゼミで黒いスーツを着ている男子学生と出会う。ある事件をきっかけに彼から〝卒論指導〟を受けて以降、彼の猫のような論理の歩みと鋭い観察眼が気になり始め……『黒猫の遊歩あるいは美学講義』の三年前、黒猫と付き人の出会いを描くシリーズ学生篇

ハヤカワ文庫

第6回アガサ・クリスティー賞受賞作

花を追え

仕立屋・琥珀と着物の迷宮

春坂咲月

仙台の夏の夕暮れ。篠笛教室に通う着物が苦手な女子高生・八重は着流し姿の美青年・宝《とも》紀《のり》琥《こ》珀《はく》と出会った。そして仕立屋という職業柄か着物に詳しい琥珀と共に着物にまつわる様々な謎に挑むことに。ドロボウになる祝い着や、端切れのシュシュの呪い、そして幻の古裂「辻が花」……やがて浮かぶ琥珀の過去と、徐々に近づく二人の距離は――？　謎のイケメン仕立て屋が活躍する和ミステリ登場

ハヤカワ文庫

殺生関白の蜘蛛

日野真人

「松永弾正が蔵した天下の名器・平蜘蛛を探せ」豊臣家に仕える舞兵庫は、太閤秀吉と関白秀次から同じ密命を受ける。太閤への恐懼か、関白への忠義か。二君の狭間で懊悩する男の周囲を、石田三成が暗躍し納屋助左衛門が跳梁する。果たして権力者達が渇望する平蜘蛛の禁秘は何をもたらすのか——？　茶器に潜む密謀と、秀次事件の真相に迫る歴史ミステリ。第七回クリスティー賞優秀賞受賞作

ハヤカワ文庫

掃除機探偵の推理と冒険

そえだ 信

札幌の刑事・鈴木勢太は、事故から目をさますと「ロボット掃除機」になっていた！　しかも隣の部屋には男の死体が……。密室殺人の謎を解き、愛する姪・朱麗を義父のＤＶから守るため、勢太は小樽へ辿り着くことができるのか？　第十回アガサ・クリスティー賞受賞作『地べたを旅立つ』改題文庫化。解説／辻真先

ハヤカワ文庫

致死量未満の殺人

三沢陽一

吹雪の山荘で女子大生が毒殺された。外界から切り離された密室状況で、犯人はどうやって彼女だけに毒を飲ませたのか。事件未解決のまま時効が迫った十五年後、容疑者のひとりが犯行を告白し……推理の果てに明かされる驚愕の真実。第三回アガサ・クリスティー賞に輝く、正統派本格ミステリ。解説／有栖川有栖

ハヤカワ文庫

著者略歴　作家　本書で第13回アガサ・クリスティー賞優秀賞を受賞してデビュー

HM=Hayakawa Mystery
SF=Science Fiction
JA=Japanese Author
NV=Novel
NF=Nonfiction
FT=Fantasy

機工審査官《きこうしんさかん》テオ・アルベールと永久機関《えいきゆうきかん》の夢《ゆめ》

〈JA1563〉

二〇二三年十二月二十日　印刷
二〇二三年十二月二十五日　発行
（定価はカバーに表示してあります）

著　者　小《こ》塚《づか》原《はら》旬《しゅん》
発行者　早川　浩
印刷者　入澤誠一郎
発行所　株式会社　早川書房

郵便番号　一〇一 - 〇〇四六
東京都千代田区神田多町二ノ二
電話　〇三 - 三二五二 - 三一一一
振替　〇〇一六〇 - 三 - 四七七九九
https://www.hayakawa-online.co.jp

乱丁・落丁本は小社制作部宛お送り下さい。
送料小社負担にてお取りかえいたします。

印刷・星野精版印刷株式会社　製本・株式会社フォーネット社
©2023 Shun Kozukahara　Printed and bound in Japan
ISBN978-4-15-031563-4 C0193

本書のコピー、スキャン、デジタル化等の無断複製は著作権法上の例外を除き禁じられています。

本書は活字が大きく読みやすい〈トールサイズ〉です。